Aus Freude am Lesen

Anne B. Ragde · Die Liebesangst

Anne B. Ragde

Die Liebesangst

Roman

*Aus dem Norwegischen
von Gabriele Haefs*

btb

Die norwegische Originalausgabe erschien 2009 unter dem Titel
»Nattønsket« bei Forlaget Oktober A/S, Oslo

Verlagsgruppe Random House FSC-DEU-0100
Das FSC-zertifizierte Papier *Munken Premium* für dieses Buch
liefert Arctic Paper Munkedals AB, Schweden.

1. Auflage
Copyright © 2009 by Forlaget Oktober A/S, Oslo
Copyright © der deutschsprachigen Ausgabe 2010
by btb Verlag in der Verlagsgruppe
Random House GmbH, München
Satz: Uhl + Massopust, Aalen
Druck und Einband: GGP Media GmbH, Pößneck
Printed in Germany
ISBN 978-3-442-75266-9

www.btb-verlag.de

Für Jo und Siri.

*»In order to get to it,
you got to go through it.«*

Jim Ford

1

Sie ging immer dann, wenn ihr die ersten Anzeichen dafür auffielen, dass seine Liebe allmählich zu erlöschen begann. Doch dieses Mal hatte sie so lange mit dem Davonlaufen gewartet, bis sie spürte, wie ihr Puls ein wenig schneller wurde, wann immer er sie mit ernster Miene ansah und auf eine besondere Weise schnell Luft holte, ehe er etwas sagte. Sie wartete auf den Satz: *Diese Beziehung läuft nicht mehr so richtig.*

Mehrfach schon hatte sie verdrängt, dass sie diese Worte insgeheim erwartete, aber als die Erkenntnis dann im Bruchteil einer Übelkeit erregenden Sekunde bei ihr ankam, rief sie sofort die Kontoauskunft an, überprüfte ihr Guthaben, packte einen Koffer und drei Taschen, schmierte sich ein paar Brote als Proviant, füllte eine Thermoskanne mit Tee, lud alles ins Auto und fuhr nach Norden, bis sie vom Anblick der vorüberziehenden Telegraphenmasten und Peitschenlampen total erschöpft war.

Bei einem Schild, auf dem mit Hand geschrieben ZIMMER FREI stand, fuhr sie von der Straße ab und mietete sich im ersten Stock ein; ein Schlafzimmer mit eigenem Bad, im Haus eines alten Ehepaares mit einem Elchhund, der an einer langen Leine zwischen Wohnhaus und Holzschuppen hin und her lief. Dort wohnte sie drei Tage. Als seine Nachrichten immer panischer wurden, voller Verzweiflung, voller Liebe, wie sie sie lange, lange nicht mehr erlebt hatte, rief sie ihn bei der Arbeit an, mitten in der Mittagspause.

»Ich bin's.«

»O Gott, Ingunn. Warte eine Sekunde, ich geh nur schnell auf den Gang...«

»Keine Panik. Ich leg schon nicht auf. Schließlich habe ich ja bei dir angerufen!«

Sie hörte, wie er hart ins Telefon atmete, sah vor sich, wie er den kleinen Gegenstand, ein Nokia 8800 Saphire, an seine Wange presste, während er eilig auf dem langen Gang der Anwaltskanzlei eine ungestörte Stelle suchte. Sein Büro lag einen Stock höher, zu weit weg, um sich dort hinzuflüchten, sie hörte, wie er eine Tür öffnete, wusste, dass er auf den kleinen Balkon hinausging, auf dem sich nach dem Essen alle Raucher versammelten. Da die Mittagspause gerade erst angefangen hatte, stand er dort allein, das alles wusste sie über ihn, und noch viel mehr. Und fast alles an ihm glaubte sie zu lieben, er fehlte ihr so sehr, dass sie Salzgeschmack im Mund hatte.

Sie schaute den Elchhund an, der auf dem zertrampelten Rasen aussah wie ein graues Fellbüschel, er hatte sich die Leine um das eine Hinterbein gewickelt und zog mit dem Fuß daran, obwohl er zu schlafen schien. Seine buschigen Ohren drehten sich wie kleine Radargeräte, während er die Augen geschlossen hielt.

»Wo bist du, Ingunn? Ich habe bestimmt tausendmal bei dir angerufen. Hattest du kein Netz? Gestern Abend hätte ich fast die Polizei alarmiert. Bist du noch dran...?«

»Ja... Es ist aus mit uns.«

»Was? Hast du einen anderen? Willst du mir das damit sagen?«

»Nein... Ich...«

»Aber was zum Teufel soll das dann alles? Was zum Henker willst du damit...?«

»... Ich hatte das Handy extra ausgeschaltet. Die ganze Zeit über.«

Es wurde still.

»Ich werde in zwei Wochen wieder zurück sein, und dann teilen wir das unter uns auf, was wir uns zusammen angeschafft haben«, sagte sie.

»Ich verstehe überhaupt nichts mehr.«

»Wir passen einfach nicht zusammen.«

»Das ist doch lächerlich. Lass uns treffen und darüber sprechen. Du kannst unmöglich allein entscheiden, ob wir beide zusammenpassen oder nicht!«

»Ich habe gesagt, es ist aus.«

»Also hast du doch jemand anderen kennengelernt? Gib es zu!«

»Nein, das habe ich nicht.«

»Du lügst.«

»Nein. Ich will einfach nur allein sein.«

»Lieber als mit mir zusammen?«

»Ja.«

2

Jedes Mal, wenn sich Ingunn von einem Mann trennte, litt sie meist mehr als derjenige, den sie verlassen hatte. Sie bildete sich ein, die Männer zu lieben und sie deshalb verlassen zu müssen. Das Einzige, was sie in diesen Situationen stets aufrecht hielt, war die pure Erleichterung darüber, nicht selbst am anderen Ende der Leitung zu sein.

Die Angst, verlassen zu werden, Ablehnung zu erfahren, den Rücken zugekehrt zu bekommen, nicht schön genug, klug genug, gut genug im Bett zu sein, nicht die attraktivste Frau, nicht die Auserwählte, nicht die Erste zu sein, an die er dachte, wenn etwas Schönes oder Trauriges passierte, nicht die Allererste zu sein, mit der er alles teilen wollte, ob es sich nun um eine ungerechte Buße wegen Falschparkens oder um etwas Witziges auf YouTube handelte – diese Angst konnte sie nicht ertragen. Ihr war klar, dass das albern und banal war. Aber die Welt wimmelte nur so von lächerlichen, sitzen gelassenen Menschen, mit denen alle Mitleid hatten.

Solche Menschen trugen ein Kainszeichen auf der Stirn, während andere sich das Maul darüber zerrissen, was mit ihm oder ihr wohl nicht stimmte, und sich gegenseitig an Feste und gesellige Ereignisse erinnerten, an denen die sitzen gelassene Person in spe sich unmöglich benommen oder blöde Dinge gesagt hatte, hoffnungslos stur gewesen war, Seiten gezeigt hatte, mit denen auf

Dauer natürlich niemand leben konnte. Die Welt hatte in den Augen derer, die sich so herablassend äußerten, zu stimmen, damit sie selbst nachts nicht wachliegen und sich darum sorgen mussten, was in ihrer eigenen Beziehung alles schiefgehen konnte. Niemals wurden Liebesschwüre dem Gegenüber häufiger abverlangt als nach einer Trennung im engsten Freundeskreis. Wenn er sie verließ, musste etwas mit ihr nicht in Ordnung sein. Und umgekehrt. Aber der Verlassenen gegenüber bestand man darauf, dass es unbegreiflich sei, dass sie sitzen gelassen worden war, sicher hatte er eine Neue, auch wenn er das nicht zugeben wollte, eine andere Erklärung war unmöglich, er konnte doch nicht sehenden Auges eine Frau wie sie über Bord werfen.

Es gab so unendlich viele sitzen gelassene Frauen. Frauen, die es sogar immer wieder erlebten. Ingunn glaubte, dass Männer es besser ertragen konnten. Sie lernten früh, abgewiesen zu werden, sie hatten ihr Leben lang Abweisung erlebt, von der Mutterbrust, in der Pubertät mit all den unerreichbaren Mädchenunterhosen. Sie lernten, das nicht persönlich zu nehmen, sie lernten, damit zu leben. Sie wurden damit fertig.

3

»Lieber allein als zusammen mit mir?«
»Ja.«

Wenigstens konnte er wütend sein. Wenn er später am Boden zerstört wäre und sich vor Sehnsucht krankschreiben lassen müsste, dann würde es unendlich wichtig für ihn sein, dass sie nichts davon erfuhr. Diese Befriedigung sollte sie keinesfalls haben. Männer entwickelten Trotz, einen Selbsterhaltungstrieb, der seinen Ursprung im maskulinen Wesen haben musste, dachte sie.

Die Beziehung, die Ingunn im Nachhinein am beunruhigendsten erschien, war jene mit dem Typen aus Bergen. Da wäre es fast so weit gewesen, dass nicht sie ihn, sondern er sie verlassen hätte.

Es war ein Dienstag, Ende November. Er hatte das Wochenende bei ihr in Trondheim verbracht und ziemlich zerstreut gewirkt – schon bei seiner Ankunft, aber auch, als er wieder wegfuhr. Sie hatten das ganze Wochenende über so gut wie keinen Sex gehabt, nur einen blitzschnellen Fick hatte es gegeben, am Sonntagmorgen. Er hatte sie von hinten genommen, sie war nicht einmal feucht geworden. In den wenigen Minuten sprachen sie kein Wort miteinander, sie hatte sich nicht einmal die Mühe gemacht zu stöhnen.

Als übergriffig war ihr dieser Akt nicht vorgekommen, er befriedigte nur ein Bedürfnis, wie ein Glas Wasser zu trinken, und zufällig lag sie da und hatte ihm den Hintern zugekehrt.

Sie nahm es nicht persönlich.

Als er fertig war und aus ihr herausglitt, griff sie sich eine Handvoll Kleenex vom Nachttisch, stopfte sie sich in den Schritt und ging ins Badezimmer, wobei sie ihm noch immer den Rücken kehrte. Sie dachte an nichts Besonderes, war eben erst aufgewacht und steckte mit ihren Gedanken noch halb in einem seltsamen Traum, der von Eiern handelte, bei denen die Schale nur in winzig kleinen Stücken abging.

Sie duschte, zog sich an und rief ins Schlafzimmer, ob er ein Ei zum Frühstück wollte, weil doch Sonntag sei. Das waren die ersten Worte, die sie an diesem Tag wechselten.

»Ja, auf beiden Seiten gebraten und mit zerstochenem Dotter«, antwortete er.

Später dachte sie bei sich, ihr Traum sei vielleicht ein Omen gewesen. Wenn sie abergläubisch gewesen wäre, hätte sie ihn zweifelsohne als Omen bewertet, immerhin hatte sein kurzer Höhepunkt sie geschwängert.

Nachdem sie ihn zum Flughafen gefahren hatte und auf dem Heimweg auf der Autobahn unterwegs war, dachte sie darüber nach, wie nah dran sie gewesen war, von einem Mann verlassen zu werden. Sie musste dringend Schluss machen, bevor es zu spät war. Nicht eine Sekunde hätte es sie gewundert, wenn er ihr nach ihrer mechanischen Umarmung in der Abflughalle für immer

Adieu gesagt hätte. Dann wäre sie an einem Sonntag im November allein dagestanden, alleine und sitzen gelassen. Nur einen Monat vor Weihnachten, wie hätte das denn ausgesehen?

Als er zu Hause ankam, schickte er ihr eine SMS. Sie antwortete ihm mit einem Smiley und mit »Vermiss dich«, um ihn bei Laune zu halten. Am Montag drauf leitete sie ihm per E-Mail einige Links weiter, er war ein fanatischer Segler. Sie waren nie zusammen gesegelt, und bei der bloßen Vorstellung bekam sie schon eine Höllenangst. Aber sie wollte ihre Angst nicht zugeben, weshalb sie Interesse vortäuschte und im Internet nach spannenden und ausgefallenen Dingen suchte, die mit Segeln zu tun hatten. Bei ihren Recherchen entdeckte sie unter anderem einen Beitrag über ein Segelboot von zweiundvierzig Fuß, das in einem tropischen Zyklon vor der indonesischen Küste hoffnungslos untergegangen war. Am Dienstag rief sie ihn an und machte Schluss.

»Schluss?«

»Ja. Diese Beziehung führt zu nichts.«

»Na gut«, sagte er.

»Es tut mir leid, wenn ich ...«

»Schon in Ordnung«, sagte er. »Dann brauche ich zu Weihnachten nicht nach Trondheim fahren, dieses Scheiß-Hin- und Hergefahre habe ich eh zum Kotzen satt.«

»Das Hin- und Hergefahre oder mich?«, fragte sie.

»Beides, wenn ich ehrlich bin.«

»Ja, dann. Okay. Und ich hab dich zum Kotzen satt.«

So nah am Sitzengelassen werden war sie noch nie gewesen.

4

Sie sagte ihm nicht, dass sie schwanger war, warum hätte sie das tun sollen? Sie sprachen nicht mehr miteinander.

Ein halbes Jahr später begegnete sie ihm vor einem Kino, ausgerechnet in Oslo. Er wollte sich einen James-Bond-Film ansehen. Allein, was sie freute. Sie selbst war mit einem neuen Mann zusammen, einem ziemlich bekannten Fußballtrainer, was er später an diesem Abend per SMS kommentierte.

»Wusste gar nicht, dass du dich für Fußball interessierst?«

Also hatte er ihre Nummer nicht gelöscht. Sie seine auch nicht, sein Name tauchte im Display auf, und sie antwortete: »Doch, einzelne Aspekte von Bällen können faszinierend sein. Guter Film?«

Er antwortete mit einem Smiley, dem schwächsten, dem, der ein Lächeln nur andeutete.

Die Abtreibung überstand sie problemlos allein. Sie löschte ihre Erinnerung an den eiligen Sonntagsfick einfach aus dem Gedächtnis und schaltete den Gedanken aus, dass ein Fötus mehr ist als eine unerwünschte Visitenkarte, ein Fussel im Auge, der schnell entfernt werden muss, eine Fischgräte im Hals, weiße Hundehaare auf einem schwarzen Hosenbein, ein totes Blatt unter dem Scheibenwischer, ein Stück Eierschale im Waffelteig. Sie ließ sich bei der Gelegenheit gleich eine neue Spirale einsetzen, die alte war von selbst herausgefallen.

Wenn sie abergläubisch gewesen wäre, dann hätte sie auch das als Omen betrachtet. Dass ihr Gebärmutterhals sich auf eigene Faust öffnete und die Spirale ausstieß, um Spermien herzlich willkommen zu heißen. War es etwa möglich, dass sie und er eine geradezu himmlische DNA-Paarung aufwiesen, etwas, das ihr Gebärmutterhals vielleicht ermittelt hatte? Sie würde es nie erfahren. Sie blutete zwei Tage lang. Und sie warf die wenigen Gegenstände weg, die er bei ihr hinterlassen hatte. Rasierapparat, eine abgenutzte Zahnbürste, ein paar weiße Boxershorts und T-Shirts, einen Deostift von Boss, an dem sie lange schnupperte, einen Stapel Krimis, die er als Reiselektüre benutzt hatte, sowie einen Stapel der von ihr abonnierten Zeitung *Morgenbladet*, den sie um nichts in der Welt hatte wegwerfen dürfen, obwohl sie wusste, dass er diese blöden Zeitungen nur so wichtig nahm, um sie zu beeindrucken. Nichts hatte ihm mehr Spaß bereitet, als sie mit kulturpolitischen Fragen in die Ecke zu manövrieren, als müsse sie die Superexpertin in allen kleinen und großen kulturellen Interessengebieten sein, nur weil sie als Musikjournalistin arbeitete.

Zum Glück hatte sie schnell begriffen, dass hier lediglich Minderwertigkeitskomplexe zum Ausdruck kamen. Er war Naturwissenschaftler und Betriebswirt und hatte ständig Angst davor, von Bjørn Gabrielsen von *Dagens Næringsliv* mit der Frage angerufen zu werden, was gerade auf seinem Nachttisch lag. Na, hätte er dann antworten können – kein Buch, sondern ein ungelesener Stapel *Morgenbladet*. Sie warf auch einen absolut brauchbaren Isländerpullover mit schwarzweißem Fischgrätenmuster weg, nachdem sie ebenso lange daran geschnuppert hatte wie an dem Deostift.

5

Aber noch schlimmer war es mit dem, der ihr nach der Trennung Briefe schickte. Er war sechzehn Jahre jünger als sie, zum fraglichen Zeitpunkt erst zweiundzwanzig, so jung, dass sie sich mit ihm in der Öffentlichkeit nicht sehen lassen wollte. Er war eine Ausnahme, er hatte das Abgewiesenwerden offenbar noch nicht trainiert. Er sah so unglaublich gut aus, dass er sicher noch niemals verschmäht worden war. Bestimmt hatte seine Mutter ihn gestillt, bis er fünf Jahre alt gewesen war, und danach war er von einem Schoß zum anderen weitergereicht worden, bis ihm der Verdacht gekommen war, was sich in der Tiefe eines solchen Schoßes befand. Bei seinem sexuellen Debüt war er vierzehn gewesen, erzählte er.

»Und wie alt war das Mädchen?«

»Auch vierzehn.«

»Und niemand hat euch dabei erwischt?«

»Wir haben es draußen im Wald gemacht. Sie war Jungfrau und hat furchtbar geweint, während wir zugange waren und auch noch danach. Ich hatte mir verdammt noch mal dabei beide Knie aufgescheuert.«

»Das arme Mädchen.«

»Das arme Mädchen? Und was ist mit mir? Und meinen Knien?«

»Nun, es hat dir offenbar Lust auf mehr bereitet. Trotz allem.«

»Ja, klar. Wir waren mehrere Monate zusammen und haben meinem Bruder Kondome gestohlen. Sie hat sich mit Filzstift ein Herz auf den Arm gemalt und meinen Namen reingeschrieben, ich fand das super, kam mir richtig erwachsen vor.«

»Hat sie aufgehört, beim Vögeln zu weinen?«

»Ja, absolut. Nur fanden wir im Herbst dann keinen Ort mehr zum Vögeln, und damit war die Sache beendet.«

Er war ein phantastischer Liebhaber, sie wollte immer bei Licht mit ihm schlafen, weil er so schön war. Ihre eigenen Wülste und Cellulitis versuchte sie nicht einmal zu verbergen, sie hatte früh gelernt, dass Männer auf Geilheit abfuhren und nicht auf körperliche Perfektion, und Geilheit konnte sie wirklich eimerweise liefern.

Er war wie eine Maschine, ein Duracell-Kaninchen, er

hatte seine Orgasmen vollkommen unter Kontrolle, ebenso seine steinharten Armmuskeln, die er einer Jahreskarte bei *Sats* zu verdanken hatte. Nie wurde er müde. Im Gegensatz zu ihr – nicht physisch, aber davon, mit ihm allein zu sein, wenn er sie besuchen kam. Er arbeitete als frischgebackener Polizist in Stavanger, sie hatte ihn in Fredrikstad in einem Straßencafé kennengelernt, als sie allein am Tisch saß und er sie um ihren Salzstreuer bat. Er hatte Hähnchen und Pommes gegessen und beim Essen mit offenem Mund gesprochen, sie fand das nicht im Geringsten abstoßend und wusste sofort, wie die Sache enden würde.

Nachdem sie ihn mit einem Blick bedacht hatte, der gerade den Bruchteil einer Sekunde zu lang gewesen war, setzte er sich an ihren Tisch, als sein Kumpel ging. Er war dienstlich in Fredrikstad, irgendetwas mit organisiertem Autodiebstahl, und hatte ein Hotelzimmer. Sie selbst war privat untergekommen. Sie hatte noch nie mit einem so schönen Mann geschlafen, braune Haut, steinharter Körper, alle Haare im Schritt wegrasiert. Sein Schweißgeruch erinnerte sie an den Duft von Kokos, vielleicht lag es an irgendeiner Creme.

Später kam er immer für drei, vier Tage am Stück nach Trondheim.

Bald gingen ihnen die Gesprächsthemen aus.

Er interessierte sich für Sport und Fitness, wies keinerlei politisches Engagement auf, sie machte einen Bogen um etliche Themen, hatte furchtbare Angst, er könnte sich als potenzieller Anhänger der Rechtsliberalen entpuppen und das könnte abtörnend wirken. Wenn er ab und zu eine Bemerkung über Ausländer und Kriminalität fallen ließ, wechselte sie sofort das Thema. Deshalb war es einfach ausgeschlossen, sich mit ihm in aller Öffentlichkeit zu zeigen.

»Hast du keine Freunde?«, fragte er.

»Doch.«

»Und warum darf ich die nicht kennenlernen? Warum kommt nie jemand her?«

»Weil sie wissen, dass ich Besuch habe.«

»Aber wir können doch nicht die ganze Zeit vögeln?«

»Doch! Und den Rest der Zeit brauche ich, um wieder zu Kräften zu kommen.«

Er lachte und zog sie zu sich heran, sie streichelte seinen muskulösen Rücken und kniff in seine Pobacke. Nicht einmal, wenn sie aus allen Kräften zupackte, tat es ihm weh.

Auch mit ihm machte sie per Telefon Schluss.

6

Er reagierte total überraschend. Plötzlich liebte er sie. Liebte sie! Dieses Wort hatten sie nie benutzt. Und er weinte. Weinte! Sie saß ganz still am Küchentisch und lauschte der sechzehn Jahre jüngeren Stimme am Telefon. Egal, was sie sagte, es war falsch. Und sie brachte es einfach nicht übers Herz, ihm zu erklären, dass sie nur seinen Körper und den kolbenharten phantastischen Sex liebte, dass die Sache aber inzwischen zu einseitig und seltsamerweise einsam geworden war. Er brachte den Altersunterschied aufs Tapet, sicher mache sie deshalb Schluss, sie unterwerfe sich den gesellschaftlichen Konventionen – wenn er diesen Ausdruck auch nicht benutzte. Sie stritt es energisch ab, aber er glaubte ihr nicht.

»Scheiße, du bist doch total altersfixiert«, schimpfte er. »Was ist denn Alter, zum Teufel? Verdammt...«

Mehrmals versuchte sie, das Gespräch zu beenden, ohne Erfolg.

»Du kannst doch jede haben, die du willst«, sagte sie. »Das weißt du genau.«

Aber er wollte nicht jede, er wollte sie.

»Du schämst dich für mich«, erklärte er.

Auf absurde Weise stimmte das, obwohl sie wusste, dass jedes weibliche Wesen in Trondheim, das älter als dreizehn war, sie vor Neid gehasst hätte, wenn sie mit ihm an einem Sommertag Hand in Hand am Flussufer entlangspaziert wäre.

»Ich habe einen anderen kennengelernt«, sagte sie endlich.

Da legte er auf.

Und dann kamen die Briefe. Voller Rechtschreibfehler und Floskeln von der Sorte: Ich kann mit dir nicht leben, aber ohne dich geht es auch nicht. Sie musste beim Lesen die Augen zusammenkneifen und warf die Briefe gleich weg, fast, um ihn vor sich selbst zu schützen.

Später fing er an, gleichzeitig zu den handgeschriebenen Briefen auch noch E-Mails zu schicken. Er fehlte ihr schrecklich, das musste sie zugeben, und sie ärgerte sich darüber, mit ihm Schluss gemacht zu haben. Es würde unendlich lange dauern, bis sie wieder einen so phantastisch guten Liebhaber fände, aber bei all den Gefühlen, mit denen er sie überschüttete, konnte sie die Trennung unmöglich zurücknehmen. Er würde glauben, dass sie seine Gefühle erwiderte, und so zynisch wollte sie nicht sein. Es wäre die pure Ausbeutung. Aber ungeheuer verlockend.

Als einige Zeit darauf ein Arbeitskollege von ihm anrief und sagte, er habe Angst, er könne sich etwas antun, nahm sie das Flugzeug nach Stavanger. Er erwartete sie am Flughafen, und im Auto glaubte sie, er werde sie plattdrücken.

»Ich bin nur gekommen, weil ich Angst um dich habe«, sagte sie. »Weil es dir so schlecht geht. Nicht, weil ich… dass wir…«

Sie fühlte sich erbärmlich, als sie zwei Tage darauf wieder ins Flugzeug stieg. Aber nun hatte er es begriffen, auch wenn sie eine Lüge nach der anderen hatte auftischen müssen, über diesen neuen Mann, während sie das Bett fast nicht verlassen hatten und der Sex besser gewesen war denn je. Sie konnte keine offene Beziehung zu einem sechzehn Jahre jüngeren Mann haben. Sie liebte ihn auch nicht, jedenfalls nicht, nachdem sie gesehen hatte, auf welche unbegreiflich hoffnungslose Weise er mit seiner eigenen Muttersprache umging. Wurden an der Polizeihochschule denn überhaupt keine sprachlichen Anforderungen gestellt? Mussten sie denn ihre Vernehmungsprotokolle und Fallberichte nicht auf ordentliche und verständliche Weise formulieren?

Sie stellte sich schlafend, als die Stewardess den Kaffee brachte, sie döste mit der Wange am kalten Fenster. Seine Haut war immer warm, von der guten Durchblutung nach dem vielen Training. Nie wieder würde sie ihn in sich spüren, ihre Knie bis zu seinen Wangen heben, seine Hinterbacken mit den Händen umfassen, spüren, wie seine Gesäßmuskeln auf und ab federten, als wären sie gefüllt mit kräftigen kleinen Tieren, die mit hängender Zunge keuchten. Nie wieder würde sie seinen Schweiß kosten, der von seinen Schläfen auf sie heruntertropfte, und seine unbegreifliche Kraft spüren, von den Fersen bis zu den Handgelenken, konzentriert darauf, sie so viel wie möglich empfinden zu lassen, sein Blick in ihrem.

»Komm, komm, komm«, hatte er gesagt, »komm zu mir.«

Sie öffnete die Augen und betrachtete einen Aufkleber von Ventelo, der unter der Tischklappe klebte.

Eine ältere Frau auf dem Mittelsitz neben ihr verschlang gerade einen Blaubeermuffin und schlürfte zwischen den Bissen Kaffee. Überall lagen Krümel herum. Da die Muffinfrau die Armlehne mit Beschlag belegt hatte, lehnte sie sich wieder an die eiskalte Flugzeugwand und hatte nur noch den Wunsch, bald in Værnes zu landen, damit sie sich in den Audi setzen und bei lauter Musik den ganzen Weg in die Stadt fahren konnte, um allein zu Hause einen Karton Weißwein aufzuschlitzen und lange und bitterlich über vergossene Milch zu weinen.

7

Ihre längste Beziehung hatte elf Monate gehalten. Sie glaubte wirklich, ihn geliebt zu haben, aber sicher war sie sich nicht. Es gab allerlei Kleinigkeiten an ihm, die ihr überhaupt nicht gefielen, und das beruhigte sie: die Art, wie er Luft holte, wenn er sich konzentrieren wollte, erst durch den Mund hinein, dann durch die Nase hinaus. Dass er immer ein Taschentuch aus Stoff bei sich trug, mindestens eine Woche lang dasselbe, obwohl er sich damit nicht nur die Nase putzte, sondern nach dem Essen auch den Mund abwischte. Und dass er nur alle zwei Tage eine frische Unterhose anzog.

Aber sie zweifelte nicht daran, dass er sie liebte, deshalb schockierte es sie umso mehr, als sie über eine anonyme Hotmail-Adresse erfuhr, dass er sie hinterging. Mit einer gewissen Astrid, mit der er zusammenarbeitete. Vermutlich versteckte diese Astrid sich hinter der Hotmail-Adresse, wer hätte sonst ein Interesse daran haben können, ihr so etwas mitzuteilen?

Sie wohnten zusammen, in ihrer Wohnung, er hatte fast alle seine Habseligkeiten eingelagert. Zwar hatten sie einen unterschiedlichen Bildungsstand – sie hatte die Journalistenschule besucht, er war Filialleiter der Kioskkette *Narvesen* und hatte nur den Gesamtschulabschluss –, aber an seinem Intellekt war nichts auszusetzen. Er schrieb fehlerfrei Norwegisch, las gute Bücher, hielt sich politisch auf dem Laufenden, brachte laut, deutlich und fundiert seine Meinungen vor, sie stritten sich fast nie, aßen mehrmals die Woche im Restaurant, sprachen zum Glück nicht über Kinder, jedoch viel darüber, ein Haus zu kaufen, sie schliefen fast jede zweite Nacht und an den Wochenenden bisweilen auch am Tag miteinander, er war vom Aussehen her ein richtiger Bär, drei Monate älter als sie, Mitglied in einem Weinclub, fuhr Gokart und downhill GT-Rad und konnte phantastisch massieren.

Elf Monate waren eine lange Zeit. Eine sehr lange Zeit. Sie hatten sogar zusammen Weihnachten gefeiert, nur sie beide. Am Heiligen Abend hatten sie Langenfisch gegessen und beide witzigerweise geriebenen braunen Ziegenkäse und Sirup als Beilagen gewählt.

Thomas hat ein Verhältnis mit einem Mädchen, das Astrid heißt. Nur damit du das weißt. Sie arbeiten zusammen.

Mädchen? Das klang jung. Das klang mindestens zehn Jahre jünger als sie selbst.

Am nächsten Tag musste er nach Oslo zu einem wichtigen Fundamentmeeting mit der Reitan-Gruppe. Sie hatten herzlich über diesen albernen Ausdruck gelacht. Nach der E-Mail war ihr klar, dass er ganz bestimmt mit Astrid zu einem romantischen Wochenende fahren wollte, und schon fand sie alles sehr viel weniger komisch. Sie hatte minutenlang vor dem Rechner gesessen und die E-Mail angestarrt.

Nur damit du das weißt.

Sie hatten sich um vier im ersten Stock des *Credo* zum Mittag verabredet, ihr blieben drei Stunden. In diesen drei Stunden musste sie eine Lösung finden. Sie versuchte zu weinen, aber es gelang ihr nicht. Ihre Enttäuschung war größer als ihr Kummer. Was zum Henker bildete er sich eigentlich ein? Sie würde nicht zum Weinen aufs Klo stürzen. Später, ja. Aber nicht jetzt. Sie blieb sitzen und schaute sich in dem Großraumbüro um, meterweise Ordner in den Regalen über dem Computer, Staub, der sich im Chaos der Leitungen unter der Computeranlage sammelte, ihre Tasche, die unter dem Kleiderhaken auf dem Boden stand und aus der ein halb gegessenes und in Zellophan gewickeltes Baguette aufragte. Sie verspürte plötzlich einen heftigen Zorn auf alle Baguetteschmierer, die Jahr für Jahr ungeschoren davonkamen, wenn sie einfach eine knochentrockene Baguettehälfte ohne Margarineschicht auf den Belag knallten. Sie musterte den toten Kaktus auf ihrem Schreibtisch, als ob sie ihn noch nie gesehen hätte. Sie hatte ihn zu Tode gegossen, und jetzt kippte er mit einem Kern aus braunem Schleim über den Topfrand. Mit einem Kugelschreiber bohrte sie darin herum. Sie musste nachdenken, planen, ihren IQ von 132 benutzen, jedes einzelne

Hundertzweiunddreißigstel. Sie sprang auf und warf Baguette und Kaktus in den Papierkorb, den Kaktus mit Tontopf und allem. Keine von den Kolleginnen an den anderen Tischen bemerkte etwas, zu sehr waren alle mit ihren Bildschirmen oder Telefonaten beschäftigt.

Sie löschte die Mail.

Jetzt hatte sie die Woche.

8

Sie traf ihn im ersten Stock des *Credo*, wie verabredet, sie lächelte und redete wie immer, hatte keine Ahnung, was sie aß, wusste aber aus Erfahrung, dass es sehr gut war, sie ging aufs Klo, als er abermals einen Witz über das Fundamentmeeting machen wollte. Jetzt musste sie nur noch eine einzige Nacht mit ihm durchstehen, danach wäre Schluss.

Am Freitag holte sie sich im Postamt einen Nachsendeantrag. Sie hatte die ganze Nacht nicht geschlafen, hatte nur seinem Atem gelauscht und gewusst, dass sie ihn zum letzten Mal hörte. Er schnarchte nicht, atmete kaum hörbar. Wenn er ein Schnarcher gewesen wäre, hätte sie sein Schnarchen mit ihrem Handy aufgenommen, um es als Erinnerung zu bewahren. Zum Glück hatte er keinen einzigen sexuellen Vorstoß unternommen, was sie aber auch effektiv zu verhindern gewusst hatte, da sie am frühen Abend mit einer phosphorgrünen Gesichtsmaske herumgelaufen war und ein unrasiertes Bein ausgestreckt hatte, um ihm zu zeigen, wie lang die Haare dort waren.

»Weißt du, angeblich sind Frauen nur an den Beinen behaart, weil sie in der Steinzeit durch seichtes Wasser gewatet sind, um Fische zu fangen. Ist das nicht eine seltsame Vorstellung?«, fragte sie.

»Um nicht zu frieren, meinst du?«

»So ungefähr.«

»Aber du bist doch auch an anderen Stellen behaart.«

»Ja, auf dem Kopf.«

»Und an der Möse.«

Worauf sie ins Badezimmer stürzte und sich mit der Gesichtsmaske einschmierte. Als sie ins Wohnzimmer zurückkam und sah, dass er sich ins Fernsehprogramm vertieft hatte, war sie erleichtert. Für ihn war es wohl auch nicht so leicht, ihr etwas vorzuspielen, während er in Gedanken schon auf dem Weg zu einem romantischen Wochenende nach Oslo mit Astrid war. Er wollte einen Film auf TV 3 sehen.

»Hast du auch Lust?«, fragte er. »Der hat fünf von sechs Sternen bekommen. Und Michael Madsen spielt mit.«

»Ich bin schrecklich müde. Sieh du ihn dir nur an.«

Als sie am Nachmittag nach Hause kam, war er schon nach Oslo unterwegs. Sie fand die letzte Überweisung für das Lager, in dem er seine Möbel aufbewahrte. Verschlag 28 bei Trondheim Safe-Hold. Sie füllte auf dem Antrag, den sie bei der Post geholt hatte, die Adressenändcrung entsprechend aus.

In der Wohnung lagen viel mehr Dinge, die ihm gehörten, als ihr bisher klar gewesen war. Vor allem Klamotten. Statt sie in Bananenkisten zu packen, nahm sie Müllsäcke. Am Ende waren vier bis obenhin vollgestopft, unter anderem mit einem maßgeschneiderten Mantel von White Collar aus Jersey und einem drei Jahre alten Armanianzug aus anthrazitgrauer feiner Wolle. Die Kästen füllte sie mit Büchern, einer Smoothiemaschine, die er jeden Morgen benutzte, allen CDs mit der Musik, die sie mit diesen elf Monaten verband, abgesehen von Coldplays X & Y; die stellte sie wieder ins Regal zurück. Einem ansehnlichen Stapel DVDs, einem Fotodrucker, einer nagelneuen Digitalkamera und einer feschen Lampe von *Interia*, die er eines Tages einfach so mit nach Hause gebracht hatte.

Sie trug alles zum Audi, musste dreimal die Treppe hoch- und runterlaufen, und fuhr zum Laden der Heilsarmee in Møllenberg. Dort stellte sie die Sachen vor der Tür ab, weil der Laden geschlossen hatte. Ob Diebe oder Heilsarmee den Kram bekamen, war ihr egal, obwohl ihr eigentlich Diebe lieber gewesen wären, denn wegen der homofeindlichen Haltung wollte sie die Heilsarmee nicht länger unterstützen. Aber es war kein Tag für Prinzipien.

Später ließ sie einen Schlosser kommen, zum vierfachen Preis, die Hälfte davon schwarz in die Hand. Er wechselte das Schloss der Wohnungstür aus und gab ihr drei funkelnagelneue Schlüssel, die allesamt ihr gehörten.

Er rief am Samstagnachmittag an.

»Ich hatte den ganzen Tag Sitzung. Oh, verdammt, mein Kopf fühlt sich an wie mit Watte gefüllt, muss mich vor dem Essen kurz hinlegen. Und du?«

»Ich? Ich habe ziemlich viel zu tun gehabt. Du bist übrigens von heute an wohnhaft im Verschlag 28, Trondheim Safe-Hold. Deine Post habe ich umleiten lassen. Und deine Ummeldung schon ans Einwohnermeldeamt geschickt. Deine Sachen findest du bei der Heilsarmee. Du kannst sie sicher zurückkaufen. Die Kamera wird wohl nicht ganz billig sein, auch der Mantel aus Jersey nicht. Und nicht zu vergessen der Armanianzug. Scheint heute ein Glückstag für die Heilsarmee zu sein. Wenn nicht alles über Nacht gestohlen wird…«

»Was redest du da…«

»Und sag Astrid einen schönen Gruß. Weiß sie, dass du nur alle zwei Tage die Unterhose wechselst?«

9

Der Preis dafür, einen Mann zu verlassen, den sie zu lieben glaubte, war hoch. Sie musste ihre Tage strukturieren, immer bestimmte Aufgaben klar vor Augen haben. Die Arbeit half ihr dabei, sie liebte ihre Arbeit, sie lenkte sie ab. Schwer fielen ihr anfangs vor allem die Abende allein zu

Hause. Deshalb bat sie in der ersten Zeit um Spätdienst, dann konnte sie lange liegen bleiben und den Tag weitgehend im Bett verbringen. Es war so verdammt ungerecht, dass sie mit dem größeren Kummer dasaß.

Aber immerhin wurde sie nicht öffentlich verschmäht. Obwohl es nur eine Frage der Zeit war, bis irgendein Verflossener mit einer neuen Dame am Arm durch die Stadt stolzierte, war es doch immer sie, die verließ, nicht umgekehrt.

Wenn nach zwei Wochen das Schlimmste vorbei war, legte sie eine Runde mit One-Night-Stands ein, die sie in der Stadt aufgabelte oder lieber noch im Netz fand. Es gab nie Probleme, Männer zu finden, sie war direkt und offen und machte sich nicht die Mühe, um den heißen Brei herumzureden. In den Dating-Plattform im Netz tummelten sich allerlei verheiratete Männer, die ungefährlich und diskret waren. Sie brauchte nur Ort und Alter einzugeben und zu warten, bis die Männer sich eingeloggt hatten, um dann Bilder auszutauschen, für eine Minute abzuwägen, ein Treffen zu vereinbaren, am besten noch am selben Abend, am besten bei ihr zu Hause. Sie hatte ein Öl, das in der Kondomerie verkauft wurde, falls sie also nicht sofort auf den Mann ansprang, half es ihr, trotzdem feucht zu werden. Und wenn er erst einmal losgelegt hatte, dann sagte sie ihm einfach, wie sie es gern wollte.

Es war natürlich anstrengend, sich durch einen dermaßen riesigen Haufen von Gefühlen durchzuvögeln, die Trauer auf jede erdenkliche Weise zu bearbeiten, zu feiern und sich durch das Wissen hindurchzuficken, den anderen zwar verlassen zu haben, aber dennoch den Verlust ertragen zu müssen. Sie verbrachte viel Zeit mit vergeudeten, verkaterten Samstagen und Sonntagen. Überall lagen CDs auf dem Wohnzimmerboden, halbvolle Champagnerflaschen, Dreck, verdammt viel Dreck, Flecken auf Sofa und Sesselbezügen, die sich nicht entfernen ließen, SMS-Chaos, an die falsche Adresse geschickte Nachrichten, ein falscher Name, mitten in der Nacht angerufen, oder auch das: leichtfertig abgegebene schallende Fürze, weil sie vergessen hatte, dass sie frisch gevögelt war und dass noch immer ein Mann neben ihr lag.

Zugleich musste sie trotz dieses ganzen Gevögels ihr eigenes Leben leben: ihre Arbeit bis zum i-Tüpfelchen perfekt ausführen, Fenster putzen, Blumen gießen, den Stromzähler ablesen, Benzin nachfüllen und lustig auf kollegiale Scherzmails antworten. Dieselbe sein wie vorher. Es hatte viele Nachteile, die Trauer mit Hilfe von One-Night-Stands überspielen zu wollen, aber es machte auch viel Spaß, und eines Tages würde sie im Altersheim darüber kichern können, wenn sie überhaupt so lange lebte. So wie über den, der sich als SM-Fan entpuppte, nachdem er ihre Wohnung betreten hatte. Der E-Mail-Wechsel zuvor hatte keinerlei Hinweise auf eine solche Veranlagung gegeben. Aber als er zu ihr nach Hause kam und sie ihn fragte, welche Phantasien ihn hochbrächten, quoll es nur so aus ihm heraus. Er wollte dominieren, schlagen und ohrfeigen und an den Haaren ziehen. Sie dachte nur, na gut, probier ich das mal aus, kann ja sein, dass ich auch darauf abfahre, man kann nie wissen.

10

Sie fuhr nicht darauf ab.

Zuerst vereinbarten sie ein *Stoppwort* – so hieß das offenbar. Sie einigten sich darauf, dass sie SCHLUSS sagen sollte. Das Gespräch über den Verlauf, das sie bei einer Flasche Sancerre am Tisch führten, als sie einander noch nicht berührt hatten, machte sie geil, was er natürlich missverstand, als er später im Schlafzimmer einen forschenden Finger in sie hineinschob. Seine Kleider faltete er zusammen und legte sie auf einem ordentlichen Stapel ab, dann stand er nackt und erigiert vor ihr, mit einem befriedigend großen Penis, der blank und verheißungsvoll auf und ab wippte. Dann ging es los.

Er wurde zum Tier, fickte sie aus allen erdenklichen kamasutrischen Winkeln, schleuderte sie aus einer Stellung in die andere, kaute hart auf ihren Brustwarzen herum, ohne zu saugen oder zu lecken. Wenn er sie von vorn vögelte, sah sie nur seine schwarzen Augenbrauen, wie wütende behaarte Schmetterlingslarven, die aufeinander zustürmten.

In seinen Augen lag Hass. Das Weiße darin war rot un-

33

terlaufen. Kein Wunder, bei der Energie, die er an den Tag legte. Anfangs war sie so überrascht, dass sie sich mitreißen ließ, es war wie eine Autokollision in Zeitlupe, aber sie wurde von Minute zu Minute immer trockener, sie hatte vergessen, sich mit dem raffinierten Öl einzuschmieren, sie wollte nur, dass er bald kam, um die Dürre zu verbergen.

Er drehte sie in Hundestellung und zerrte ihren Kopf an den Haaren nach hinten, bis sie das Gefühl hatte, dass die Haut über ihrem Kehlkopf riss und ihr Skalp sich löste. Als er sie zur guten alten und ersehnten Missionarsstellung auf den Rücken schob, glaubte sie, nun werde er endlich kommen.

Ihr Körper pochte vor Anstrengung und Schmerz. Aber er fing an, ihr Ohrfeigen zu verpassen. Immer, wenn er im Fickrhythmus den Oberkörper hob, schlug er sie, abwechselnd mit der linken und der rechten Hand.

»Nein! Aufhören!«, rief sie. »Scheiße, das tut doch WEH!«

Doch er hörte nicht auf. Ihr Kopf wurde von den Schlägen hin und her geschleudert. Er wurde immer wilder, fickte immer schneller, schlug immer häufiger.

»Aufhören. Aufhören!«, schrie sie.

Sie hatte das Gefühl, jeden Moment in Ohnmacht fallen zu müssen, als es ihr einfiel:

SCHLUSS!

Sofort zog er sich aus ihr heraus und setzte sich auf die Bettkante, keuchte mit hängenden Wangen.

»Warum denn?«, fragte er, ohne sie anzusehen.

Sie atmete tief und lange durch, schlug die Hände vors Gesicht. Die Matratze unter ihr fühlte sich seltsam uneben an, wie ein Schlachtfeld.

»Sag mal, warum bist du nicht gekommen?«, fragte sie.

»Ich komme nur bei Nutten, die ich bezahle.«

»Ich glaube, du solltest jetzt gehen. Das hier war nichts für mich. Tut mir leid.«

Tut mir leid…?! Warum entschuldigte sie sich auch noch? Sie fühlte sich wie gerädert, ihre Kopfhaut brannte, der Puls hämmerte ihr in den Brüsten, ihre Wangen glühten, und ihr Schritt war so furchtbar heiß vor knochentrockener Reibungswärme, als ob jemand ein Feuerzeug in sie hineinhielte.

Noch am selben Abend, als er gegangen war, nachdem er in der Küche drei Glas Wasser getrunken und sich dafür artig bedankt hatte, musste sie darüber lachen, dass sie gesagt hatte, es tue ihr leid, und nicht er. Sie hatte um Entschuldigung gebeten, obwohl sie wie ein körperliches Wrack dagelegen hatte und weil sie nicht auf SM abfuhr. Tut mir leid, tut mir leid, tut mir leid. Es war zum Totlachen. Am nächsten Tag kaufte sie sich in der Apotheke eine Creme gegen Blutergüsse, ihre Brüste sahen aus wie frisch geklopftes Filet. Was stimulierte Menschen sexuell daran? Sie hätte sich auch gleich einen Job als Stoßdämpfer nehmen können, aber jeder nach seinem Geschmack, dachte sie. Es ärgerte sie, dass sie sich trotz allem darüber

Gedanken machte, ob er in ihr gekommen wäre, wenn sie Geld von ihm genommen hätte, und ob sein abrupter Abgang sich damit hätte vermeiden lassen können. Vielleicht hätte er sich ja doch als brauchbarer Mann entpuppt, wenn er nur seine Phantasien für sich behalten hätte und mit einer ganz normalen alltäglichen Lebenslüge auf Nummer sicher gegangen wäre.

11

»Mal sehen ... Sie leben allein?«

»Ja, bisweilen.«

»Hatten Sie Ausfluss? Unregelmäßige Blutungen?«

»Nein. Ich soll nur so einen Abstrich machen lassen. Das stand in der Benachrichtigung.«

»Sie haben die Spirale?«

»Ja.«

»Und das geht gut?«

»Abgesehen von der, die rausgefallen ist ... Ich bin prompt schwanger geworden und habe abgetrieben.«

»Ja, das sehe ich hier.«

»Aber das ging gut.«

Er sah sie an.

»Gut?«

»Ja, eigentlich. Ging glatt.«

Er blickte wieder auf den Bildschirm und tippte beim Reden die ganze Zeit auf der Tastatur herum.

»Haben Sie einen festen Sexualpartner?«

»Das wäre wohl leicht übertrieben. Im Moment nicht, nein.«

»Sie leben also allein.«

»Ich lebe allein, aber ich habe viele Sexualpartner.«

»Verzeihung? Viele? Haben Sie nicht eben gesagt...«

»Sie haben gefragt, ob ich einen festen Sexualpartner habe. Das habe ich nicht. Keinen festen. Aber viele.«

Er ließ seinen Blick am Bildschirm haften.

»Ich verstehe«, sagte er. »Viele?«

»Ja. Viele.«

»Viele verschiedene?«

»Das liegt doch wohl in dem Begriff ›viele‹, ja.«

»Ach so. Verhüten Sie auf irgendeine Weise?«

»Ich habe doch die Spirale.«

»Ich dachte mehr an Geschlechtskrankheiten.«

»An die denke ich nicht so sehr.«

»Die?«

»Krankheiten.«

»Kein Kondom?«

»Nein, ich vertrage keine Kondome.«

»Na gut. Aber vielleicht... Wenn Sie, wie Sie sagen, viele... Dann sollten Sie vielleicht doch...«

»Ich kann Kondome nicht ausstehen. Das Geräusch, das sie machen. Das Gefühl.«

Sie benutzte Kondome nur auf ihrem Mittelfinger, wenn

sie einem Mann die Prostata stimulieren wollte, aber sie glaubte nicht, dass der Arzt sich über diese Antwort freuen würde, es war ja nicht ihr Mittelfinger, der seine Besorgnis erregte.

»Können Sie nicht auch noch andere Dinge überprüfen, wo ich schon mal hier bin?«, fragte sie. »Proben nehmen und so?«

»Natürlich. Fühlen Sie sich ansonsten gesund?«

»Gesund und munter.«

»Dann können Sie sich unten frei machen und schon mal auf den Stuhl steigen.«

Zwei Wochen später erhielt sie den Bescheid, dass der Abstrich keine Zellveränderungen und keine Geschlechtskrankheiten ergeben hatte. Sie war gesund und munter.

12

Eines Samstagmorgens erwachte sie neben jemandem, der hinter ihr lag und das ganze Bett ausfüllte. Langsam ließ sie sich aus dem Schlaf auftauchen, blieb liegen und lauschte auf seinen Atem. Gleichmäßig und tief. Sie hatte keine Ahnung, wer dieser Mann war. Sie konnte sich einfach nicht daran erinnern, nachts jemanden mit nach Hause geschleift zu haben. Allmählich bekam sie es mit der Angst zu tun. Litt sie etwa an Gedächtnisschwund? Sie war auch nicht verkatert, was sich sonst in ihren One-Night-Stand-Hochphasen ganz von alleine einstellte.

Die panische Angst vor Gehirnschlägen oder Gedächtnisschwund machten es ihr unmöglich, sich auch nur an ein einziges Detail des vergangenen Abends oder gar der Nacht zu erinnern. Sie würde nachsehen müssen, um die Angelegenheit klären zu können. So etwas war ihr noch nie passiert – jedenfalls nicht im wachen Zustand. Im Schlaf oder halbwach warf sie natürlich bisweilen alles auf peinliche Weise durcheinander, aber jetzt war sie hellwach. Verwirrt und verängstigt. Sie spürte ihren Puls in der Zungenspitze und den Schläfen pochen. Vorsichtig schob sie sich einen Finger in den Schritt, hob ihn dann an ihre Nase und roch daran. Nein, es roch nicht nach Fick. Langsam und lautlos drehte sie den Kopf und starrte auf etwas Schwarzes. Etwas Schwarzes, das neben ihr auf dem Kopfkissen tief und regelmäßig atmete.

Ein Ohr. Ein blankes schwarzes Ohr mit Fellbewuchs.

Es war Kalle. Der Dobermann des Nachbarn, zweiundsechzig Kilo schwer, sie hatte ihn über Nacht gehütet, vermutlich hatte er sich unter die Decke geschlichen. Sie lachte laut, und Kalle wachte auf. Gähnend wandte er ihr den Kopf zu, präsentierte ihr seinen gigantischen rosa Schlund mit den spitzen, krummen und speicheltriefenden Eckzähnen. Sie drehte sich zu ihm, legte den Arm um den riesigen Brustkasten und bohrte die Nase in sein Nackenfell zwischen die Ohren. Es duftete nach Wald und Schlaf.

»Kallemann ... Mein guter feiner Kallemann. Jetzt schlafen wir noch ein wenig. Ich bin ja so froh, so wahnsinnig froh. Du kriegst alle möglichen Leckerbissen, wenn wir aufstehen. Wenn du willst.«

Kalle seufzte tief und reckte sich noch mehr, er war größer als sie, wenn er so dalag. Sein Schwanz wedelte dreimal gegen ihre Knie, dann schlief er wieder ein, und sie fand, dieser Tag habe gut angefangen, trotz allem.

13

Über ihre Arbeit hatte sie Kontakt zu allerlei Promis, Promis aus der Kulturszene. Männer, Narzissten, Männer, denen es gefiel, wenn sie im Mittelpunkt standen, wenn sie interviewt und fotografiert wurden. Musiker waren das Egozentrischste auf der ganzen Welt, alle anderen Künstler konnten dagegen einpacken. Musiker ließen sich selbst mit dem banalsten, schleimigsten Kompliment aufreißen.

Was ihr an ihnen nicht gefiel, war, dass sie glaubten, ihr einen Gefallen zu tun, wenn sie mit ihr schliefen, dass sie sie als Promifickerin betrachteten und glaubten, sich in einer Win-win-Situation zu befinden. Sie fickte sie aus purem Jux und spielte ihre Rolle als schlichte »Frau von der Straße«, die belohnt werden wollte. Sie arbeitete nie als Rezensentin, denn dann könnte sie nicht mitmischen.

Sie hatte mehrmals schon Rezensionsaufträge abgelehnt, eben um sich einen Fick mit einem bekannten Gesicht erschmeicheln zu können, wenn sie gerade Lust dazu hatte.

Tief im Inneren wusste sie, dass sie eine Promifickerin war, eine echte Promifickerin. Es gab ihr einen Extra-Kick, über sich ein bekanntes Mediengesicht zu sehen, verzerrt bis zur Unkenntlichkeit. Es gefiel ihr, ihn danach mitten in die Kloschüssel pissen zu hören, seine Kleider als hektischen Haufen vor dem Bett zu finden, seine Stimme zu hören, in der Erinnerung ein Gitarrenriff aus dem Konzert hervorzuholen, das sie besucht hatte, sich daran zu erinnern, wie er auf coolen Bildern und CD-Covern posierte, während sie zuhörte, wie sein scharfer Urinstrahl das Wasser traf, und wusste, dass dieses Glied eben noch in ihr gewesen war.

Natürlich kreuzten auch andere Promis als die aus der Kulturszene ihren Weg. Einmal war sie mitten in der Nacht im Hotel *Bristol* in Oslo aus einem Alptraum hochgefahren, so plötzlich, dass sie den Mann geweckt hatte, der neben ihr lag.

Sie hatte ihn lange gemustert und versucht, die Decke an sich zu ziehen, was nicht ging, da er sie im Schlaf festhielt und ständig in die Gegenrichtung zog, mit zerzausten Haaren und verwirrtem Blick.

»Ich dachte, ich hätte den Fernseher ausgeschaltet«, sagte sie zu sich.

14

Irgendwann glaubte sie, gar nicht mehr auf ältere Männer zu stehen. Sie wollte sie immer jünger und straffer und ausdauernder. Junge Männer hatten glattrasierte, seidenweiche Pornomurmeln, waren am Oberarm tätowiert, und sie hatten einen iPod, den sie überall herumliegen ließen, gern auf dem Badezimmerboden, während sie duschten, iPods waren offenbar wasserdicht.

Als sie anfing, sich ernsthaft Sorgen um ihre sexuelle Regression zu machen, lernte sie glücklicherweise den Shell-Mann kennen, einen uralten Kerl, der mehrere Tankstellen in Møre besaß. Er war weit über fünfzig, und sie hatte ihn per E-Mail gefragt, ob er Viagra brauche, um in Fahrt zu kommen. Er stritt es energisch ab.

Und es stimmte. Er gab ihr den Glauben zurück, in sexueller Hinsicht nicht von dem abzuweichen, was als »normal« bewertet wurde. Dennoch geriet sie beim Anblick junger Männer ständig in Versuchung. Auch stellten diese ihre Bilder immer gleich ins Netz, sie musste nicht extra danach fragen. Und die jungen Kerle lehnten ältere Frauen durchaus nicht ab, sie wussten aus Erfahrung, dass Mädchen ihres Alters lange nicht so freizügig waren wie erfahrene Frauen.

Zum Aufreißen hielt sie sich an die üblichen Netforen. Ab und zu versuchte sie es auch auf *MILF*, aber sie antwortete nie den Jungs, die sich dort herumtrieben. Letztendlich war ihr dort alles zu konkret und taktlos, zu sehr Porno. Außerdem identifizierte sie sich nicht mit den Frauen, die sich dort fotografieren ließen, dazu war sie eigentlich noch zu jung.

In den gängigen Foren wimmelte es nur so von jungen Männern. Sie füllten ihr Profil nicht mit Floskeln über idiotische Ausflüge in Wald und Wiese oder damit, dass sie den Kilimandscharo und den Mount Everest bestiegen hatten. Sie prahlten nicht damit, nur maßvoll Alkohol zu konsumieren, und faselten nicht irgendetwas über exotische Länder, die sie bereits bereist hatten oder noch gern besuchen würden. Auch gaben sie nicht damit an, was für ein großes Boot oder welchen leistungsstarken Torschlusspanikkubikmotor sie fuhren, wie es die älteren Kandidaten gerne taten. Am wenigsten gefiel es Ingunn, wenn ältere Männer im Intro lang und breit beschrieben, wie oft sie in der Woche trainierten. Sie nannten konkrete Zahlen für ihre Trainingsgewohnheiten, sie fand das jämmerlich. Wollten sie damit sexuelle Leistungsfähigkeit andeuten? Etwas über ihr Aussehen sagen? Oder über mutmaßliche Lebensdauer und niedrigere Versicherungsprämien?

Die jungen Männer hingegen wussten genau, was sie wollten. Das war den Bildern im Netz anzusehen, dem Blick und dem angedeuteten Lächeln. Meist waren es amateurhafte MMS-Bilder, mit dem Handy und ausgestrecktem Arm aufgenommen, oft im Badezimmer, wo das Licht das beste war. Sie sahen ganz einfach geil aus. Sie sahen aus, als würden sie in der nächsten Sekunde in jemanden eindringen, glücklich, erwartungsvoll, furchtlos und zum Bersten mit Sperma gefüllt; unsterblich, mit ihren jungen Körpern und Flüssigkeiten: Schweiß, Sperma, Speichel. Sie wollten nur genießen und sich leeren, sie schienen einer anderen Spezies anzugehören als ältere Männer, jedenfalls kamen sie von einem Planeten in einem anderen Sonnensystem. In den Intros fassten sie sich ziemlich kurz, und wenn sie mit etwas protzten, dann mit ihrem Sinn für Humor und ihrer Freude am Ausgehen, solchen Dingen. Sie selbst hatte für die Dating-Plattform einen nüchternen Introtext:

Fröhliches Mädchen in den besten Jahren (38 :-)) möchte sich amüsieren. Ein Flirt, der vielleicht noch mehr werden kann? Arbeite mit Medien und habe keine Angst vor Laken.

Das mit der nicht vorhandenen Angst vor Bettlaken war der Net-Zensur nicht aufgefallen, obwohl der Hinweis deutlich war. Aber da sie kein Bild in ihr Profil einfügte, war sie für die Zensur vermutlich nicht so interessant.

Sie wurde mit Anfragen von jungen Männern geradezu bombardiert.

15

Der Shell-Mann hatte sich auch nicht mit Waldwanderungen und Reisezielen vorgestellt. Vielmehr suche er ein wenig Spannung im Alltag. Und er wohne mit einer Frau zusammen, da wolle er ganz ehrlich sein. Gegen die Frau hatte sie nichts, sie kannte sie ja nicht persönlich. Sein Profiltext kam ihr zwar eigentlich ziemlich bescheuert vor, aber als sie um ein Bild bat und es erhielt, beschloss sie sofort, ein Auge zuzudrücken und sich für kurze Zeit unter den Oberbegriff *Spannung im Alltag* einordnen zu lassen.

Der Shell-Mann wurde zu etwas mehr als einer einmaligen Angelegenheit. Er besuchte sie mehrmals und torpedierte ihren Virilitätszweifel, er hatte den Schritt voller Pelz, und ihr gefiel das, so wie fast alles an seinem Körper. Die Affäre verlief in jeder Hinsicht befriedigend, bis er eines Nachts kundtat, dass er mit dem Gedanken spielte, seine Lebensgefährtin zu verlassen.

»Verstehst du ... Du bedeutest mir immer mehr«, sagte er.

Sie lag auf seinem Oberarm, schaute graugekräuselte Brusthaare an und genoss den Geruch seiner Achselhöhle, als er das sagte.

»Ach?«

»Immer mehr«, sagte er. »Auch wenn wir uns nur für eine schnelle Nummer im Netz kennengelernt haben.«

»Ich finde, das solltest du lassen. Ihr ... Ihr habt doch Kinder zusammen.«

»Die sind erwachsen, verdammt noch mal. Das müssen die verkraften können ... Alle machen doch irgendwann Schluss.«

»Aber ich finde nicht, dass du sie verlassen solltest. Nicht meinetwegen.«

Das Einzige, was sie in dem Moment wollte, war, ihn rauszuschmeißen, die Tür hinter ihm abzuschließen, sich in die Badewanne zu setzen, sich volllaufen zu lassen und laut Musik zu hören, vielleicht *How To Dismantle An Atomic Bomb* von U2, um darüber zu trauern, dass eine so hervorragende physische Beziehung jetzt ruiniert war. Was für ein Idiot.

»Natürlich wäre es deinetwegen. Unseretwegen. Damit wir ohne schlechtes Gewissen zusammen sein können«, sagte er.

»Ich habe doch gar kein schlechtes Gewissen«, sagte sie. »Ich kenne sie ja nicht. Wahrscheinlich ist es besser, wenn du jetzt gehst«, sagte sie.

»Ich soll gehen ...? Wie meinst du das?«

Er zog den Arm zurück, auf den sie ihre Wange gelegt hatte, richtete sich auf dem Ellbogen auf, sah ihr ins Gesicht und blickte ihr tief in die Augen.

»Wie meinst du das?«, fragte er noch einmal. Auch seine Augenbrauen waren grau meliert, sie sahen aus wie Schnurrbärte. Ihr war das zuvor gar nicht aufgefallen. Diese Sache mit dem Alter zog eine Menge Gefühle nach sich, und sie hatte es erst bemerkt, als es bereits zu spät war.

»Du musst gehen«, sagte sie. »Ich will keine Beziehung. Es gibt kein *uns*, das wäre nicht richtig. Es tut mir leid. Ich dachte einfach, wir könnten ab und zu eine Nummer schieben.«

»Ja, aber verdammt noch mal. Wir tun uns doch so gut.«

In seiner Stimme lag Verzweiflung. Plötzlich war er ihr fremd geworden.

»Das hier ist nur Sex. Mehr nicht. Tut mir leid«, sagte sie. »Ich hatte doch keine Ahnung, dass es für dich mehr war.«

»Aber wir sind doch so oft gleichzeitig gekommen und… das ist ziemlich selten. Wenn du es nicht vorgetäuscht hast, meine ich.«

»Ich täusche das nie vor, das habe ich nicht nötig. Und ich finde nicht, dass es selten ist, gemeinsam zu kommen.«

»Ich… sie und ich, wir…«

»Gina, heißt sie nicht so? Du hast mich nämlich einmal, als du gekommen bist, Gina genannt.«

»Verzeihung, aber… Ja, Gina und ich, wir sind fast nie…«

»Ich will nichts mehr davon hören. Gleichzeitig zu kommen ist nicht gleich Liebe – falls du das geglaubt haben solltest.«

»Oh, Scheiße. Scheiße.«

»Tut mir leid«, sagte sie.

Er sprang aus dem Bett, zog sich an und verließ wortlos die Wohnung. Er hatte dafür weniger als eine Minute gebraucht. Sie stand auf, lief nackt in die Diele und schloss die Tür hinter ihm ab, gab den Plan, ein Bad zu nehmen, auf, holte sich ihren Bademantel und eine Flasche Weißwein aus dem Kühlschrank und setzte sich sofort an ihren Computer. Schon am nächsten Abend öffnete sie die Tür für einen grinsenden jungen Mann, der in einem dunkelblauen Kapuzenpullover von *Moods of Norway* dastand und sie ansah, direkt, geradezu gefährlich. Aber deswegen hatte sie ihn ja kommen lassen. Sie hatten ziemlich schnell ziemlich heftige E-Mails gewechselt.

»Ich hab Eminem mitgebracht«, sagte er.

»Ja, du hast erwähnt, dass du gern zu *Sing for the Moment* fickst.«

Sie lächelte und streichelte seine samtweiche Wange, samtweich wie eine Metapher, ein banales Klischee. Weil die ganze Kiste so einfach war.

Er war zum Fressen, und sie hatte auch vor, das zu tun. Warum begriffen nicht alle Frauen, dass es so einfach war? Männer wurden geil durch Geilheit, Männer wurden geil, wenn sie Frauen nicht mit Hilfe von gefühlsbeladenen Themen ins Bett reden mussten, mit Versprechen von Haus und Kindern, Männer wurden geil und wild von direkten Fragen danach, wie sie es am liebsten hatten, in welchen Stellungen, und welche Phantasien sie noch nie ausprobiert hatten.

»Ich habe vergessen zu sagen, dass ich alles von Eminem habe«, sagte sie und dachte: Wenn seine Mutter das wüsste.

16

Irgendwann bemerkte sie plötzlich, dass ihre Phase sexuellen Auslebens zu Ende war. Sie wachte eines Tages auf und wusste, dass sie vorbei war. Sie verknallte sich nicht mehr, und sie war auch nicht mehr geil. Sie verspürte eine angenehme Trägheit. Sie atmete freier, und es war ihr egal, welche Unterhose sie nach dem Duschen anzog, ob sie am Rand eingerissen war oder was auch immer. Sie überprüfte nicht einmal mit den Fingerspitzen, ob sie sich unten rasieren müsste. Es spielte einfach keine Rolle mehr, sie war allein, sie brauchte niemanden, und das zu wissen tat ihr gut. Sie wohnte in einer schönen Wohnung, hatte ein Auto, das erst Ärger machte, wenn die Temperatur auf zwanzig Grad unter null sank, sie liebte ihre Arbeit und machte sie gut, und sie war niemandem irgendetwas schuldig.

Sie löschte alle gesendeten und erhaltenen SMS, ohne sie zu lesen, sie zog einen Schlussstrich. Aber sie löschte keine Telefonnummer, weil sie wissen wollte, welche ihrer Bekanntschaften sie abweisen würde, wenn das Handy klingelte. Die jungen Männer versuchten es gerade mal eine Woche lang bei ihr, länger hielt keiner durch, nicht einmal die Kumpels, die erfahren hatten, dass sie eine emanzipierte und hungrige und erfahrene und geile Frau war, deren Tür fast rund um die Uhr einen Spaltbreit geöffnet war.

Peinliche Konsequenzen in der Öffentlichkeit hatten ihre Affären nie. Wenn ihr ein Ex-Liebhaber über den Weg lief, dann war sie immer überaus freundlich zu ihm, umarmte ihn und fragte, wie es ihm gehe. Oft bot sie auch an, ihm ein Bier auszugeben, ehe sie weiterging, weil sie behauptete, eine Verabredung zu haben und nur zufällig in diesem Lokal gelandet sei, weil sie geglaubt habe, dort eine Freundin anzutreffen ... Wenn sie ihn übersehen oder so getan hätte, als hätte sie ihn nicht wiedererkannt, dann hätte die Situation auch schiefgehen können. Das begriff sie intuitiv. Es hätte das Bedürfnis entstehen können, mit dem intimen Wissen zu triumphieren, das er über sie besaß – immerhin war sie Musikjournalistin bei *Adressa*. Sobald sie aber signalisierte, dass sie ihre kleine gemeinsame Geschichte anerkannte, blieb er locker. Traf sie einen ihrer Ex mit einer gleichaltrigen Freundin, verhielt sie sich ebenso. Sie genoss die Nervosität, quälte ihn aber nicht zu lange, und bevor sie sagte, sie müsse jetzt weiter, fügte sie hinzu: »Grüß deine Mutter von mir.«

Einmal hörte sie, was die junge Freundin sagte, als sie sich zum Gehen umdrehte. »Deine Mutter? Aber ist die nicht tot?«

Viel angenehmer war es für Ingunn, wenn ihre Eroberungen anderswo wohnten. Trondheim war einfach zu klein, irritierend klein. So wie der, der in Molde wohnte, er stieg abends um elf ins Auto und war um vier Uhr morgens bei ihr. Sie hatten sich im Netz kennengelernt, viele E-Mails gewechselt und in einem privaten Forum Bilder getauscht. Er war eine Art gröbere Ausgabe von Josh Hartnett, nur blond, wobei seine Augenbrauen dunkel waren, weshalb sie annahm, dass er sich die Haare gebleicht hatte.

Er sah so gut aus, dass ihr beim bloßen Anblick der amateurhaften Fotos am ganzen Leib der Schweiß ausbrach. Ihre Lippen brannten, sie musste einige Male hintereinander tief durchatmen. Erst als er im Auto saß und fast schon Oppdal erreicht hatte, rief er sie an, und sie hörte seine Stimme. Auch die gefiel ihr, sie war tief und voller Testosteron. Sie hatte am nächsten Tag Spätdienst, es passte also perfekt. Er war vierundzwanzig Jahre alt und bereitete sich auf das Examen zum Steuermann in der Küstenschifffahrt vor, er rief sie alle zwanzig Minuten an, bis sie ihm die letzten Anweisungen über den Parkplatz erteilte und ihm dann im Morgenrock die Tür öffnete.

Er umarmte sie unbeholfen und wurde rot, ihr kamen sofort Bedenken. Aber er roch wahnsinnig gut, nach Tabak und Lederjacke und Kaugummi, und er hatte ein dunkelbraunes Lederband mit kleinen weißen Muscheln um den Hals. Er war viel größer als sie, das hatte sie vorher schon gewusst, er war eins neunundachtzig, das stand in seinem Profil im Netz. Er hatte einen braunen Teint, wie so viele von der Küste, an der vor einigen Jahrhunderten schiffbrüchige spanische Seeleute gestrandet waren und ihren Samen großzügig verteilt hatten.

»Ich glaube, ich muss was trinken«, sagte er, ohne sie anzusehen, und warf seine Lederjacke über das Geländer der Treppe, die zum Dachboden führte. Die Art, wie er seine Jacke wegwarf, gefiel ihr, und sie verzieh ihm die ungeschickte Umarmung.

»Aber klar doch. Bestimmt hast du auch Hunger? Komm.«

Er saß an ihrem Esstisch, während sie zwei Frikadellen und Zwiebeln briet, er saß da mit einer Bierflasche und trank drei Gammel Dansk hintereinander.

»Machst du so was oft?«, fragte er und musste nach dem dritten die Luft anhalten.

»Und du? Fährst du oft nachts fünf Stunden, um zu ficken?«, fragte sie und kehrte ihm den Rücken zu, fast wären die Zwiebeln angebrannt.

Als sie beide losprusteten, wusste sie, dass das hier gut werden würde, sehr gut, vielleicht eins der besseren Erlebnisse. Sie setzte sich ihm gegenüber, während er aß, kippte auch drei Gammel Dansk hinunter und trank einen Schluck aus seiner Bierflasche. Ihr Morgenrock ließ einen großzügigen Blick auf ihr Dekolleté zu, er grinste, während er dabei die Frikadelle in Scheiben schnitt, auf eine Scheibe Brot legte und sich den Bissen in den Mund stopfte. Er kaute gierig und eilig, kaute jeden Bissen nicht sehr oft. Als er aufgegessen hatte, brachte er Teller und Besteck zum

Spülbecken. Sie beobachtete ihn dabei und stellte sich ihn nackt vor.

»Ich muss erst duschen«, sagte er. »Bin doch stundenlang gefahren und ganz schön verschwitzt.«

Sie zeigte ihm das Badezimmer, holte ihm ein Handtuch, legte sich ins Bett und wartete.

Wenn wieder einmal so eine heiße Datingphase endete und sie auch niemanden mehr liebte, dachte sie gern voller Verwunderung an solche Erlebnisse zurück, mit einer Verwunderung, als gehe es um eine Fremde, auch wenn sie nur zu gut wusste, dass es lediglich eine Frage der Zeit war, bis sie wieder zu dieser Frau werden würde – und sie freute sich schon darauf. Kontraste, alles war eine Frage der Kontraste: Am einen Tag war sie total fickgeil, am nächsten gab sie sich mit Vibrator und Handbrause zufrieden. Wenn es soweit war, löschte sie in allen Netforen ihr Profil. Sobald sie dann das nächste Mal auf die Suche ging, dachte sie sich einen neuen Namen aus, der jedoch immer mit M anfing. Sie hieß Mona, Maja, Mariana, Marianne, Mette, Mandy, Molly, Martine. M-Namen waren erotisch aufgeladene Namen, kein Mann fuhr auf eine Ingunn oder eine Sara oder eine Herbjørg oder eine Oddveig ab.

17

Wenn endlich Frieden einkehrte, räumte sie ihre Wohnung auf, wusch die Küchenschränke aus und reinigte den Audi von innen, egal, welche Jahreszeit gerade war. Sie legte dann eine Verlängerungsschnur durch das Kellerfenster und hantierte mit einer Menge Hilfsmitteln in Spraydosen und Flaschen, die allesamt die Lebenszeit des Vinyl verlängern sollten und die Sitzbezüge wie neu aussehen ließen. Sie kostete den Frieden und das Alleinsein aus, spielte in leichtsinnigen Augenblicken mit dem Gedanken, lesbisch zu werden, hielt das für unendlich viel weniger kompliziert, ohne aber wirklich eine Ahnung zu haben.

Sie führte Selbstgespräche, war guter Dinge und sichtlich erleichtert, schalt sich wegen dummer Kleinigkeiten aus, fluchte auf Englisch, sagte »fuck«, wenn ihr etwas auf den Boden fiel, und fühlte sich jung. Sie sah sich ihr Spiegelbild in Schaufenstern an, saß allein mit Stapeln von Zeitungen, einem Café au lait und einem Brownie in Cafés, bezahlte online ihre Rechnungen für jene Dinge, die nur sie ganz allein verbrauchte, hörte dabei im Wohnzimmer laut Musik, alles von Sinatra zu Grace Jones, wusch den Küchenventilator mit Salmiakwasser, bestückte – falls Frühling oder Sommer war – das Kaminzimmer mit brennenden Teelichtern und machte ein Feuer im Herbst oder Winter. Sie kannte diese Phasen gut, und es beruhigte sie. Sie hatte die Methode und ihre Belohnung dafür verinnerlicht.

Tief verinnerlicht.

Nun hatte sie auch wieder genug Kraft, um im Bus mit wildfremden Menschen idiotische Gespräche zu führen oder mit Taxifahrern über die Ausländerpolitik und Trondheims öffentlichen Nahverkehr, der natürlich ein Skandal war, Meinungen auszutauschen. Sie hörte zu, antwortete durchdacht und voller Respekt, sie hatte die Ruhe dazu, sie war fertiggefickt und fertiggeliebt, ihr ganzes Herz war für jedermann offen, für den geschlechtslosen Jedermann. Außerdem wurde sie ungeheuer neugierig auf alles, was mit Zweierbeziehungen zu tun hatte, das Ganze erschien ihr als einziges großes Mysterium. Mit ihrem eigenen persönlichen Beziehungsrekord von elf Monaten war sie niemals in die Phase gekommen, über die sie so oft las und hörte – die Phase, in der die Zweierbeziehung zur Einsamkeit wird, in der Schweigen und das Ungesagte stärker werden und man nachts, obwohl man gemeinsam im Bett liegt, einsamer ist, als wenn man allein gewesen wäre.

18

Da sie keine engen Freundinnen hatte, ließ sie sich von ihren Kolleginnen in der Zeitungsredaktion erzählen und verraten, was Frauen sich alles gefallen ließen, um einen Mann zu behalten. Das Sich-gefallen-Lassen hatte nichts mit Gewalttätigkeit zu tun, keineswegs. Nein, es ging vor allem um totale Langeweile und Belanglosigkeit. Fast alle Kolleginnen, mit denen sie eng zusammenarbeitete, lebten in langjährigen Beziehungen.

Sie kam sich vor wie eine Voyeurin, die das Unbegreifliche sah. Sie konnte nicht fassen, was die anderen hinnahmen oder was sie von sich und einem Mann *nicht* verlangten. Bei den sogenannten Weinabenden in der Redaktion sprudelte es nur so aus ihnen heraus; die Weinabende für die Kolleginnen waren eine alte Tradition, der Versuch einer Art Netzwerk, der das geradezu angeborene Netzwerkchromosom der Männer ausgleichen sollte. Anja, die Sekretärin, war mit einem Krimiautor verheiratet, der sie wie ein Möbelstück behandelte.

»Er vergisst immer unseren Hochzeitstag oder meinen Geburtstag, wenn ich ihn nicht daran erinnere. Ich vermute manchmal sogar, dass er mich nicht als eigenständige Person betrachtet.«

»Er sieht in dir doch die Mutter seiner Kinder. Ihr seid immerhin schon achtzehn Jahre verheiratet.«

»Und ich weiß, dass er mich in regelmäßigen Abständen hintergeht. Er weiß, dass ich das weiß. Das hat sicher auch dazu beigetragen, dass er mich nicht mehr respektiert. Er interessiert sich nur für die Jagd und für Autos und Schneemobilfahren. Und für die verdammten Bücher natürlich. Er ist total egozentrisch, wenn er schreibt, man kann es nicht mit ihm aushalten, er glaubt, dass das ganze Universum sich nur um ihn dreht.«

»Wie war er denn am Anfang?«, fragte Ingunn.

»Da hat er mich noch auf Händen getragen. Aber das hörte dann auf.«

»Warum erträgst du dieses Leben? Das verstehe ich nicht«, sagte sie.

»Er ist lieb. Und er ist witzig. Bei ihm ist immer viel los. Ich habe viel Spaß, wenn er Bücher vorstellt und so. Und wenn er zu Buchvorstellungen ins Ausland eingeladen wird. Ab und zu. Dann habe ich das Gefühl, dass ich ihm wichtig bin, weil ich mich um sein Gepäck, die Tickets und die Termine und so etwas kümmere.«

»Dann hast du das Gefühl, dass du ihm wichtig bist?«

»Ja.«

Da Ingunn so scharf darauf war, Einblicke in die Beziehungen anderer zu erhalten, konnte sie plötzlich so übereifrig werden, dass die anderen sich zurückzogen, sie sexfixiert und monoman eingleisig nannten. Daher musste sie ein wenig vorsichtig sein, diplomatische Fragen stellen, damit die anderen nicht das Interesse verloren, sich ihr anzuvertrauen.

»Überleg doch, was dir alles entgeht«, sagte sie darum.

»Was mir entgeht?«

»Ja! Das Schöne daran, mit einem Mann Sex zu haben.«

»Wir haben doch ab und zu Sex. Immerhin sind wir verheiratet.«

»Wie oft denn?«

»Kommt drauf an.«

»Ob er gerade eine andere hat?«

»Alle Beziehungen gehen doch irgendwann in die Brüche. Es hat keinen Zweck, etwas Neues zu versuchen. Man weiß, was man hat, und überhaupt... Ich brauche dir wirklich nicht leidzutun.«

»Hör dir doch einmal selbst zu!«

»Was?«

»Du gibst dich also mit diesem Leben zufrieden?«

»Jetzt mach mal halblang. Immerhin sprichst du von meinem Leben.«

Ja, meines könnte das nie und nimmer sein, dachte Ingunn.

19

Von ihrem Bürofenster aus sah sie auf die Auffahrt hinunter, wo Anja ab und zu von einem Mann in einem riesigen grauen Geländewagen abgeholt wurde, der es gerade noch über sich brachte, sein Tempo so lange zu drosseln, dass sie ins Auto springen konnte. Er sah sie nie an, schaute nur auf die Straße und in den Rückspiegel. Achtzehn Jahre mit diesem Mann. Achtzehn lange Jahre, von denen jedes aus dreihundertfünfundsechzig Tagen bestand.

»Ich verstehe nicht, wieso du weiter mit ihm verheiratet sein willst«, sagte sie und lachte auf eine Weise, die sie für ein wenig freundinnenhaft hielt, um das Gespräch nicht abbrechen zu lassen.

»Ich kann mir keine Scheidung leisten. Und ich will ja auch nicht. Eines Tages wird er begreifen, dass wir zusammengehören, er wird es ruhiger angehen lassen, und dann können wir zusammen alt werden.«

»Du kannst doch allein leben. Allein leben ist schön«, sagte sie.

»Ich trau mich nicht.«

»Du traust dich nicht?«

»Nein.«

»Ein paar One-Night-Stands würden dir sicher guttun. Mit einem jungen knackigen Typen.«

»Hör doch auf. So eine bin ich nicht.«

»Aber gefällt es dir denn, wenn du mit deinem Jan-Guillou-Mann schläfst? Ist das dann so, als ob die Erde bebt und du den Mond und die Sterne siehst?«

»Was ist denn das für eine Frage? Du bist wirklich nicht grundlos Journalistin geworden…«

»Ist es nun so oder nicht?«

»Das nicht gerade. Du musst aber auch immer über Orgasmus reden.«

»Nicht nur«, antwortete sie. »Herrgott, die Zeitungen quellen über von Artikeln über Orgasmus und Sex, und wir, wir leben schließlich in…«

»Bei *Adressa* ist das nun mal kein so großes Thema. In Eva Mohns Spalte vielleicht noch.«

»Das liegt daran, dass *Dagbladet* und *Verdens Gang* ganze

Titelseiten damit füllen. Und ich begreife nicht, wie du es aushältst, ein Jahr nach dem anderen ohne guten Sex zu leben. Der hält dich doch schließlich jung.«

»Ich bin vierundvierzig. Es ist zu spät.«

»Wenn du wüsstest...«

»Na, jedenfalls wirst du mich nicht dazu überreden können. So eine bin ich nun wirklich nicht.«

»Ich auch nicht, da kannst du ganz beruhigt sein. Aber du solltest dir einen Vibrator kaufen.«

20

Ihre Kolleginnen fanden es wunderbar, wenn sie ihre Vibrator-Erfahrungen zum Besten gab. Dann saßen sie kerzengerade da wie bei einer Dessous- und Dildoparty und starrten sie entgeistert an. Wenn sie auch nur eine davon überzeugen könnte, sich einen Vibrator zu bestellen, hätte sie eine gute Tat vollbracht.

»Es ist wichtig, jeden Tag zu kommen«, sagte sie. »Das ist so wichtig wie Fitness. Wie Liegestütze. Man kann auch den Duschkopf nehmen. Und Übung macht die Meisterin.«

»Klingt wie ein Pflichtprogramm, wenn du das so beschreibst.«

»Liegestütze machen ja wohl auch keinen Spaß, oder?«,

fragte sie. »Ab und zu denke ich, heute habe ich keinen Bock, aber dann onaniere ich trotzdem. Und am Ende kriege ich doch eine ganz andere Belohnung als die Idioten, die bei ihren Liegestützen keuchen.«
»Wie lange brauchst du denn?«
»Kommt drauf an. Zwischen einer und fünf Minuten in etwa. Eigentlich brauche ich so gut wie nie mehr als fünf. Und danach fühl ich mich supertoll.«
»Du hörst dich total nymphoman an. Entschuldige, dass ich das sage.«
»Ich fühl mich aber ziemlich normal«, sagte sie.
»Und dass du mit so vielen verschiedenen… Hast du keine Angst davor, allein zu bleiben?«
»Allein? Wenn ich mit vielen zusammen bin? Die Frage versteh ich nun wirklich nicht.«

21

Die Beziehung, über die sie sich am meisten aufregte, obwohl es sie eigentlich nichts anging, war die Ehe der Literaturredakteurin Sigrid. Sigrid und ihr Mann hatten keine Kinder, sie hatten drei erfolglose Versuche mit künstlicher Befruchtung hinter sich und konnten die Vorstellung einer Adoption nicht ertragen. Sie teilten kaum noch den Alltag miteinander, blieben aber trotzdem verheiratet.

»Wir sehen uns vielleicht eine Stunde pro Tag. Und dann schlafen wir nachts nebeneinander. Ich hätte schon längst Schluss machen sollen, aber ein Tag folgt dem anderen, und gleichzeitig ist es auch ziemlich bequem für mich. Immer diese Trägheit nach der Arbeit. Das muss ich schon zugeben.«

Ihr Mann arbeitete als Krankenpfleger auf einer ziemlich harten Station in einer der schwierigsten psychiatrischen Kliniken des Landes, und auch er war nach der Arbeit erschöpft.

»Er kommt so gegen vier Uhr nach Hause, wir sitzen vielleicht eine halbe Stunde beim Essen zusammen, und dann geht er ins Bett. Er geht wirklich ins Bett, zieht sich aus, legt sich unter die Decke, schläft zwei Stunden, so bis halb sieben, während ich aufräume, auf dem Sofa liege und lese. Um halb sieben steht er auf, kocht sich eine Thermoskanne voll Kaffee, wir reden ein bisschen, dann sieht er sich im Fernsehzimmer die Nachrichten an – und bleibt einfach vor der Glotze sitzen, bis er wieder ins Bett geht.«

»Und was machst du?«

»Ich sitze in der Küche und lese Zeitung, mache Sudoku, telefoniere mit Bekannten, erledige dies und das, lese Bücher, die ich rezensieren soll, und, und, und.«

»Aber an den Wochenenden unternehmt ihr doch etwas zusammen?«

»Eigentlich nicht. Meistens ist er auch dann müde. Er wird sauer, wenn ich Gäste einlade, empfindet das als Stress, obwohl ich mich um alles kümmere und er nur einkauft. Im

Winter ist es am schlimmsten, da läuft den ganzen Samstag und Sonntag Sport im Fernsehen. Dann verlässt er das Fernsehzimmer so gut wie nie. Ich gehe in die Stadt und setze mich in ein Café. Es ist leichter, allein zu sein, wenn man nicht zu Hause ist.«

»Aber ich weiß doch noch, dass ihr im vorigen Jahr in Urlaub gefahren seid und du alles so schön fandest? Nach London?«

»Das schon. Da hat er fast die ganze Zeit auf dem Hotelzimmer gesessen und Fußball geschaut. Er war sauer, weil es zu heiß war und weil so viele Leute auf der Straße unterwegs waren. Er kann Touristen nicht ertragen, hat er gesagt. Und dabei waren wir doch selbst ...«

»Aber als du wieder zur Arbeit gekommen bist, hast du doch gesagt, es sei so schön gewesen?«

»Was hätte ich denn sagen sollen? Ich schäme mich doch, weil ich mir das gefallen lasse. Und weil ich es oft genug in Ordnung finde, wenn ich nur meine Ruhe habe.«

»Dann kannst du doch auch gleich allein leben.«

»Wenn nur der ganze Nervkram nicht wäre. Bei einer Scheidung und so ... Der ganze Kram. Schulden, die geteilt werden müssen. Umzug, die Familie und der ganze Dreck. Ich weiß nicht, ob ich dazu Kraft habe. Außerdem finde ich es doch schön, abends zu lesen und meine Ruhe zu haben, während er fernsieht. Das ist gar nicht so schlecht. Und wenn wir mal miteinander schlafen, ist das auch schön, wo du Sex doch so wichtig findest, Ingunn. Dann sagen wir uns gegenseitig, das hier müssten wir häufiger machen, aber es bleibt beim Versprechen. Der öde Alltag frisst einfach alles auf. Und ich gehe immer vor ihm ins Bett und schlafe schon, wenn er endlich mit dem Film auf TV 3 fertig ist.«

»Und was hast du in London gemacht, während er sich im Fernsehen Fußballspiele angesehen hat?«

»Ich war überall. Habe sogar im Tower mit einem Typen geflirtet. Aber dann habe ich mich nicht getraut, mit ihm ein Glas Wein trinken zu gehen, wie er das vorgeschlagen hatte.«

»Hättest du mal machen sollen.«

»Das wäre überhaupt keine Lösung. Ich betrachte es als ... eigentlich als Faulheit, dass ich mich nicht scheiden lasse. Er würde einen Schock erleiden, wenn ich das vorschlüge, glaube ich.«

»Du suchst nach guten Gründen, dich scheiden zu lassen, ich hingegen würde gute Gründe suchen, um zu bleiben«, sagte sie.

»Da hast du bestimmt recht. Wie lange hat deine längste Beziehung gedauert, Ingunn?«

»Elf Monate. Neun davon haben wir zusammengewohnt.«

»Und warum war dann Schluss?«

»Ich hatte es satt. Es wurde zu sehr zur Gewohnheit«, sagte sie.

»Also hast du Schluss gemacht?«

»Selbstverständlich. Für ihn war alles perfekt.«

»Niemand von euch hatte eine neue Beziehung oder so?«

»Nein.«

»Du wolltest also lieber allein sein als mit ihm zusammenzuwohnen?«

»Ja«, sagte sie. »Und ich mache abends oft genau das Gleiche wie du. Nur dass niemand im Fernsehzimmer sitzt und Kaffee trinkt und dass ich alles selbst entscheide.«

»Ich dachte, du machst abends noch ganz andere Dinge! Mit Leuten, die nicht die Glotze anstarren, sondern dich ...«

»Das ist nur phasenweise der Fall. Oder wenn es sich gerade so ergibt.«

»Du greifst einfach zu?«

»Ja. Warum sollte ich nicht?«

»Das ist doch Wahnsinn. Aber ich beneide dich ein wenig. Bei mir ist es so, als ob ich auf einen Ausschaltknopf gedrückt hätte.«

»Klingt so, ja. Und das ist doch eigentlich traurig. Für Geist und Körper.«

»Aber was bleibt dir, Ingunn? Danach, meine ich?«

»Schwer zu sagen. Ein Gefühl von Freiheit, vielleicht. Das Gefühl, intensiv zu leben. Die Spannung im Unvorhersehbaren. Und jeder Männerkörper ist doch anders, riecht anders, reagiert anders, es ist wie eine Entdeckungsreise.«

»Ich glaube, Anjas Mann geht es auch ein wenig so. Er kann sich einfach nicht mit einer Frau zufriedengeben, glaubt immer, dass das Gras auf der anderen Seite des Zaunes grüner ist.«

»Das ist etwas anderes. Untreue ist etwas anderes. Das

ist, als wäre da ein Zaun, und das Gras auf der einen Seite sieht anders aus als drüben. Hier ist es total abgeweidet, dort wuchert es wild.«

»Und bei dir gibt es keinen Zaun? Nur wild wucherndes Gras überall?«

»Das ist eine gute Beschreibung, ja.«

»Bist du nie fremdgegangen, Ingunn?«

»Noch nie. Wenn ich auf einen anderen Mann scharf bin, und ich meine jetzt wirklich scharf, ich rede nicht einfach von Flirtlaune, dann weiß ich, dass es an der Zeit ist weiterzuziehen.«

»Aber du redest immer so, als ob sich alles nur um Sex dreht.«

»Nicht doch. Nicht alles dreht sich um Sex. Aber wenn der Sex wegfällt, ist die Sache doch tot? Tot bis in den eigentlichen Kern der Beziehung hinein? Kommt es dir nicht so vor?«

»Nicht ganz. Ein bisschen vielleicht. Ich weiß nicht. Ich glaube, ich bin einfach nur faul. So faul wie mein Mann. Und wünsche mir Sicherheit. Ich fühle mich sicher.«

»Sicher in Bezug auf was?«

»Das nervt allmählich, Ingunn. Herrje, willst du hier die Psychologin spielen, oder was?«

»Entschuldige. Aber ich verstehe das einfach nicht«, sagte sie.

»Warum fragst du nicht lieber, ob ich ihn liebe?«

»Nein ... Ich glaube, das ist Privatsache.«

»Du bist ja wohl nicht ganz gescheit. Du redest über

Orgasmen wie über Currywurst, aber Liebe ist für dich Privatsache? Ich kann dir nur sagen, dass ich ihn wirklich liebe. Ich liebe ihn und langweile mich zu Tode, wenn ich mit ihm zusammen bin. Aber ich liebe ihn, weil er dafür sorgt, dass ich mich sicher fühle. Verstehst du das?«

»Finanziell sicher oder sicher vor Einbrechern und Eisbären?«

»In mir. In mir fühle ich mich sicher. Er ist da. Stell dir vor, ich werde krank, kriege vielleicht Krebs, lande im Rollstuhl. Dann ist er da. Dann habe ich jemanden.«

22

Sie selbst fühlte sich immer dann unsicher, wenn sie einen Liebhaber hatte. Allein das Wort *Liebhaber*. Der, den man liebhat. Der Allerliebste?

Das machte sie so verletzlich. Lebensgefährlich war das. Sie wagte das alles auch nur, weil sie die Gewissheit besaß, dass sie Schluss machen würde, und weil es ihr immer wieder gelang, die Signale zu lesen, wenn das Ende in Sicht war. Obwohl es einige Male fast schiefgegangen wäre, aber eben nur fast.

Nur das Alleinsein gab ihr Sicherheit. Dann hatte sie die volle Kontrolle. Wenn sie mit jemandem zusammen war, der ihr etwas bedeutete, den sie vielleicht sogar zu lieben glaubte, selbst, wenn sie sich alle Mühe gab, um negative Züge an ihm zu finden, die ein Gleichgewicht schufen, war rein theoretisch alles möglich. Sie las immer die Zeitungskolumnen, bei denen es um Eifersucht ging, und sie las bis zum Abwinken, dass Eifersucht in einer massiven Unsicherheit begründet lag, doch da war sie ganz anderer Meinung. Sie hätte gern gewusst, wann diese Psychologen eine andere Sau durchs Dorf treiben und ihr wirklich erzählen würden, was Eifersucht war. Für sie traf ein etwas abgegriffenes Sprichwort am ehesten zu: *An sich selbst erkennt man die anderen.* Da sie selbst jedes männliche Wesen über zwanzig oder, um ehrlich zu sein, achtzehn als potenziellen Sexualpartner betrachtete, ging sie davon aus, dass alle Männer, auch ihre Männer, es ebenfalls so hielten. Und diese Gewissheit machte sie durchaus nicht unsicher, es verstärkte sie nur in der Absicht, alle früheren Geliebten, Lebensgefährtinnen oder Episoden auszustechen. Die Erinnerungen sollten verblassen und verschwinden. Sie fühlte sich nur dann zusammen mit einem Liebhaber sicher, wenn er ihre sexuellen Fertigkeiten pries.

»So wie du hat mir noch keine einen geblasen, Ingunn. Du bläst wie ein Engel.«

»Ich war einmal mit einer Frau zusammen, die war vorne total eng, aber kaum steckte mein Schwanz drin, hatte ich verdammt noch mal das Gefühl, aufrecht in einer Kathedrale zu stehen. Du bist überall total eng, Ingunn.«

»Ich war noch bei keiner so verdammt geil wie bei dir!«

Am ersten Wochenende, nachdem der Elf-Monate-Mann

eingezogen war, kam er zwischen Freitagabend und Sonntagvormittag sechzehn Mal. Danach fühlte sie sich tagelang sicher. Als sie drei Monate zusammenwohnten und sie bei ihm eine gewisse Trägheit bemerkt hatte, rief sie ihn in der Mittagspause an, obwohl sie an diesem Tag Spätdienst hatte.

»Du musst nach Hause kommen«, sagte sie. »Ich bin so geil, ich platz gleich. Komm. Ich liege hier und warte auf dich.«

Sie lag nackt mit gespreizten Beinen da und onanierte, als er die Schlafzimmertür öffnete, sie lag so, dass er ihr genau zwischen die Beine sah, als er das Zimmer betrat. Er fluchte, riss an seiner Hose.

»OH, SCHEISSE! Das tut ja vielleicht weh!«

Er kam nach drei Stößen, war in Minutenschnelle aber wieder steif. Danach fühlte sie sich für einige weitere Tage sicher. Aber es war eine ganz andere Sicherheit als das Alleinsein. Unter dem Gefühl der Sicherheit, wenn sie viel Sex hatte, schwelte die ganze Zeit eine Angst, die ihr schreckliche Dinge zuflüsterte, ab und zu ganz laut, manchmal kaum hörbar. Sie verschwand nie. Sie fragte sich, wie es Sigrid nur möglich war, sich bei einem Mann sicher zu fühlen, der entweder schlief oder fernsah? Der ihre Existenz auf Erden gerade noch registrierte? Was musste so eine Frau doch für einen Mut besitzen, um ihr Leben diesem Gefühl von Sicherheit zu unterwerfen? Vermutlich vertraute sie voll und ganz auf seine Trägheit, eine andere Erklärung war undenkbar.

23

Eine der neuen Volontärinnen wurde am laufenden Band verlassen. Die kleine hübsche Tonje. Ihre Freunde hielten maximal einen Monat durch. Und schon saß sie mit roten Augen bei der Montagsbesprechung und war auf eine kindische, unprofessionelle Weise abwesend.

Normalerweise bot sie einen angenehmen Anblick, es war wie die Titelseite eines Hochglanzmodemagazins zu betrachten, sie war Mitte zwanzig, und bestimmt verbrachte sie jeden Morgen Stunden im Badezimmer, mit Föhn und Make-up und zwei Schichten Wimperntusche und drei verschiedenen Lidschatten mit unsichtbaren Übergängen. Sie war immer hip gekleidet, ließ keinen Modetrend aus, es war leicht zu sehen, wofür sie ihr Gehalt ausgab.

Tonje war genau die Art Frau, mit der sie bei den jungen Männern im Netz konkurrierte. Brüste, die ohne Stütze standen, goldbraune Haut das ganze Jahr über, ein Hintern und ein Körper, die hautenge Jeans und Hautspalte zwischen Hose und Pullover vertragen konnten, professionell gezupfte Augenbrauen, kein Haar, das falsch lag. Die Stadt wimmelte nur so von solchen modelhübschen Mädels, dennoch suchten diese Männer im Netz nach einer älteren Frau, wenn die Welt vereinfacht und den Hormonen überlassen werden sollte.

In der Redaktion wechselten sie sich beim Trösten von Tonje ab, aber sie konnten ihr nur wenig helfen, weshalb es ihnen allmählich auf die Nerven ging. Tonje sagte immer dasselbe, wieder und wieder, wenn auch mit einer gewissen Variation:

»Ich dachte, alles wäre so wunderbar. Und dann sagt er einfach, es ist aus?! ... Er hat gesagt, er wäre verrückt nach mir, das hat er jedes Mal gesagt, wenn wir uns getroffen haben, aber dann plötzlich, schwupp! ... Kann es denn so schnell zu Ende sein? Ich habe nichts gemerkt, nichts geahnt. Und dann kam im Brukbar eine Frau zu mir und sagte, er hätte etwas mit einer Frau, die BWL studiert. Ich war total fertig, und das hab ich ihm auch gesagt. Ich habe auch gesagt, ich würde die Sache vergessen, wenn er nur ... Ich habe die Neue gesehen. Die ist fett!«

»... Er hat mich doch aufgerissen! Und plötzlich bin ich nicht mehr gut genug? Nach nur drei Wochen? ... Wenn er nur am Dienstag, als wir uns gesehen haben, etwas gesagt hätte! Dann hätten wir bestimmt bis zum Wochenende...«

Tonje brannte für ein oder zwei Wochen nur so vor Selbstgerechtigkeit, dann legte sich alles. NN wurde nur noch als Arsch bezeichnet, und die Welt war wieder in Ordnung. Dann gab es neue Kleider und neue Ausgehpläne und einen neuen Liebhaber und eine neue Verliebtheit und den ganzen Tag SMS und Gekichere: »Ach, er ist so süß! Ihr habt ja keine Ahnung, was er mir schreibt. Und ich verrat es euch auch nicht. Dir jedenfalls nicht, Ingunn.«

»Vielleicht kenne ich ihn ja schon?«

»Du bist immer so gemein. Du bist doch überhaupt

nicht sein Typ. Außerdem haben wir es ganz toll zusammen, er braucht außer mir keine andere.«

»Ist er gut im Bett?«

»Igitt, also du nun wieder!«

»Ist er das?«

»Er darf allerlei mit mir machen, das sag ich dir.«

»Und was ist mit dir? Machst du auch allerlei mit ihm?«

»Dazu komm ich doch gar nicht, wenn er zugange ist. Und jetzt will ich nicht mehr darüber reden.«

Die kleine hübsche Tonje hatte nicht einmal verstanden, dass als »süß« bezeichnet zu werden das Letzte auf der Welt ist, was ein Mann will. Eine Frau konnte das meinen, konnte es denken, durfte es aber niemals sagen. Nicht zu anderen, nicht zu ihm. Sogar »wunderbar« war scharf an der Grenze – damit hatte sie viel Erfahrung. Was den Männern hingegen gefiel, war, wenn man ihren Schwanz pries, beschrieb, wie unglaublich schön der war. Sie log nie, sagte nur, was sie meinte. Die jungen mit den glattrasierten Pornomurmeln sogen ihre Worte über Ästhetik und Formvollendung in sich auf, die total Behaarten interessierten sich mehr für Leistungsstärke und Härte und Ausdauer. Aber einer wie der andere waren sie fixiert auf Größe, genauer gesagt auf Länge. Nur die jungen begriffen, dass Dicke ebenso wichtig war wie Länge.

Was Tonje auch nicht begriff, war, dass die jungen Männer eigentlich einfach nur Sex haben wollten. In Tonjes Fall allerdings ging es darum, einmal mit ihr zusammen gewesen zu sein, weil sie so schön war. Die Männer trugen Tonje mit sich herum wie ein Schmuckstück, brüsteten sich in den Kneipen mit ihr und ertrugen es, dass sie über ihre Gefühle faselte und wahrscheinlich jeden Orgasmus vortäuschte, weil es ihr wichtiger war, wie sie im Bett aussah, wie sie aus den unterschiedlichen Winkeln auf die Männer wirkte. Die schönsten Mädchen hatten hundertmal mehr Komplexe wegen ihres Körpers als die Männer selbst, und das merkten sie, sie merkten aller Wahrscheinlichkeit nach, dass Tonje gar nicht *bei der Sache* war, dass sie nur aus diplomatischen Erwägungen mit ihnen schlief, dass sie im tiefsten Herzen nur kuscheln und romantisch über eine gemeinsame Zukunft reden wollte.

Ingunn hatte oft Mitleid mit Tonjes kurzfristigen Liebhabern. Vermutlich wichsten sie Tag und Nacht mit den wildesten Phantasien vor ihrem inneren Auge, nur, um es mit Tonje aushalten zu können. Und natürlich brauchte man dasselbe Schmuckstück nicht länger als drei oder vier Wochen zu tragen. Schon das war fast ein wenig zu lange.

Tonjes Liebhaber taten ihr leid. In dem Alter dachten sie nur daran, sich Mösenzugang zu verschaffen, jeden Tag erwachten sie mit einer Morgenlatte und fragten, ob es heute wohl passieren würde, sie diskutierten im Netz Aufreißtricks, tauschten mehr oder weniger gut begründete Erfahrungen aus, einige meinten, man müsse zurückhaltend sein und die Damen ein wenig hinhalten, andere schworen auf überschäumende Schmeicheleien, aber für sie alle galt das eine, sie wollten Mösen, Mösen, Mösen.

Sie wollten mit einer schlafen, die sie jubelnd und widerstandslos und ohne Verpflichtungen oder Gerede aufnahm.

Oft gab sie sich der Phantasie hin, dass sie sich, während Tonje auf der Toilette war und ihre Augenwimpern bog oder sich selbstbräunende Creme auf den Bauch schmierte, Tonjes Handy schnappte und diese jungen frustrierten Männer anrief, die ihre schön posierende Bettgenossin satthatten, dass sie sie anrief und sagte: Komm einfach, dann zeig ich dir, wie es sein kann.

24

Aber sie lockte nie die Männer von anderen, wenn sie die Frau zuerst kennengelernt hatte, auch wenn zwischen den beiden schon Schluss war. Sie flirtete auch nicht mit ihren Arbeitskollegen. Bei Freelancern aber machte sie Ausnahmen, bei Festangestellten nie. Auch bei Fotografen machte sie Ausnahmen, da die nicht einen ganzen Arbeitstag oder eine Spätschicht hindurch physisch in ihrer Nähe waren. Sie wusste niemals vorher, mit welchem Fotografen sie zu einem Interview losgeschickt werden würde. Wenn sie zusammen in eine andere Stadt fuhren, zu einem Festival oder einem Interview im Vorfeld eines Konzertes, war es oft von Vorteil, wenn zwischen ihnen etwas in der Luft lag, sie sollten schließlich gemeinsam gute Arbeit abliefern, Funken sprühende Reportagen. Das hob die Tage und die Reisen aus dem üblichen Trott heraus und sorgte dafür, dass alles stimmte, Hotelzimmer und Kost, stimulierende und Wartezeit verkürzende Umgebungen.

Sie wusste, dass über sie geklatscht wurde. Aber das störte sie nicht. Sie spielte sie nicht gegeneinander aus, sprach niemals mit einem Mann über einen anderen.

»Du hast mit Simon geschlafen, stimmt's?«

»Hm. Vielleicht«, sagte sie.

»War er besser als ich?«

»Hör doch auf. So was kann man überhaupt nicht vergleichen.«

»Er hat gesagt, du hättest gesagt, er sei im Bett saugut.«

»Das hat er gesagt?«

»Ja? Hast du das zu ihm gesagt?«

»Weiß ich nicht mehr. Wenn ich dir sage, dass es toll ist, mit dir zu vögeln, erzählst du das dann Simon?«

»Vielleicht ... Wenn er sich aufspielt und die Klappe zu weit aufreißt.«

»Okay, dann sage ich es nicht.«

»Du findest es also toll, mit mir zu vögeln?«

»Kein Kommentar. Aber wir können es gern noch mal machen. Wenn du noch kannst.«

»Simon ist doch beschnitten. Schließlich ist er Jude. Wie war das denn so? Ich habe gelesen, dass die Eichel viel von ihrem Gefühl verliert, wenn die Vorhaut sie nicht mehr beschützen kann, und ... Im Alltag in der Hose, meine ich, vielleicht musste er sich deshalb solche Mühe geben. War das so?«

»Hör jetzt auf. Sprich mit ihm darüber.«

»Aber war er besser als ich?«

»Du kannst also nicht mehr? Du bist erschöpft?«

»Erschöpft, nein! Überhaupt nicht.«

25

Aber wehe, sie wurde als eine Selbstverständlichkeit angesehen. Sie fuhr mit einem ganz frischen Freelancefotografen zum Øyafestival, mit Alex, Mitte zwanzig, jung und schmuck, mit dem Ehrgeiz, das beste Bild des Festivals zu machen. Er war schlank und wirkte schlaksig in einer ein wenig zu geräumigen und überambitionierten Fotografenweste mit tausend Taschen, von der Sorte, die man vielleicht zum Angeln gebrauchen könnte. Er benutzte seine Sonnenbrille als Haarreif. Die schlanke Schwanzspitze eines tätowierten Drachen lugte aus dem Ausschnitt seines T-Shirts und zeigte in Richtung Ohr, auf ein flaumig weiches Ohrläppchen mit einem kleinen Goldring. *Sing for the Moment.*

Schon im Flugzeug bemerkte sie, dass er es auf sie abgesehen hatte. Sie saßen zusammen, zwischen sich einen leeren Sitz. Er redete und redete über die Arbeit, über das

Hovefestival, über Øya, über Skandale, über Drogen, über die Bands, darüber, wer vermutlich in letzter Sekunde absagen würde, wie er sich den Musikern beim Auftritt und hinter der Bühne zu nähern plante, seine Wörter gingen bei ihr in ein Ohr hinein und zum anderen wieder hinaus, sie wollte ihr Buch lesen, eine supergute Biographie über Charles Bukowski. Sie war zu der Stelle gekommen, wo Bukowski seinen Durchbruch hatte und so beliebt war, dass junge Frauen sich sozusagen über seine Türschwelle stürzten und dann in sein schweißnasses, vollgepisstes und kackschmutziges Bett krochen. Sie war fasziniert. Er war doch so hässlich! Hier konnte man von pervertiertem Promificken reden. Sie schaute sich die Bilder eines trägen und angetrunkenen Bukowski an, im Buch gab es zwei Fotofolgen, Amateurbilder und einige Presseaufnahmen aus der Barfly-Periode.

»Du bist so braun. Hast du Spätdienst gehabt, oder was?«, fragte er.

»Was hast du gesagt?«

»Du bist so braun. Siehst gut aus.«

»Ich war beim Trænafestival. Die Sonne ging einfach nicht unter«, sagte sie und blätterte weiter.

»Die Sonne ging ihren Gang, was? Ich hab Hemingway gelesen.«

»Okayyyyy…? Und welches Buch hast du jetzt bei dir?«

»Les nur im Winter.«

»Muss langweilig sein.«

»Wie alt bist du eigentlich?«

Da drehte sie sich um und musterte ihn, ohne zu antworten. Er grinste hilflos und unsicher, schaute rasch hinunter auf das Dovremassiv, das dreißigtausend Fuß unter ihnen vorüberzog, machte sich an den Zeitungen zu schaffen, die er in das Sitzfach vor den modisch durchlöcherten Jeansknien gestopft hatte.

»So war das nicht gemeint«, sagte er. »Entschuldige.«

»Tu du nur deine Arbeit. Ich möchte jetzt gern lesen.«

»Ich glaube, ich mache ein Nickerchen.«

Die Folge war, dass sie mit einem Berufsoffizier aus Bardu im Bett landete, der innerhalb einiger hektischer Festivaltage das autoritäre Rollenmodell kompensieren wollte, das er das ganze Jahr über für die jungen Rekruten sein musste. Er stopfte sich mit allerlei Substanzen voll, die zu ihrer Verblüffung seine Leistungsfähigkeit im Bett steigerten. Er hatte einen sehr kurzen, aber dicken Bananenschwanz, der sich *nach oben* bog, ihr erster seiner Art, und die einzige Stellung, die für sie klappte, war logischerweise von hinten, also gab es sehr viel von hinten, drei Nächte hintereinander – nachdem sie alle Reportagen rechtzeitig geschrieben und Alex dazu die passenden Bilder gemacht hatte. Alex und sie sprachen nur über die Arbeit, während sie Abläufe koordinierten, den nächsten Tag planten und vom Pressezentrum aus ihre fertigen Produkte an die Redaktion schickten. Das Zeitchaos um sie herum ließ sie ganz Profi sein und machte sie gleichgültig, es kostete sie keine Kalorie, seinem Blick auszuweichen, außerdem wartete gleich vor der Tür der

Berufsoffizier auf sie. Im Flugzeug nach Hause war sie total erschöpft.

»Hat es Spaß gemacht?«, fragte er.

»Total super. Anstrengend.«

»Wer war der Typ, den ich die ganze Zeit mit dir zusammen gesehen habe? Der mit dem Bürstenschnitt?«

»Mein Mann.«

»Dein Mann? Scheiße, bist du verheiratet?«

»Sicher doch. Sind das nicht alle in meinem Alter?«

Am nächsten Tag bei der Arbeit, noch vor der Mittagspause, kam Andreas, der Kulturredakteur, und ließ sich auf ihrem Schreibtisch nieder.

»Darf ich gratulieren?«, fragte er.

»Von mir aus gern. Nur sag mir zuerst, wozu.«

»Der Fotograf erzählt, dass du verheiratet bist.«

»Ach, das, ja. Nein, das ist jetzt vorbei.«

»Hab ich's mir doch gedacht«, sagte er. »Gute Arbeit habt ihr da unten geleistet, übrigens.«

»Vielen Dank.«

Ja, vielen Dank, dachte sie, gute Arbeit da unten, auch wenn es sehr viel von hinten war, ihre Unterarme waren unvorstellbar müde, und bestimmt hatte sie sich einen Tennisarm dabei geholt. Sie wusste genau, dass Alex ihr bei ihrem nächsten Einsatz aus der Hand fressen würde. Und er würde es garantiert nicht wagen, danach mit den Kollegen darüber zu reden.

26

Das Allerbeste beim Alleinsein war, in die leere Wohnung nach Hause zu kommen. Das Seltsame war, dass manche gerade darin das Gegenteil sahen: »Ist es nicht traurig, allein zu sein? In eine leere Wohnung zu kommen?«

Wenn sie auf Reisen ging, bereitete sie vor der Abreise die Heimkehr vor. Sie wusste, dass sie müde sein würde, wenn sie mit dem Koffer und einem Stapel Post die Tür aufmachte. Die Zeitung wurde in ihrer Abwesenheit von einer älteren Nachbarin aus dem Briefkasten genommen und gelesen, und diese Frau erhielt einen regelmäßigen Strom von steuerfreiem Parfüm, Schokolade und Mentholzigaretten dafür, dass sie nach ihrer Post sah und die Blumen goss und die Heizkörper umstellte, wenn das Wetter sich plötzlich änderte, während sie nicht zu Hause war.

Ehe sie losfuhr, scheuerte sie die Badewanne, legte Pink Floyds *Dark Side of the Moon* auf, legte einen guten Stapel Holz in den Kamin, wenn Herbst oder Winter war, füllte den Kamin mit frischen Teelichtern, wenn Frühling oder Sommer war, wusch alle Handtücher und Kleider und Bettwäsche, die gerade an der Reihe waren, leerte den Trockner, kaufte Gin und Tonic Water, wenn das nötig war, füllte Eiswürfeltüten und legte sie in die Gefriertruhe, überzeugte sich davon, dass sie Käsechips im Haus hatte, bezog das Bett frisch, räumte alte Zeitungen weg und zupfte tote Blätter von den Topfblumen, saugte alle Böden und putzte Waschbecken und Klo.

Und in diese Leere kehrte sie zurück, in diese gute Wohnung, die nur ihr gehörte. Sie schloss die Eingangstür hinter sich ab, trug den Koffer ins Schlafzimmer, nahm Laptop und Interviewnotizen heraus, legte alles auf den Schreibtisch, warf die Plastiktüte mit der schmutzigen Wäsche auf den Boden vor der Waschmaschine, machte im Kamin Feuer, wenn Herbst oder Winter war, zündete die Teelichter an, wenn Frühling oder Sommer war, legte Pink Floyd auf, zog sich nackt aus und ließ die Kleider liegen, wo sie hingefallen waren, steckte den Stöpsel in der Badewanne ein und drehte das heiße Wasser auf, betastete den sauberen Fußboden mit nackten Füßen, während sie in die Küche stapfte und Ginflasche und Tonic und Eiswürfel und ein sehr großes und hohes Glas holte, stand nackt, während *The Dark Side of the Moon* spielte, und nahm den ersten Schluck, dann noch drei, sie war zu Hause.

Und das sollte traurig sein?

Wenn sie sehr lange weg gewesen war, stand auf dem Esstisch ein Kaffeebecher mit daunenweichem, grünem Schimmelkissen auf der Oberfläche, daraus hatte sie getrunken, ehe sie zum Flughafen gefahren war. Auch das gefiel ihr. Dass der Becher dastand, wenn sie nach Hause kam. Dass alles war wie vor ihrer Abreise. Übersichtlich und vorhersehbar und sehr, sehr sicher, und es war seltsam, an andere Zeiten zurückzudenken, als sie nicht so nach Hause kommen konnte, damals, als dieser Psychiater ihr Liebhaber gewesen war.

27

Er war schon spannend gewesen, aber sie waren nie zusammengezogen. Trotzdem bestand er darauf, dass sie nach einer Reise sofort zu ihm kam, sie fehlte ihm wahnsinnig. Er wollte reden, reden, reden. Er hatte immer das Essen fertig, wenn sie kam, einen Überfluss an Essen und Trinken, sie war verliebt, und anfangs gefiel es ihr, ihren Koffer in seine Diele zu stellen, statt nach Hause zu ihrer Badewanne zu fahren.

Er wollte alle Einzelheiten hören, was sie erlebt hatte, wie sich dieser und jener bekannte Musiker verhalten hatte, er schnitt alle ihre Reportagen aus der Zeitung aus und las sie mit penibler Genauigkeit, brachte beim Essen Kommentare und Wortbeiträge, ehe sie miteinander schliefen.

Sie erkannte, dass die Beziehung nicht mehr lief, als sie ihn auf dem Heimweg vom Osloer Flughafen aus anrief und erzählte, sie sitze im Bistro *Kampen*, sei mit Ingrid Olava verabredet und werde erst zwei Tage später nach Hause kommen. Als sie das Gespräch beendete, war sie in Gedanken bereits dabei, einen Koffer mit fiktivem Unsinn zu füllen, um ihn darauf in seiner Diele abzustellen, und dann wusste sie, dass Schluss war. Sie brauchte Ruhe, wenn sie von Reisen und Aufträgen zurückkam, sie brauchte eine Oase, wo sie sich von allem zurückziehen konnte.

Während er glaubte, sie sei im Krieg gewesen und brauche ein Debriefing.

Er begriff rein gar nichts, als sie sagte, es sei aus, als sie zwei Tage später zu ihm kam, ohne Koffer. Schon in der Diele duftete es nach Essen.

»Was kannst du denn nicht mehr ertragen?«, fragte er.

»Das hier.«

»Das hier?«

»Diese verdammte Hektik, dass ich nicht allein sein darf.«

»Du bist doch die ganze Zeit allein. Du bist dauernd auf Reisen … und wir wohnen ja nicht mal zusammen.«

»Ich kann das nicht so ganz erklären.«

»Versuch es wenigstens.«

»Schaff es eben nicht. Aber es ist Schluss. War sehr gutes Essen. Tausend Dank. Es war schön. Vieles war schön. Mit dir und so. Uns. Tut mir leid.«

»Gehst du?«

»Ja, schon. Tut mir leid.«

»Ja, das hast du schon gesagt. Dass es dir leidtut.«

»Aber das stimmt ja auch. Du warst wunderbar … es ist nur so, dass ich alles in meinem eigenen Tempo machen muss. Das Problem liegt nicht bei dir.«

»Ach, wie schön. Das ist gut zu wissen, meine ich. Dann

geh jetzt eben. Du musst ja einen verdammt gründlichen Beziehungsschaden abgekriegt haben.«

»Beziehungsschaden? Das Wort muss ich mir merken. Wer weiß, wozu das noch mal gut sein kann.«

Das Seltsame war, dass ihr verdammt viel an ihm gefiel. Wenn er sie nur an diesem verdammten ersten Tag nach einer Reise in Ruhe lassen könnte, würde die Sache ganz anders aussehen. Später fiel ihr ein, dass sie ihm eigentlich niemals offen gesagt hatte, dass sie gern ein wenig Ruhe wollte, wenn sie nach Hause kam. Sie hatte erwartet, dass er Hellsehen konnte, so, wie ein Kind erwartet, dass die Eltern jedes seiner Bedürfnisse voraussehen. Aber als sie zu dieser Erkenntnis gelangte, war es ohnehin schon zu spät. Sie brauchte eine Weile, um sich auf seine negativen Seiten zu konzentrieren, das Schlimmste, was ihr einfiel, war, dass er beim Frühstück immer das Messer mit den Butterresten in den Honig steckte. Ihr verging der Appetit, wenn sie im Honig Butterreste sah.

28

Das Zweitbeste beim Alleinwohnen war, dass sie in Ruhe PMS-geplagt sein konnte, ohne einen Mann an ihrer Seite zu wissen, der das als persönliche Beleidigung auffasste.

Das PMS stellte sich drei oder vier Tage vor der Regel

ein, wie ein schwarzer schwerer Vorhang, der ihr ungefähr zwanzig Minuten Vorwarnung gab, ehe er sie von allen Seiten einhüllte, wie eine erstickend depressive allumfassende Wirklichkeit. Das kleinste Problem wurde unüberwindlich, sie brach bei lächerlich wenig Widerstand in Tränen aus, es reichte, dass eine Küchenschublade klemmte, weil ein Messer sich verkeilt hatte, oder dass sie den Einkaufswagen im Laden nicht sofort losmachen konnte.

Sie verbrauchte krankhaft viel Energie für persönliche Hygiene, ein Kraftaufwand war vonnöten, um zu duschen oder ein wenig Wimperntusche aufzutragen, der Rest der fehlenden Energie floss in die Aufgabe, in der Redaktion normal zu wirken, und deshalb brach sie einfach zusammen, wenn sie nach Hause kam, sie schaffte es kaum, sich etwas zu essen zu machen, wollte nur Brote mit Makrele in Tomatensoße und viel Schokolade. Nur an diesen Tagen im Monat mochte sie Schokolade, und die musste so dunkel sein wie möglich, am besten aus bis zu 78 Prozent reinem Kakao.

An diesen Tagen in ihrer eigenen Wohnung einen Mann zu dulden war so gut wie unmöglich. Nicht zuletzt, weil es ihr, wenn dieser Vorhang sich erst über sie gesenkt hatte, unmöglich war zu begreifen, dass es sich wirklich um PMS handelte. Alles kam ihr endlos und unüberwindlich vor. Sie wollte kündigen, den aktuellen Mann loswerden, ihr Handy ins Klo werfen, aus dem Blickfeld aller verschwinden, es gab einfach keine Normalität mehr.

»Was ist eigentlich los mit dir? Kriegst du deine Tage oder was?«

»Lass mich doch einfach in Ruhe«, sagte sie.

»In Ruhe? Du hast gut reden. Du läufst hier mit Mord und Totschlag in den Augen herum, und ich soll dich in Ruhe lassen?«

»Ja. In Ruhe.«

»Soll ich etwa in ein Hotel ziehen?«

»Mir egal.«

»Was hab ich dir eigentlich getan?«

»Nichts.«

»Sag es doch einfach! Dann reden wir darüber! Ich will doch, dass es dir gut geht! Sollen wir heute vielleicht essen gehen? Oder uns im Kino einen Film ansehen?«

»Keinen Bock.«

»Dann nicht. War ja auch nur ein Vorschlag. Warum soll ich überhaupt irgendwas vorschlagen, wenn du die ganze Zeit so scheißsauer bist.«

»Dann lass es. Ich leg mich ein bisschen hin.«

»Kann mich auch ein bisschen hinlegen. Ich kann dich in den Arm nehmen, und da kannst du dann sauer sein, ist das eine gute Idee?«

»Nein. Ich will nur meine Ruhe. Bin todmüde.«

»Okay. War nur ein Vorschlag.«

»Du wiederholst dich.«

»Halt die Klappe. Geh ins Bett. Vielleicht bist du ja genießbar, wenn du wieder wach wirst. Wunder geschehen immer wieder.«

Und es konnte durchaus vorkommen, dass sie aufwachte und genießbar war. Dass sie aufwachte und die Sonne in sich spürte, eine Leichtigkeit, die hinter den Augenlidern einsetzte und sich über ihr bis zur Decke erstreckte, über die Bettwäsche, die Vorhänge, die sich vor dem offenen Fenster bewegten, alles war schön und vertraut und Geborgenheit schenkend und schön, und im Unterleib nahm sie eine Schwere und einen Schmerz wahr, über die sie sich einfach nur freute. Sie war Frau und am ganzen Körper lebendig.

»Verzeihung. Jetzt geht es mir besser. Habe meine Tage gekriegt.«

»Ich hab's ja gesagt. Vielleicht sollte ich Buch über deine Tage führen. Sollten wir mit anfangen.«

»Hör doch auf, es ist jetzt vorbei. Entschuldige.«

»Es ist nicht deine Schuld. Eine Frau in den USA wurde freigesprochen, nachdem sie ihren Mann umgebracht hatte, sie hatte PMS, als sie ihn erstochen hat. Unzurechnungsfähig im Augenblick der Tat.«

»Das hab ich dir erzählt«, erinnerte sie ihn.

»Kann schon sein. Aber ich muss ziemlich oft daran denken. Ich sollte wohl die Messer im Haus verstecken, wenn du deine Tage kriegst. Jetzt habe ich mich entschieden, ich werde so einen Kalender anlegen.«

»Es ist doch vorbei, habe ich gesagt.«

29

Eines Tages wachte sie auf und dachte, dass sie ungesund lebte. Sie war fast vierzig und nahm alles selbstverständlich. Lunge und Herz, Gehirn und Kreislauf. Sie dachte an Sigrid, die einen Mann im Fernsehzimmer haben wollte, für den Fall, dass sie Krebs bekam oder im Rollstuhl landete.

Sie wollte keinen Krebs. Aber warum sollte sie Krebs bekommen? Sie rauchte nicht. Sie kaufte immer grünes Gemüse wie Brokkoli und Kohl und Porree und Spinat, sie aß Roggenbrot und fast niemals Junkfood. Wenn sie essen ging, nahm sie lieber Fisch als Fleisch, jeden Tag nahm sie Vitamin B, Vitamin C, eine Vitaminmixpille und irgendwelche Omegadinger. Sie trank zwar ein wenig zu viel, aber es beruhigte sie, Zeitungsartikel zum Lobe des Alkohols zu lesen, auch wenn sie im tiefsten Inneren den Verdacht hatte, dass die Journalisten selbst zu viel tranken und es deshalb liebten, wenn ihnen solche Forschungsergebnisse auf einem redaktionellen Silbertablett serviert wurden. Aber sie behaupteten jedenfalls, Alkohol wirke blutverdünnend und sei gut für den Kreislauf, Wein enthielte außerdem irgendwelche Spurenelemente, über die sie keinen genauen Überblick hatte, die aber als gar nicht so ungesund galten, in solchen Zusammenhängen war immer von Rotwein die Rede, aber da sie lieber weißen trank, ging sie einfach davon aus, dass es vermutlich auch für Weißwein galt. Wein musste doch Wein sein? Außerdem war Alkohol gut für die Stimmung, und das war ungemein wichtig für die Immunabwehr, das wusste sie. Also lebte sie alles in allem gesund.

Aber sie trieb keinen Sport.

Und daran musste sie denken, als sie aufwachte. Dass sie eigentlich keinen Sport trieb. Ab und zu mit einem schweren Koffer über einen Flugplatz zu hetzen galt nicht. Vielleicht sollte sie sich einen Pilatesball kaufen.

In ein Trainingsstudio zu gehen, war vollkommen ausgeschlossen. Ein einziges Mal war sie in einem gewesen, im 3 T – Training, Trimmen & Tanz – in Heimdal, weil Sola von den DumDum Boys dort trainierte. Sie hatte ihr Interview darauf aufgebaut, dass er Eisen pumpte, um seinen Job als Schlagzeuger zu bewältigen.

Im Studio stank es erbärmlich. Nach Gummimatten und Schweiß und Körpergasen und Steroiden und miesem Selbstvertrauen, es war noch früh am Tag, sie hatte fast die ganze Nacht vor dem Fernseher gesessen und sich die letzte Staffel von »The Wire« angesehen, während sie einen alten Rest aus einem Weinkarton getrunken und weiche Käsechips aus einer lange auf dem Couchtisch vergessenen Schüssel gegessen hatte. Der Geruch in dem grell beleuchteten Trainingsstudio löste Brechreiz in ihr aus, während Sola sich über Fehlbelastung und Kreuzprobleme und die Gefahr von Thrombosen im Bein verbreitete, weil sich beim Spielen das ganze Actionblut im Oberkörper befand, sie machte sich Notizen, während sie schluckte und schluckte und versuchte, an Chlor und Zitrone und plätschernde Gebirgsbäche zu denken, was ihren Kotzreflex immer dämpfte.

Trainingsstudios waren jedenfalls kein gangbarer Weg. Sie stand auf, zog ihren Morgenmantel an, ging ins Netz und googelte Pilates. Das sah idiotisch aus. Auch, wenn sie es allein und hinter vorgezogenen Vorhängen machen könnte. Auf einem dicken Ball herumwackeln. Nein. Und das, obwohl der Ball silbern war und eigentlich einen ziemlich guten Anblick bot. Sie musste sich etwas anderes überlegen. Sie kochte sich eine Tasse grünen Tee im Licht des Küchenventilators und schaltete das Radio ein, sie wiederholten ein nächtliches Programm und spielten *Smoke on the Water* von Deep Purple, warum war sie gerade jetzt aufgewacht und hatte gedacht, dass sie ungesund lebte?

Es war sicher nicht immer von Vorteil, in einer Wirklichkeit zu leben, in der sie ununterbrochen mit Nachrichten in einem Maße überhäuft wurde, das das Fassungsvermögen anderer Menschen weit überstieg. Sie glaubte, es könne etwas sein, das sie über Bauchspeicheldrüsenkrebs aufgeschnappt hatte, eine Diagnose, die einem Todesurteil gleichkam. Sie wusste nicht einmal, wo diese verdammte Drüse saß. Sie tat einen Teelöffel Heidehonig in den Tee und nahm zwei zusätzliche Vitamintabletten. Sie wollte nicht an solche Dinge denken, sie hasste es, an solche Dinge zu denken, und jetzt war sie hellwach, es war drei Uhr, die einzige Möglichkeit war eine Runde Telefonsex, zwei Fliegen mit einer

Klappe, eine Stimme im Ohr und ein wenig energische Körperarbeit, das müsste Pilates doch um Längen schlagen können.

30

Sie hatte drei Männer für Telefonsex. Einer war verheiratet, den rief sie nie an, er meldete sich, wenn er allein zu Hause war oder sich auf Reisen in einem Hotelzimmer gelangweilt durch die Pornokanäle zappte. Die beiden anderen waren alte One-Nighter, der eine sogar eher ein Three-Nighter. Sie sagten ihr Bescheid, wenn sie in feste Beziehungen gerieten, im Moment lebten sie aber beide allein. Sie brauchte nur eine SMS zu schicken: »Wach?«

Jetzt fragte sie die beiden Unverheirateten, es war wenig wahrscheinlich, dass beide gleichzeitig wach waren. Der eine antwortete sofort, ja, er sei wach. Er arbeitete als Sicherheitschef im Bohrfeld Heidrun. Sie hatte ihn kennengelernt, als die Band Turboneger dort draußen einen Auftritt gehabt hatte, anlässlich einer CD-Präsentation, über die sie berichten sollte. Sie hatte sich hart und unverletzlich gefühlt, als sie dort im Rettungsanzug herumstapfte, während der Fotograf an einem Kran hing, um aus der Vogelperspektive Bilder zu machen. Der Sicherheitschef war außer sich über den prominenten Besuch, sie wollte wissen, wie sie hier eigentlich lebten, und er fragte, ob sie die königlichen Gemächer sehen wollte, obwohl das gegen die Vorschriften verstieße.

Das wollte sie sehr gerne. Vor allem, wenn es gegen die Vorschriften verstieß.

Schmales Bett und offene Pornozeitschriften auf dem Boden, ein riesiges Foto eines Seeadlers an der Wand, aber saubere Bettwäsche, sie fickten im Stehen, sie mit dem einen Fuß auf sein Bett gestützt, die abgestreiften Rettungsanzüge und Plastikhelme bedeckten fast den gesamten Fußboden. Er roch nach Maschinenöl und Rauch und solidem Männerschweiß, und er war einsam und supergeil.

31

Er rief an, noch ehe sie ihren Tee ausgetrunken hatte. Er machte 14/14, vierzehn Tage auf der Bohrinsel, vierzehn an Land, und deshalb fragte sic als Erstes, ob er im Dienst sei.

»Das bin ich.«

»Wie geht's dem Seeadler?«

»Der hängt hier und kämpft mit dem Gegenwind. Und was machst du so?«

»Trinke Tee und überlege, ob ich ungesund lebe.«

»Ungesund? Scheiße, damit kenn ich mich aus.«

»Ich habe mir überlegt, ob ich mir einen Pilatesball anschaffen sollte, aber der sieht total bescheuert aus.«

»Kauf dir einen Schrittzähler«, sagte er. »Das ist eher dein Typ Trainingsgerät.«

Er lachte. Sie sah ihn vor sich in der kleinen Kammer in dem riesigen technologischen Geschöpf auf hohen Beinen, mitten im Meer, der konstante Geräuschpegel, die identische Aussicht in alle Himmelsrichtungen.

»Warum bist du wach?«, fragte sie.

»Hätte heute fast einen Unfall gehabt. Jemand sollte sich an einem der Gerüstbeine abseilen. Wäre fast schiefgegangen. Und jetzt stell ich mir dauernd vor, was passiert wäre, wenn es schiefgegangen wäre.«

»Aber das ist es nicht, oder?«

»Nein«, sagte er.

»Aber schade, dass du wach bist und dass es dir nicht gut geht ...«

»Und dass du ungesund lebst.«

»Aber ich seile mich wenigstens nicht an Bohrinseln ab.«

»Schön, dass du angerufen hast. Gerade im richtigen Moment. Ich bin schon am Werk.«

»Ach? Wie schön. Ich auch.«

Sie ging ins Bett und ließ den Bademantel auf den Boden gleiten. Telefonsex war so unverbindlich und kam ihren Phantasien so entgegen, wie das überhaupt nur möglich war, sie konnte einfach aus sich herausströmen lassen, was sie mit ihm machen wollte, und ihn erzählen lassen, was er mit ihr machte, in diesem Moment, mit geschlossenen Augen, das Telefon am linken Ohr, jetzt hätte sie ein Headset sehr gut gebrauchen können, aber das hatte sie sich noch nicht zugelegt. Vielleicht würde sie eines Tages von einem Gehirntumor dahingerafft werden, verursacht durch die Handystrahlung?

»Moment mal. Ich muss das Ohr wechseln.«

Aber es war doch dasselbe Gehirn... Sie wechselte noch einmal, mit der linken Hand konnte sie einfach nicht arbeiten.

»Tut mir leid. Bin wieder da. Wie weit bist du?«

»Komme gleich. Du entscheidest«, sagte er. Er atmete so schwer und so schnell, dass es in ihrem Ohr hallte. Wenn bei *Adressa* Stellen gestrichen würden, könnte sie Telefonsex verkaufen, sie würde sich nicht einmal verstellen müssen. Sie kamen gleichzeitig, wenn das der Shellmann wüsste. Am Telefon gleichzeitig zu kommen war jedenfalls kein Problem.

»Tausend Dank«, sagte er. »Das war verdammt gut.«

»Ganz meinerseits.«

Sie atmeten schwer, beide im selben Takt.

»Hast du dich gerade ungesund gefühlt?«, fragte er.

»Kein bisschen. Aber ich bin noch immer sehr wach.«

»Noch mal?«

»Gern. Wenn du willst. Ich kann gerade jetzt mehrmals kommen, aber es sind ziemlich kleine und seltsame Orgasmen, so kurz hinterher.«

»Klein und seltsam, du schlimmer Finger. Na los.«

32

Als sie einander gute Nacht sagten, stellte sie fest, dass auch der Three-Nighter eine SMS geschickt hatte, dass er wach sei, außerdem hatte er zweimal angerufen. Sie überlegte einen Moment, ob sie ihn zurückrufen sollte. Er wohnte in Oslo, war Musikredakteur bei der *Aftenposten*, sie hatte ihn in Roskilde kennengelernt und seitdem fand sie Schlamm irgendwie sexy, sie waren beide ziemlich blau gewesen und hatten während Björks Auftritt auf der Orangen Bühne angefangen zu knutschen. Zum Glück mussten sie keine Rezension über das Konzert schreiben, deshalb überließen sie Björk ihrem Schicksal und suchten sich ein leeres Zelt, krochen hinein und schliefen, ununterbrochen kichernd miteinander auf einem Haufen verschlammter Schlafsäcke.

Dann war sie ihm beim Festival by:Larm in Trondheim wiederbegegnet, und dort hatten sie in standesgemäßerer Umgebung da weitermachen können, wo sie aufgehört hatten, bei ihr zu Hause in ihrem eigenen Bett. Es machte auch Spaß, mit ihm Telefonsex zu haben, er hatte so viele verrückte Phantasien, aber sie rief ihn jetzt nicht an. Dann würde sie etwas vortäuschen müssen, und das lag ihr nicht. Da sie es noch nie zuvor getan hatte, wollte sie jetzt nun wirklich nicht damit anfangen. Wenn sie ein junges Mädchen und eine Jungfrau vorgetäuscht hatte, dann doch nur, weil sie es nicht besser wusste.

»Bist du gekommen?«, fragten sie.

»Wie war es für dich?«, fragten sie.

Sie wusste nicht, ob sie kam oder wie es war, deshalb nickte sie nur und lächelte und blinzelte träge, wie sie es im Kino gesehen hatte, und küsste sie, damit sie keine weiteren Fragen stellten. *Die Jugend ist an junge Menschen vergeudet.* Hatte das nicht Peter Wessel Zapffe einmal gesagt? Wenn sie doch nur begriffen hätte, woran sie sich damals so grob und hemmungslos hätte bedienen können. Das Tragische war ja das Missverhältnis zwischen den Geschlechtern, wenn es um Geilheit ging. Vollständig aus dem Takt geraten, ganz eindeutig ein biologischer Patzer. Junge Männer dachten mehrere Male pro Minute ans Ficken, während Frauen im gleichen Alter an Brautkleider dachten. Banal und traurig. Und hier lag sie und hatte jeden Gedanken an Brautkleider schon längst aufgegeben, während es in der Stadt nur so wimmelte von jungen Männern, die sich ruhelos auf ihren spermasteifen Bettlaken herumwälzten, während sie lange lustlose Handygespräche mit ihren frischerworbenen gleichaltrigen Freundinnen führten, die viel lieber immer wieder von seinen Gefühlen hören wollten, statt hinter dem nächsten Fahrradschuppen wild und unkompliziert gevögelt zu werden.

Sie war selbst früher mit dem coolsten Jungen an der Schule zusammen gewesen. Natürlich war er auch der dreisteste gewesen. Beim ersten Mal hatte er ihren Hals geleckt und war dann in seiner Hose gekommen, während er sie planlos abwechselnd an den Brüsten und in der Unterhose gerieben hatte. Er war schon in der Neunten über eins achtzig und der Einzige auf der Schule, der keine Pickel hatte. Was würde sie heute mit so einem Exemplar alles anstellen können… sie erinnerte sich noch immer an die Beule in seiner Hose, hinter den Levisknöpfen, sie war nie so weit gekommen, dass sie es gesehen hätte, da war es auf den Partys schon immer dunkel, aber sie erinnerte sich an das seltsame Gewicht eines Schwanzes in ihrer Hand, seidenweich war er und schön anzufassen, dazu gesellte sich aber die Angst, etwas falsch zu machen, zu fest zu drücken oder ihn zu zerbrechen. Sie begriff nicht einmal, dass sie hart drücken sollte.

Aber nicht er hatte sie entjungfert, das war ein wildfremder Junge aus Havstein gewesen, sie war fünfzehn, und alle ihre Freundinnen hatten das Joch der Jungfräulichkeit bereits abgeworfen, was sie selbst jeden Tag von Neuem belastete. Es half rein gar nichts, dass sie stundenlang mit dem Coolsten der Schule, der inzwischen übrigens nach Namsos umgezogen war, Petting gemacht hatte, penetriert hatte er sie nicht. Der Junge aus Havstein kam hinter ihr her, als sie bei einer Party aufs Klo musste, er fing an herumzuboxen, um vor ihr dort zu sein. Sie ließ ihn vorgehen. Als sie dann herauskam, wartete er auf sie und fragte ganz offen, ob sie mit ins Schlafzimmer kommen wollte, dessen Tür offen stand.

»Okay«, sagte sie.

33

»Willst du knutschen?«
»Okay.«
»Schlafen wir auch miteinander?«
»Okay.«
Sie hatte Schwarzgebrannten und Apfelsinensaft getrunken, und er sah saugut aus, auch wenn er ein klitzekleines bisschen kleiner war als sie. Er schloss hinter ihnen die Tür ab.
»Warum schließt du die Tür ab?«
»Wir wollen doch miteinander schlafen.«
»Ach so.«
Er war auch fünfzehn Jahre alt, hatte es aber zweifellos schon einmal gemacht. Er küsste sie energisch und mit harten Lippen und einer hektischen Zunge, schob sie auf den Rücken und zog ihr den Pullover aus.
»Heb mal die Arme hoch, damit ich ihn abkriege«, sagte er.
Danach öffnete er ihren BH mit einer Hand unter ihrem Rücken, was ihr ungeheuer weltmännisch vorkam, sie fühlte sich deshalb sofort sicher, fast schon glücklich.
Die Party fand bei Leuten statt, die sie gar nicht richtig kannte, sie hatte keine Ahnung, in welchem Stadtteil sie sich befanden, sie waren von einer Trinkrunde zur anderen gefahren, es war seltsam, in einem fremden Bett zu liegen, das machte sie sonst nur auf Klassenfahrten, er schal-

tete das Licht aus, und deshalb konnte sie sich das Muster der Bettwäsche nicht ansehen, sie registrierte nicht einmal die Farbe, er zog ihr die Hose aus, mühte sich einige Sekunden mit ihren Stiefeln ab, aber dann war es geschehen. Sie hörte ein schnappendes Plastikgeräusch, und dann bahnte er sich einen Weg hinein.

»Verdammt, du bist ja vielleicht feucht«, sagte er.

Sie schaffte es nicht, das zu überprüfen. Unerfahren, wie sie war, begriff sie ja nicht, dass die Feuchtigkeit ein Barometer war, die Antwort des Körpers auf die Frage, ob hier etwas zu holen sei. Aber er begriff. Er konzentrierte sich auf den entscheidenden Stoß.

»Scheiße, du bist ja Jungfrau.«

Sie gab keine Antwort.

»Warst Jungfrau«, sagte er.

Danach riss er sich das Kondom ab, öffnete das Fenster und warf es hinaus. Mondlicht fiel auf ihn, auf seine Schultern und seinen Oberkörper, seine Haare waren lustig zerzaust. Sie taumelte in ihrem Fuselrausch herum und schaute ihren fünfzehnjährigen Liebhaber an, den sie niemals wiedersehen würde, obwohl sie in derselben Stadt wohnten. Sie war ungeheuer erleichtert.

Es war überstanden.

Nach allem, was sie gelesen hatte, würde sie sich von jetzt an dabei wohlfühlen und es genießen können.

34

Sie entschied sich für Stöcke.
»Ich will ein bisschen Sport treiben. Oder ist es vielleicht schon zu spät?«
»Zu spät? Wie meinen Sie das?«, fragte der junge Verkäufer.
»Ich habe noch nie ... Sport getrieben. Aktiv, meine ich. Eine richtige Sportart eben, aber ich dachte, es könnte vielleicht an der Zeit sein. Wenn es noch nicht zu spät ist.«
Sie beobachtete sich selbst, wie sie ihn aufforderte, auf die Sache mit dem Alter einzugehen. Es war pathetisch, sie hörte, wie blöd es klang, und beschloss, die Klappe zu halten. Er führte sie zu der Wand, an der die Stöcke hingen, und fing an, ausgiebig über die Länge der Stöcke zu erzählen, es gab Teleskopstöcke, deren Länge man selbst justierte, abhängig von Körpergröße und Terrain, ob es bergaufging oder bergab. Sie sah in sein Gesicht, während er redete, er war braun gebrannt, hatte einen Dreitagebart, leuchtend blaue Augen und trug ein knallweißes T-Shirt mit V-Ausschnitt unter einem weinroten Sportpullover. Sie betrachtete seine Hände, die einen Stock nach dem anderen packten und drehten, kurze und gebräunte Hände mit rosafarbenen Nägeln, er war kein Nägelkauer und hatte keinen einzigen Trauerrand, um das rechte Handgelenk wand sich eine dünne Lederschnur, so, wie Morten Harket von *A-ha* sie früher um den Hals getragen hatte.

»Die nehm ich«, sagte sie.

Sie konnte ihn nicht länger ansehen, plötzlich hatte sie das alles so satt. Sie würde anfangen, Sport zu treiben, wie andere Menschen das auch taten, normale Leute mit normalen Leben, was für ein unbeschwertes Leben die führen mussten mit Routinen und der Gewissheit, dass ihr bisher gelebtes Leben genauso weitergehen würde. Vielleicht lag Sigrid ja doch nicht so ganz daneben.

»Möchten Sie die Quittung?«, fragte er.

»Nein, die können Sie wegwerfen.«

Sie erwiderte seinen Blick, als sie sich zum Gehen umdrehte, er sah ihr ein wenig zu lange in die Augen, aber dann war sie es, die sich untypischerweise abwandte. Er musste sich doch zu Tode langweilen, in dieser öden Sportabteilung herumzulungern, und wäre wahrscheinlich eine leichte Beute. Dieser Gedanke schoss ihr für den Bruchteil einer Sekunde durch den Kopf, aber sie hatte keinen Nerv, etwas zu unternehmen. Er kam hinter dem Tresen hervor und öffnete ihr die Tür.

»So alt bin ich nun auch wieder nicht«, sagte sie. »So war das nicht gemeint.«

Er grinste und machte mit der braunen Hand ohne Trauerränder unter den Nägeln das V-Zeichen.

»Gute Tour«, sagte er.

Die Stöcke lagen zusammengeklappt in einer Einkaufstüte, als sie zur Olavshalle ging, um den Sänger Bjørn Eidsvåg zu interviewen, der vor seinem Konzert am selben

Abend einen Soundcheck anberaumt hatte. Sie rief den Fotografen an, der war schon vor Ort. »In fünf Minuten bin ich da«, sagte sie und fühlte sich schon viel fitter, mit den Stöcken in der Tüte.

35

Auf der Bühne wurde gerade alles aufgebaut. Bühnenarbeiter rannten herum und schwitzten. Eidsvåg war energisch und sprach offen über das Persönliche in seinen Texten, über Lebenserfahrung und Lebensmut, darüber, trotz der Niederlagen an Stärke zu gewinnen, allein zu sein oder zu wagen, sich voll und ganz auf einen anderen Menschen einzulassen. Er bezeichnete seine Familie als »kleine Firma«, Ingunn notierte alles in Stichworten, ihre eigenen Fragen hatte sie oben auf die Seite des Spiralblocks geschrieben. Sie saßen am Bühnenrand und tranken Kaffee. Der Fotograf, einer von der alten Schule, der nie die Lust verlor und für alles Begeisterung aufbringen konnte, bewegte sich so diskret um Eidsvåg herum, wie das mit einem fleißig arbeitenden Blitz überhaupt nur möglich war. Eidsvåg blieb wie ein echter Profi gelassen, konzentrierte sich auf sie, hörte zu und antwortete. Ab und zu dachte sie an die Stöcke in der Einkaufstüte, wo sie damit hingehen würde und was wäre, wenn irgendjemand sie dabei beobachtete.

Zum Glück war es schon Ende August, die Abende wurden früher dunkel. Vielleicht einen asphaltierten Gehweg. Querfeldein war ausgeschlossen, da gab es zu viel unwegsame und unvorhersehbare Natur.

Als sie ihren Artikel über Eidsvåg in der Redaktion fertig geschrieben und zudem einen Aufmacher für einen nostalgischen Gedenkartikel über Fleetwood Mac sowie fünf raffinierte Fragen für ein Musikquiz in der Wochenendbeilage abgeliefert hatte, fuhr sie nach Hause, machte sich einen Fjordlandskabeljau in Kräutersoße warm und setzte sich an den Rechner, um nach geeigneten Wanderwegen in der Umgebung von Trondheim zu suchen. Sofort wurde der Ladesti gezeigt, da brauchte sie nur zum Statoilgebäude zu fahren, dort zu parken und zu den Stöcken greifen. Aber hatte sie den Nerv dazu? So ganz in echt?

Sie hatte andere in der Kantine über den inneren Schweinehund reden hören, aber auch über die Euphorie, wenn man sich trotzdem aufraffte. Das Kleinhirn spülte dann offenbar jede Menge Glückspillen in flüssiger Hormonform ins Blut, und man war danach in Superstimmung. Sie legte sich aufs Sofa, hatte die Füße aber noch immer auf dem Boden stehen, sie dachte an den Mann, der ihr die Stöcke verkauft hatte, und sie wurde plötzlich unendlich müde, er hatte sie an jemanden erinnert, ihr fiel aber nicht ein, an wen. Sie schaltete den Fernseher ein, es gab Nachrichten, sie zappte weiter und landete bei *Discovery*, dort wurde eine Sendung über Tiger in Indien gezeigt, nur noch fünfzehnhundert Tiere lebten in diesem Land, sie döste vor sich hin, und dabei fiel ihr wieder ein, an wen er sie erinnert hatte, eine junge Ausgabe von Sean Connery, wie sie ihn zum ersten Mal als James Bond gesehen hatte, in »Dr. No«.

Seit sie den Film in ihrem beschissenen möblierten Zimmer in Møllenberg zum ersten Mal auf Video gesehen hatte, hatte sie von Sean Connery taggeträumt. Erotische nächtliche Träume hatte sie oft, deshalb wartete sie jahrelang auf einen mit Sean. Aber sie träumte von Männern, mit denen sie in wachem Zustand nie im Leben ins Bett gegangen wäre, auch wenn ihr jemand gedroht hätte, ihr die Kehle mit einer stumpfen Stickschere durchzuschneiden, oder sie träumte von gesichtslosen Männern, die nur Körper waren.

Erst mit dreiunddreißig träumte sie von Sean.

Sie befanden sich in einer Küche. Er kochte, sie sah zu, wie er Gemüse schnitt und mit riesigen behaarten Händen in einen dampfenden Kochtopf fallen ließ, die Hände waren vom mittleren Fingergelenk aufwärts mit Pelz bewachsen, der Pelz wurde immer dichter, bis er unter den Hemdsärmeln verschwand. Sie stand da und brach einen Streit vom Zaun, später wusste sie nicht mehr, worum es dabei gegangen war, aber sie blieben stehen und brüllten einander an, während Sean immer schneller Gemüse kleinhackte und zwischendurch das Messer durch die Luft kreisen ließ. Dann plötzlich, ohne irgendeinen Übergang, hatte sie eine Decke und zwei Kissen im Arm und stand in einem Gästezimmer mit einem Schlafsofa.

Sie schloss hinter sich die Tür ab.

Sean hämmerte an die Tür und brüllte mit schottischem Akzent und seiner typischen zurückgezogenen Zungenspitze, darüber müssten sie reden, sie könne ihn nicht einfach so verlassen, sie müssten wieder Freunde sein!
»Pleasch, open de door! I love you! I love you!«
Dann wachte sie auf und lag mehrere Minuten da und ließ den Traum Revue passieren, jedes Detail, aber an das Wichtigste konnte sie sich nicht erinnern: worüber zum Henker sie sich gestritten hatten. Sie dachte, jetzt könnte sie sich eigentlich nur noch erschießen. Endlich ein Traum von Sean Connery, nachdem sie fünfzehn Jahre darauf gewartet hatte.

Und sie hatte sich im Gästezimmer eingeschlossen!

36

Sie zappte weiter und schaffte es nicht, vom Sofa aufzustehen. Irgendwann legte sie auch die Beine darauf. Es würde furchtbar, furchtbar, furchtbar langweilig sein, mit den Stöcken über den Ladesti zu wandern. Ganz unvorstellbar langweilig. Rekordverdächtig langweilig. Vielleicht würde sie sich sogar einen iPod kaufen müssen.

Es war ein Dauerwitz in der Redaktion, dass sie als Musikjournalistin weder einen Walkman noch Discman oder iPod besaß. Aber sie konnte diesen ganzen Kabelsalat nicht ausstehen. Und außerdem fühlte sie sich durch die Geräusche direkt am Ohr von allen anderen in ihrer Umgebung abgeschnitten: Sirenen, Feuermeldern, Stimmen, schnellen Schritten oder gar einer unerwarteten Berührung von hinten.

Musik hörte sie im Auto oder zu Hause in ihrer Wohnung. Sie befand sich in der glücklichen Lage, an beiden Orten die Musik laut aufdrehen zu können. Im Auto, weil sie allein unterwegs war, zu Hause, weil sie ganz oben wohnte und der in der Wohnung unter ihr beim Trondheimer Symphonieorchester Pauke spielte und deshalb Decke und Boden schallisoliert hatte, um mit Hilfe seiner Stereoanlage große Orchesterwerke einstudieren zu können. Das war übrigens der Hauptgrund, warum sie sich an jenem Tag vor sieben Jahren für ebendiese Wohnung entschieden hatte. Nur wenn sie dabei die Fenster öffnete, konnte sie andere stören. Auf die klassische Frage, wofür sie sich entscheiden würde, wenn sie sich eben entscheiden müsste, blind oder taub zu sein, antwortete sie immer mit blind.

Ohne Musik zu leben...? Dann könnte sie auch gleich sterben. Und ihre Stärke, so empfand sie es zumindest, lag darin, allesliebend, allesgenießend, allesfressend zu sein, allerdings mit einer Ausnahme, dem modernen Jazz. Da besaß sie einen weißen Flecken auf ihrer musikalischen Landkarte, den sie zum großen Ärger vereinzelter Kollegen »Des Kaisers neue Kleider« nannte. Aber bittesehr, sie war ein Profi, sie lieferte lange Interviews mit den verschrobensten aller verschrobenen Jazzmusiker und

Jazzkomponisten und Jazzsängern und Jazzsängerinnen, mit sorgfältig vorbereiteten Fragen und Folgefragen, sie machte ihre Recherchen und begriff schnell, was Sache war. Es ging nur darum, sich mit dem Strom treiben zu lassen, solange sie im Dienst war. Aber CDs und Konzerte zu rezensieren, das blieb ihr erspart.

Es hatte ein wenig interne Tumulte gegeben, als sie bei *Adressa* angefangen hatte, eben weil sie keine Rezensionen schreiben wollte, aber irgendwann hatten die Verantwortlichen begriffen, dass das ihrer Arbeit zugute kam, die Künstler waren in ihrer Gesellschaft entspannt, da nicht sie es war, die eine Bewertung vornahm. Ihren ganz persönlichen Vorteil erkannte sie erst ein wenig später, dass sie nämlich mit keinem schlafen konnte, dessen Arbeit sie gleichzeitig rezensieren sollte. Das war eine Frage der Integrität und des Berufsethos.

Sollte sie also erblinden, hätte sie wenigstens noch die Musik. Diese Freude, vor den CD-Regalen zu stehen, abzuwägen und dann zu wählen. Tommy Tokyo oder die Steve Miller Band. Die Stones oder Peps Blodsband. Cat Stevens oder Eminem. Im Auto hatte sie Ry Cooder, Discohits aus den Achtzigern, Kim Larsen, Kåre Virud und Maroon 5. Sie liebte Hornbys Buch »High Fidelity« und konnte sich ausschütten vor Lachen über den Ausdruck »Kraftwerk unplugged«. Und erst seine vielen Bestenlisten. Sie hatte sofort begonnen, ihre eigenen zu erstellen. Sie las eigentlich keine Bücher, ihr eigenes Leben reichte ihr vollkommen, aber »High Fidelity« hatte sie dreimal gelesen und jedes

Mal so laut gelacht wie beim ersten Mal.«»Liking both Marvin Gaye and Art Garfunkel is like supporting both the Israelis and the Palestinians.«

Sie hatte sich einmal mit einem Kollegen vom *Dagbladet* wild gefetzt, denn der hatte ihr eine oberflächliche Beziehung zur Musik unterstellt, weil sie so viele verschiedene Stile gut fand. Sie war genervt von Musikfans, die sich in abgelegenen, musikalischen Nischen verkrochen und alle verachteten, die nicht so dachten wie sie. Am schlimmsten waren die Depeche-Mode-Anhänger. Auf einen guten zweiten Platz kamen die Vertreter der These, dass seit Buddy Hollys Flugzeugabsturz 1985 kein echter Rock mehr gemacht worden sei, vielleicht mit Ausnahme von Don McLeans »American Pie«.

Aber würde sie gezwungen sein, sich einen iPod zu kaufen, um das Walken mit den Stöcken auszuhalten und sich nicht mehr ungesund zu fühlen?

Nein, beschloss sie. Sie würde es auch ohne Musik schaffen, die beängstigend nah am Ohr spielte, und zu allem Überfluss würde sie sich dabei draußen in der Dunkelheit aufhalten. Morgen Abend, gleich morgen würde sie damit anfangen.

37

Sie stellte den Audi auf einem der Firmenparkplätze direkt vor dem Statoilgebäude ab, damit alle annehmen sollten, dass sie dort arbeitete, niemand würde so spät am Abend ihr Nummernschild mit den gekennzeichneten reservierten Parkplatzschildern vergleichen. Die Stöcke hatte sie zu Hause eingestellt, die Arme sollten sich beim Gehen in einem Winkel von neunzig Grad bewegen. Die Stöcke lagen lang und schlank im Auto, schräg über die Rücksitze bis in den Kofferraum hinein. Es wurde schon dunkel, Gott sei Dank. Sie besaß keine Trainingskleidung und hatte sich darum eine Hose angezogen, die zu einem sogenannten »Freizeitanzug« aus weinroter Chenille gehörte, allein bei der Farbe sehnte sie sich nach ihrem Wohnzimmer und einem Glas oder zwei.

Sie stellte die Stöcke auf den kahlen Asphalt, sie machten ein blödes metallisches Geräusch, wie ein Specht vor einer Stahlwand. Sie ging über den Kiesweg weiter, wartete darauf, dass ihr Schweiß zu strömen begann, kam sich wie eine Idiotin vor, wie eine alte Oma aus der Reha; sie dachte wie besessen an Gin und Tonic mit sehr viel Eis, an *The Dark Side of the Moon*. Vielleicht sollte sie lieber anfangen zu rauchen, gegen diesen Gesundheitswahn ankämpfen, mit allerlei kreativen und exaltierenden Drogen experimentieren, Jimi Hendrix und Metallica hören, Tag und Nacht, den Job kündigen und vor die Hunde gehen, um dann eine bewegende Bestseller-Autobiographie zu schreiben, darüber, wie es war, aufgrund eines arglosen Einkaufs von zwei Stöcken ihr Leben gegen die Wand zu fahren.

Das Statoilgebäude lag silberweiß hinter ihr, drei vereinzelte Jogger kamen ihr entgegen, sie wechselten keine Blicke. Zwei Jogger waren Männer mit tiefen Fältchen um die Augen, als ob sie noch im Dunkeln in das grelle Sonnenlicht blinzeln müssten, die dritte, eine etwas übergewichtige Frau, lief auf eine schleppende, resignierte Weise, die Ellbogen dicht an den Körper gepresst und die Hände wie zwei Gummihandschuhe vor sich baumelnd. Aber warum joggten sie überhaupt? Wenn alle behaupteten, Walken sei das Wahre? Würde sie etwa auch noch joggen müssen?

Sie blieb stehen und streifte die Schlaufen von ihren Händen. Sie war kein bisschen müde, dabei war sie mindestens schon einen halben Kilometer gegangen. Das war doch alles Quatsch.

Sie schaute auf den Fjord. Es war schön hier. Obwohl das hier wahrscheinlich keine Natur im wahrsten Sinne des Wortes war, weil es zu dicht an der Stadt lag, sie wusste nicht besonders viel über Natur, sie zog von Menschen geschaffene Ordnung und Kompositionen vor. Sie atmete tief durch, nahm die Stöcke in die linke Hand und verspürte tatsächlich einen Hauch von Gesundheit. Hier stand sie nun mit ihrem Körper, allein auf dem Ladesti, sie war schon sehr lange nicht mehr so allein gewesen – unter freiem Himmel. Der Fjord roch gut, kalt und salzig, Wellen dröhnten unweit von ihr gegen die Strandfelsen, das Wasser wogte um dunkle Tangdolden. Sie beschloss, zum Auto zurückzugehen und auf die Stöcke zu pfeifen, sie hinter sich her durch den Kies zu ziehen.

»Glück. Glück! GLÜÜÜÜÜÜCK!«

38

Es war eine dünne verzweifelte Mädchenstimme, und sie kam aus der Dunkelheit hinter ihr. Im selben Augenblick jagte ein Knäuel von Hund auf sie zu in Richtung Wasser. Sie drehte sich um. Das Kind sah aus wie eine mit den Armen fuchtelnde Negativ-Silhouette, weiße Kleider vor dunklem Hintergrund.

Das Knäuel streifte sie in seiner wilden Jagd, sie bückte sich und packte es, ihre Hand griff in wolliges Fell, sie drückte den Hund zu Boden und hielt ihn fest, obwohl er sofort verzweifelte Geräusche ausstieß.

»TAUSEND Dank.«

Das Kind fiel aufgebracht und atemlos vor dem Hund auf die Knie und befestigte eine Kette an seinem Halsband.

»Tausend Dank. Ich hatte ja solche Angst. Ich hab den heute erst gekriegt. Also... ihn, meine ich. Das ist ein Junge.«

»Vielleicht solltest du ihn dann nicht frei laufen lassen«, schlug sie vor. »Bis ihr euch besser kennengelernt habt.«

»Das sagt Papa auch. Aber ich habe gehört, dass die angeblich gehorsamer sind, wenn sie frei laufen dürfen? Glaubst du das?«

»Ich weiß nicht sehr viel über Hunde«, sagte sie.

»Ich eigentlich auch nicht. Aber ich hab von Papa ein Buch über Hundehaltung bekommen. Das werde ich lesen.«

»Er hat jedenfalls einen schönen Namen.«

»Ja, nicht wahr? Das ist mir einfach so eingefallen. Gleich auf den ersten Blick. Da war er... drei Wochen alt, glaube ich. Weil er mich so glücklich gemacht hat, habe ich beschlossen, dass er Glück heißen sollte. Papa war eher für Caesar oder Nero oder so was GROSSES, nur, weil er so klein ist, aber ich wollte Glücksstern. Ich hab das einfach so beschlossen.«

»Der wird doch bestimmt noch größer?«, fragte sie, sie wusste nicht so recht, was sie sonst sagen sollte, sie war es nicht gewohnt, mit Kindern zu reden, sie dachte, vielleicht sollte sie in die Hocke gehen, wenn sie mit der Kleinen sprach, es wirkte so gewaltig, mindestens einen halben Meter größer zu sein.

»Doch, er wird größer, klar. Aber nicht viel. Das ist ein

Zwergpudel, weißt du. Und Zwerge sind ziemlich kleine Menschen.«

»Emma! Hier bist du also?«

»Ja, Papa. Hier bin ich mit einer lieben Dame, die Glück gefangen hat. Der hätte ERTRINKEN können.«

Der Mann kam auf sie zu. Er war gerannt, das hörte sie an seinem Atem, aber jetzt hatte er den Schritt wieder verlangsamt, ihm war wohl klar, dass die Katastrophe verhindert worden war.

»Ich glaube nicht, dass er ertrunken wäre«, sagte er. »Und du wolltest ihn ja unbedingt frei laufen lassen, vergiss das nicht, Emma.«

»Ach, Papa! Ich hatte solche Angst!«

Emma warf sich gegen ihren Vater, schlang ihm die Arme um den Leib und drückte die Wange auf seinen Bauch, er legte die Arme um sie, und sie schluchzte los.

»Ich hatte solche Angst!«

Der Mann streichelte mehrmals ihre Haare, dann bückte er sich und küsste das Kind behutsam auf die Stirn, sie selbst konnte den Blick nicht von den beiden abwenden, obwohl sie das hier als zutiefst intim und persönlich empfand, ein Vater und ein Kind, die sie nicht kannte. Und sie stand daneben und starrte die beiden an.

»Aber es ist doch gut gegangen, Liebes. Weine nicht mehr. Es ist doch gut gegangen.«

Seine Stimme klang bedrückt, vor Fürsorge und Liebe, die so groß waren, dass sie davon eine Gänsehaut bekam.

»Und tausend Millionen Dank für meinen Glück, Papa. Du bist der liebste Papa auf der ganzen Welt.«

Die Kleine ließ ihn los und schaute zu ihnen beiden auf.

»Auch Ihnen tausend Millionen Dank.«

Der Vater drehte sich zu ihr um.

»Guten Abend«, sagte sie.

»Tausend Dank für die Hilfe.«

»Kein Problem«, erwiderte sie. »Sie hätte ihn nicht laufen lassen dürfen.«

»Ein Hund muss wohl auch erst... eingefahren werden, wie alles andere«, sagte sie und hatte keine Ahnung, woher sie die Worte nahm. Einen Hund einfahren...?

»Und er ist ja noch ganz neu«, fügte sie hinzu.

»Genau, nagelneu, von heute. Emma wollte schon mit fünf unbedingt einen Hund.«

»Das macht zwei Jahre unbedingt wollen, Papa«, sagte Emma und sprang mit Glück an der Leine hinunter zu den Felsen. »Aber du bist der beste Papa auf der ganzen Welt, weil ich Glück gekriegt habe.«

Er lachte und drehte sich zu ihr um.

»Kinder«, sagte er auf verständnisheischende Weise.

»Sie haben ein süßes Mädchen«, sagte sie. »Aber ich weiß eigentlich nicht sehr viel über Kinder. Weder über Kinder noch über Hunde. Ich kenne nur einen Hund, und der war schon fertig erzogen, als ich ihn kennengelernt habe. Es ist ein Dobermann und heißt Kalle.«

Sie hörte, wie sie sich um Kopf und Kragen plapperte.

Nicht besonders schmeichelhaft. Vor ihr stand ein wildfremder Mann, der ihr aus dem Halbdunkel entgegengekommen war. »Ja. Emma ist unglaublich. Ein wenig zu impulsiv vielleicht.«

Er sah sie an.

»Aber Emma und ich kommen super zurecht.«

»Ja, und junge Hunde passen sich doch ihrer neuen Familie auch irgendwann an«, sagte sie.

»Das wollen wir hoffen. Tausend Dank noch mal«, wiederholte er und berührte wie zufällig ihren Oberarm. »Ich muss wohl diese ganze Menagerie jetzt nach Hause schaffen, es wird spät.«

Sie sah ihn an. Es war fast zu dunkel, aber sie konnte ihn sehen.

Emma und ich, hatte er gesagt. Gab es auch eine Mama, oder waren sie nur zu zweit? Vielleicht war er ein alleinerziehender Vater. Dann würde sie ihn nie wiedersehen. Alleinerziehende Väter gingen nicht auf die Piste, sie hatten mit dem Vatersein mehr als genug zu tun.

»Entschuldigen Sie...«, sagte sie.

»Ja?«

»Ach was, nichts weiter.«

»Nun sagen Sie schon.«

»Ich fasele nur Unsinn. Ich bin heute nicht ganz bei mir. Steh hier mit Walkingstöcken auf dem Ladesti und...«

»Sie walken?«

»Das wäre ein wenig übertrieben ausgedrückt. Ich habe gerade erst angefangen. Vor einer Stunde etwa. Ich glaube, das ist nichts für mich, wenn ich ehrlich bin. Ich schwitze ja noch nicht mal.«

»Sie sind vermutlich zu gut in Form. Aber jetzt muss ich wirklich los und meine Kleine und die Töle nach Hause schaffen, morgen ist Schule.«

»Okay«, sagte sie. »Steht Ihr Auto auch da vorne ...?«

»Nein, wir fahren nicht. Wir wohnen da oben.«

Er deutete in die Dunkelheit. Sie konnte nichts erkennen, nur ein paar vereinzelte Lichter hinter Tannen weiter oben auf dem Hügel.

»Schön«, sagte sie. »Dann machen Sie's gut.«

»Emma! Jetzt müssen wir nach Hause! Komm schon!«

»Aber Papa! Das ist so lustig mit Glücksstern! Er beißt in den Tang und glaubt, der lebt.«

»Komm schon. Morgen musst du in die Schule. Und das Essen wartet im Backofen!«

Er lächelte sie an, alles in seinem Gesicht lächelte, die Augen, die Wangen, die Stirn, der Mund, es war kein höfliches Lächeln, sondern eine echte, seltene Geste, ohne Hintergedanken. Wann hatte sie jemand das letzte Mal so angelächelt? Sie umklammerte die Stöcke so fest, dass ein Daumennagel abbrach, am liebsten hätte sie losgeheult, sich an jemanden geschmiegt, dem sie nur bis zum Bauch reichte, eine Hand auf ihren Haaren gespürt, einen sanften Kuss auf die Stirn bekommen, der von ihr nur erwartete, dass sie nicht mehr traurig wäre, weil alles wieder gut war.

39

Als die beiden Flugzeuge innerhalb kürzester Zeit mit den Wolkenkratzern in New York verschmolzen waren, hatte sie Kartoffeln geschält, die sie mit einem kleinen Stück Räucherwurst zusammen anbraten wollte. Das Radio stand auf Augenhöhe im Gewürzregal. Alle Nachrichtensendungen wurden unterbrochen, und die ersten Berichte folgten sogleich: Ein Flugzeug war ins World Trade Center geflogen. Sie dachte: Ist da denn so viel Platz, dass ein Flugzeug reinfliegen kann? Ein Modellflugzeug, vielleicht? Sie griff zur zweiten und letzten Kartoffel, und die Nachrichten waren bruchstückhaft, unzusammenhängend und unlogisch, und die Kartoffeln landeten unten im Spülbecken, das kalte Wasser lief, sie ließ alles fallen und schaltete den Fernseher und CNN ein, wie alle anderen würde sie sich bis ans Ende ihres Lebens an jedes kleinste Detail dieses Tages erinnern, was sie angehabt hatte, der rechte Ärmel des roten Pullovers war nass vom Kartoffelschälen, weil der Bund dort lockerer war als am linken und sich nicht zum Ellbogen hochschieben ließ, das Wurststück, das sie in gleich große Stücke geschnitten hatte und das sie später mit den frischgeschälten Kartoffeln in den Mülleimer warf, wozu sollte sie essen, wenn sie doch allesamt sterben müssten?

Beim zweiten Flugzeug saß sie da wie gelähmt, ehe sie in Tränen ausbrach. In den Lokalnachrichten hieß es, die Festung Kristiansten sei jetzt mit bewaffneter Mannschaft von der Offiziersschule besetzt. Nur unter großer Anstrengung gelang es ihr, den Wasserhahn zuzudrehen.

Als damals die Nachricht von Dianas Unfalltod eingetroffen war, hatte sie mitten im Wohnzimmer gestanden, in einem phosphorgrünen Frotteemorgenmantel und mit einem weißen Keramikbecher mit lauwarmem Kaffee in der Hand. Das Sonnenlicht fiel durch das Fenster, und sie hatte gerade gedacht, dass sie unbedingt staubsaugen müsste, die Sonnenstrahlen bewiesen unzweifelhaft, dass es an der Zeit war.

Als der Tsunami lostobte, saß sie im Peace Hotel in Shanghai und aß Dim Sum, zusammen mit einigen Vertretern vom Exportrat, norwegische Musik war zum Exportartikel geworden, und sie berichtete für mehrere norwegische Zeitungen darüber. Plötzlich trafen bei allen Teilnehmern am Tisch SMS ein, mit bangen Fragen, ob sie in Sicherheit seien. Sie wechselten Blicke, dann schauten sie aus dem Fenster hinunter auf den Huangpu-Fluss. Alles wirkte ganz normal.

In Sicherheit...? An diesen Kontrast zwischen der Angst, die plötzlich in ihr aufstieg, und dem historischen und luxuriösen Hotel, in dem sie sich befand, konnte sie sich später sehr genau erinnern, das gute Essen schmeckte auf einmal wie Kaugummi. Sie dachte unwillkürlich an Krieg, und sie saß ausgerechnet im Peace Hotel. Sie rief nicht in Norwegen an, aber nach und nach erfuhren sie, was geschehen war. Sie beantwortete alle SMS mit denselben Worten, dass sie sich weit weg von Thailand und Indonesien befand, und bei ihr sei alles in Ordnung. Von Norwegen aus betrachtet waren Teile Asiens offenbar identisch mit dem ganzen Kontinent. Es dauerte lange, bis sie wieder Dim Sum essen konnte.

Als sie zum Auto zurückging und die Stöcke noch immer hinter sich herschleifte, versuchte sie verbissen, alle vernünftigen Gründe aufzuzählen, warum sie sich diesen Mann aus dem Kopf schlagen konnte. Er hatte eine Tochter, sie selbst befand sich gerade in einer ruhigen Phase und war nicht in Eroberungsstimmung, er hatte eine Tochter, er hatte eine Tochter, er hatte eine Tochter, mehr fiel ihr nicht ein.

Emma und ich kommen super zurecht.

Vielleicht war wirklich keine Frau mit im Spiel? Keine Mama? Sie hatte sogar das Buch über Hunde von ihrem Vater bekommen, wurden Bücher sonst nicht von Müttern gekauft?

40

Als sie nach Hause kam, duschte sie, obwohl sie gar nicht geschwitzt hatte. Sie schnitt sich den Daumennagel so weit wie möglich ab und klebte Pflaster um ihn herum, ihre Hände zitterten, vermutlich, weil es so höllisch wehtat. Sie hatte keine Kraft, sich die nassen Haare zu kämmen. Sie mischte sich einen Gin Tonic, streifte sich ihren Morgenrock über, legte Alison Krauss auf und spürte ein Zittern tief in ihrem Körper, das sie veranlasste, den großzügigen Drink sofort zur Hälfte zu leeren. Sie blieb ganz still stehen, bis sie merkte, dass der Alkohol sein Ziel erreicht hatte, sich im Körper ausbreitete und ihn auf verheißungsvolle und glaubwürdige Weise beruhigte. Sie schaute aus dem Fenster, sah aber nur ihr eigenes Spiegelbild mit dem Glas in der Hand, eine Frau im Morgenmantel, zerzauste blonde Haare, große Augen und einen Mund, den ein Mann einmal mit dem von Michelle Pfeiffer verglichen hatte. Ihr Spiegelbild kam ihr einsam vor, aber das war natürlich Unsinn. Die aufreizende Banjomusik umhüllte sie, sie hing fast sichtbar in der Luft zwischen ihr und der Fensterscheibe. *You keep staring into your liquor, wondering what to do.* Krauss zusammen mit ihrer Begleitband Union Station war viel besser als Krauss mit Robert Plant. *Just let me touch you baby, just let me touch you for a while.* Sieben Jahre war sie alt und hatte einen liebenden Vater an ihrer Seite, der sogar den zwei Jahre alten Hundewunsch erfüllt hatte. Einen Vater, der durch die Dämmerung hinter ihr herlief, um sich davon zu überzeugen, dass mit ihr und dem Hund alles in Ordnung war. Ingunn merkte, wie Hass in ihr aufkeimte gegen dieses Kind, das einen Vater ganz für sich allein hatte und ihn vermutlich als selbstverständlich hinnahm. Und seine Stimme, voller Fürsorge und Anteilnahme. Er war ein Vater, ein guter Vater, das war kein Mann, der seine Tochter verlassen oder sie im Stich lassen würde. Er hatte sogar Essen gemacht, das im Ofen wartete. Das war etwas anderes als die Fertigmahlzeiten der Firma Fjordland.

»Verdammter Mist!«

Das kam also dabei heraus, wenn sie plötzlich beschloss, ihre eingefahrenen Gewohnheiten zu ändern.

Mitten in der Nacht aufwachen und sich ungesund vorkommen, Stöcke kaufen, was zum Teufel war eigentlich in sie gefahren?

Sie füllte das halbleere Glas mit Bombay Sapphire, trank, ohne durch die Nase zu atmen, goss Tonic nach und setzte sich an den Rechner. Diese Emma hatte so viel Glück und wusste gar nichts davon. Sieben Jahre alt und umhüllt von einer Blase aus Geborgenheit und Glück.

Sie sah ihre Mails durch. Sie hatte vier neue Mitteilungen bei der Singlebörse *be2*, obwohl sie ihr Profil gelöscht hatte, und zwei neue bei *Q 500*. Da sie im Moment für das Abonnement nicht bezahlte, durfte sie die Nachrichten aber nicht lesen. Sie beschloss, bei Q 500 ein neues, undetailliertes Profil einzurichten, Dating für alle, die wahre Liebe suchen, mit einem neuen Namen und einem neuen Passwort und neuer Bezahlung per Mastercard. Q 500 war besser als be2, die Besucherklicks auf ihrer Seite waren übersichtlicher geordnet. Sie entschied sich für Monika-Lisa, und dieser Name war so ungewöhnlich, dass er durchging, ohne dass sie noch eine zusätzliche Zahl dahinter benötigte, sie war keine von der Stange.

41

Sie ging sofort zu »Partnerempfehlung«, wo sie ihren Traummann mit verschiedenen Merkmalen selbst zusammenstellen konnte.

Sør-Trøndelag, Trondheim. Er musste zwischen eins achtzig und vielleicht eins fünfundachtzig groß sein. Alter: 38–42. Haarfarbe wohl dunkelblond, seine Augenfarbe hatte sie unmöglich erkennen können. Ausbildung? War ihr doch egal. Wie viel er verdienen sollte? War ihr doch egal. Familienstand? Emma und ich, hatte er gesagt. Er konnte also geschieden sein, Single, verheiratet mit Emmas Mutter, die als hoffnungsloser Fall auf einer geschlossenen Abteilung lag, sie hatte doch keine Ahnung, die Mutter konnte auch für eine Woche mit Freundinnen verreist sein, sie ließ die Frage also offen. Kinder: Sie wohnen bei mir. Anzahl Kinder: 1. Rauchgewohnheiten. Hatte er nach Rauch gerochen? Wenn er ein Raucher gewesen wäre, hätte er sich wahrscheinlich eine Zigarette angesteckt, als er sich mit ihr unterhielt. Es war aber auch möglich, dass er so plötzlich hinter Emma hergelaufen war, dass er seine Zigaretten vergessen hatte.

Das hier wurde zu kompliziert. Sie entschied sich für eine allgemeinere Suche, nur nach mutmaßlichem Alter, Größe und Wohnort Trondheim. Sie hatte 48 Treffer, 38 davon mit Bild, er war keiner davon. Sie sah sich das Profil der zehn ohne Foto genau an, was die Anzahl der

Kinder anging. Keiner von ihnen lebte allein mit einer Tochter. Acht hatten Kinder, die nicht bei ihnen wohnten, zwei waren kinderlos, wünschten sich aber Kinder.

Normalerweise hätte sie jetzt auch noch ihren Redaktionsaccount checken und diese Mails lesen müssen, hatte aber keine Lust mehr, schaltete den Computer aus, mischte sich noch einen Drink, am nächsten Tag würde sie verkatert bei der Arbeit erscheinen, aber das spielte keine Rolle, es gab nichts auf der Welt, das sie in verkatertem Zustand nicht geschafft hätte. Was für Essen hatte im Backofen auf die beiden gewartet? Sie benutzte ihren Backofen nur für tiefgefrorene Fischgerichte und für Tiefkühlpizza.

Sie entfernte Alison vom CD-Gerät und legte Dire Straits auf. Wann hatte sie zuletzt was gegessen? Sie konnte sich nicht daran erinnern, vielleicht in der Redaktion, vielleicht eine Art öde Salatscheißdrecksschüssel mit jeder Menge Dosenmais und Thousand Island. Und warum hatte sie ausgerechnet diese CD eingelegt? Das letzte Stück machte sie immer so deprimiert, es war einwandfrei kein Abend für *Brothers in Arms*, sie wechselte zu Timbuktu über. Unkomplizierte, pure Musik, keine Musik, die Gefühle auslöste, bloß Musik, die nur Begleitung und Energie war, das war jetzt angesagt, und vielleicht sollte sie nichts mehr trinken.

Sie mischte sich noch einen Drink, hatte kein Tonic mehr, nahm stattdessen eiskaltes Wasser aus dem Hahn und Zitronensaft, überzeugte sich davon, dass die Wohnungstür abgeschlossen war, schaltete alle Lampen aus und ging bei hämmernder Musik ins Bett.

Sie erwachte am nächsten Morgen mit einem fast vollen Drink neben sich auf dem Radiowecker. Sie blieb lange liegen und starrte das Glas an. Jetzt müsste Bjørn Gabrielsen von *Dagens Næringsliv* anrufen und fragen, was sie auf dem Nachttisch liegen habe. Zwei Eiswürfel in dieses Glas und sie hätte ein feines Frühstück und einen sanften Start in den Tag, dann könnte sie in der Redaktion anrufen und sich krank melden. Aber sie war keine, die blaumachte, das hätte bedeutet, dass sie die Kontrolle verloren hatte.

42

Sie parkte an derselben Stelle wie am Vorabend, jetzt aber in frischgewaschenen Jeans und einem neuen weißen Fleecepullover. Sie hatte sich die Haare gewaschen, sie hoch oben am Hinterkopf zu einem Pferdeschwanz zusammengebunden und ein wenig Rouge und Lipgloss aufgetragen. Die spätsommerliche Dunkelheit war dieselbe, allerdings würde es bald regnen, die Wolken zogen über das Fosenfjell. Siebenjährige frischgebackene Hundebesitzerinnen gingen vermutlich nicht gern im Regen spazieren, mussten sich zu Hause aber anhören, dass man mit einem Hund bei jedem Wetter vor die Tür musste. Essen im Ofen und morgen zur Schule, das hier war kein Vater, der die Dinge aus dem Ruder laufen ließ.

Sie stakste mit den Stöcken den Weg entlang, rhythmisch und aufgesetzt professionell, während sie einen heftigen Zorn verspürte, dessen Ursprung sie aber nicht ergründen konnte. Sie begegnete mehreren Joggern, anderen jedoch als am Vorabend. Die Frau mit den Gummihandschuhhänden ließ sich nicht sehen, sicher saß sie vor einem Film auf TV 3, die Gummihände tief in einer Schüssel mit Kartoffelchips versenkt und zufrieden mit sich und der Welt.

Ihr begegnete ein älterer Mann mit Stöcken, und sie täuschte ein Husten vor, als sie vorüberging. Seniorentreffen auf dem Ladesti, nein danke. Ein Jogger war mit einem Schäferhund unterwegs, andere Hunde waren nicht zu sehen. So langsam begriff sie, warum Jogger nicht lächelten. Das galt auch für die mit den Stöcken. Warum lächeln, wenn man Stunden seines Lebens mit vollständig sinnlosen Aktivitäten vergeudete?

Unterhalb des Tannenhügels verließ sie den Weg und stieg den Hang hoch. Es tat gut, vom knirschenden Kiesgeräusch der Turnschuhe und der Stöcke befreit zu sein. Sie näherte sich vorsichtig, die Straßenbeleuchtung drang nicht bis zu ihr vor, auch die Lampen an den Bäumen nicht, sie stapfte durch die Dunkelheit. Sie hatte die Stöcke noch in den Händen, die Schlaufen an den Handgelenken, alles andere hätte lächerlich ausgesehen, wenn sie plötzlich aufgetaucht wären.

Zwischen den Bäumen standen mehrere kleine Häuser. Wie ein winziger Hof, auf dem ein Gebäude nach dem anderen errichtet worden war, ohne Sinn und Ziel oder Funktion, fast wie eine Gruppe von Fischerbuden, in denen die Menschen nur übernachten und überleben sollten. Vielleicht war das ja der eigentliche Zweck der Häuser gewesen. Sie spürte, wie idyllisch es hier zu Weihnachten sein musste. Kleine Fenster, niedrige Dächer und Giebel, Kopfsteinpflaster zwischen den Häusern, hohes Gras und die Wiesenblumen des Spätherbstes vor den Hauswänden, Blumen, von denen sie nicht eine einzige benennen konnte.

Es war kein Mensch zu sehen, aber aus einem Haus hörte sie leise Musik, sie konnte unmöglich feststellen, aus welchem, aber sie erkannte Neil Youngs *Harvest*. Bei Mülltonnen und Briefkästen lehnten Fahrräder aneinander, sie zählte fünf Briefkästen, sie ging langsam darauf zu und behielt dabei die Fenster der benachbarten Häuschen sorgfältig im Blick.

Auf dem dritten Kasten, den sie öffnete, stand unter dem Deckel: Tom und Emma Ingulsen. Natürlich geschrieben von Emma, jeder Blockbuchstabe in einer eigenen Farbe, umgeben von kunstvollen Blüten. Sie schloss den Briefkasten und lief in der Dunkelheit zurück, den Weg hinunter und zurück zum Auto, und die ganze Zeit flüsterte sie vor sich hin:

»Fuck, fuck, fuck, fuck, fuck, und fuckety fuck, fuck...«
Aber sie fühlte sich deshalb trotzdem nicht jung.

Als sie die Schlaufen der Stöcke von ihren Händen streifte, spürte sie, wie der Schweiß ihr über den Rücken lief, da hatte sie doch wenigstens etwas für ihr Geld bekommen. Sie warf die Stöcke ins Gebüsch, ein feiner Nieselregen hatte eingesetzt, sie blieb stehen und sah sich eine Weile die Büsche an, während sie den Tropfen lauschte, die auf die Blätter fielen. Sie ging zum Gebüsch und wühlte darin herum, bis sie einen der Stöcke gefunden hatte, sie versuchte, ihn zu zerbrechen, das gelang ihr aber erst, als sie ihn über ihren Oberschenkel legte. Er brach nicht ganz durch, bog sich aber auf zufriedenstellende Weise. Die Stelle tat weh, wo sie ihn auf ihren Oberschenkel gedrückt hatte, sie würde einen blauen Flecken bekommen, sie bekam blaue Flecken vom bloßen Hinsehen. Als sie den Wagen anließ, drehte sie auch die Musik sofort laut auf. Maroon 5. Wenn sie nicht hinten im Auto den Subwoofer montiert hätte, wären ihre Lautsprecher schon längst explodiert. Wie schön es doch wäre, einfach loszufahren, weit weg zu fahren, durch die Stadt und durch andere Städte und nach Süden, über die Svinesundbrücke, nach Süden und Süden und weiter und immer weiter, ohne Ziel, auf die deutsche Autobahn, dieser Wagen war wie geschaffen für die linke Fahrspur auf einer deutschen Autobahn, nur weg, endlich weg, weg, verdammt noch mal, sie hatte 180 Pferdestärken und einen fast vollen Tank, und das Beste von allem: Fahrer- und Seitenairbags.

43

Er arbeitete im Pirsentret, dem Center am Hafen von Trondheim, sie fand ihn fast sofort, er war Dipl. Ing. von der Hochschule Trondheim, die Firma beriet bei Anlagen mit Unterwasserkonstruktionen und Rohrleitungen. Kein Foto. Sie fand mehrere Artikel, die er zu diesem Thema veröffentlicht hatte, und am Ende ein winziges Schwarzweißfoto über einem Artikel in einer Fachzeitschrift. Die Auflösung war so schlecht, dass es keinen Sinn gehabt hätte, das Bild auszudrucken, aber sie erkannte ihn: die dunklen Haare, die er gerade aus der Stirn gebürstet hatte, das runde und kräftige Kinn und die Augen, leicht belustigt, obwohl er versuchte, fachlich vertrauenerweckend und ernst auszusehen.

Sie blieb lange vor dem Bildschirm sitzen, so lange, dass sie zusammenzuckte, als sie sich schließlich bewegte. Sie schaute aus dem Fenster und auf ihr eigenes Spiegelbild. Der Pferdeschwanz lag über der einen Schulter des weißen Fleecepullovers, ihre Wangen glühten, war sie schön? Was hatte er über sie gedacht, als er sie gesehen und als sie miteinander gesprochen hatten? Hatte auch er gedacht, ihr Mund habe Ähnlichkeit mit dem von Michelle Pfeiffer?

Im Radio wurde über Charles Darwin diskutiert, vielleicht sollte sie sich das anhören, nur die Anpassungsfähigsten überlebten, es hatte nichts mit physischer Stärke zu tun. Die Flexibelsten waren die Stärksten.

Sie wollte an diesem Abend nicht trinken, sie wollte so gesund sein wie zwei Teleskopstöcke. Sie füllte den Wasserkocher auf, nahm sich einen Teebeutel und legte ihn in einen sauberen Becher, dann schaute sie den weißen Becherboden an, während das Wasser langsam in Rage geriet, sie schob den Becher neben den Wasserkocher, füllte ein Milchglas mit Weißwein aus dem Dreiliterkarton, leerte es auf einen Zug, füllte es ein weiteres Mal und ging ins Wohnzimmer und legte die BeeGees ein. Dann blieb sie stehen und wartete, bis ihr Magen den Wein und bis sie selbst den Rhythmus in der Musik gefunden hatte. *Stayin' alive*, darum ging es doch. Vielleicht könnte sie ins Kino gehen? Sie holte die Zeitung, studierte aber stattdessen das Fernsehprogramm. Auf TV 2 gab es einen Konzertmitschnitt mit Robbie Williams. Sie öffnete eine Tüte Käsechips, drehte die Anlage aus, schaltete den Fernseher ein, ging ins andere Zimmer und schloss das Fenster im Computer. Das kleine Passfoto eines Menschen, den sie nicht kannte. Vielleicht wäre es an der Zeit, sich zu erkundigen, ob sie nicht eine Zeitlang Spätschicht machen könnte.

44

»Du fliegst nach Berlin, Ingunn, du nimmst die Maschine um halb eins, Morten Abel gibt uns ein Exklusivinterview, weil wir im vorigen Jahr dichtgehalten haben, er erzählt dir alles über das Comeback und die Studioarbeit von September When, aber es muss schnell passieren, wenn *Verdens Gang* oder *Dagbladet* Wind davon kriegen, haben die da unten ja ihre eigenen Leute, capisce?«

Sie nickte, das kam ihr unfassbar gelegen, auch wenn es sich nur um zwei kleine Einsatztage handelte. Andreas saß auf ihrer Schreibtischkante und wippte mit dem Fuß, er musste sich sehr konzentrieren, um nicht Tonje zwei Tische weiter anzustarren. Tonje presste sich schluchzend mehrere Schichten Küchenpapier auf Mund und Nase und tippte mit der freien Hand eine SMS.

»Und wer kommt mit?«

»Keiner. Wir nehmen Geir, er hat Zeit. Er wohnt ja in Berlin. Er kommt zu dir ins Hotel.«

»Super. Der ist spitze. Weiß er, was er zu tun hat?«

»Das musst du ihm noch sagen.«

»Dann muss ich hier ein paar Sachen delegieren. Kann Tonje morgen Vormittag die Sache mit den Trondheimsolisten übernehmen?«

Tonje blickte aus feuchten Augen von ihrem Tisch auf.

»Die spielen rührend schöne klassische Musik, Tonje, das ist für dich im Moment genau das Richtige«, sagte sie.

»Du hast doch keine Ahnung, wie ich mich fühle!«, sagte Tonje und brach jetzt erst richtig in Tränen aus.

»Verzeihung, so war das nicht gemeint. Aber du musst dich jetzt auf die Arbeit konzentrieren, sei Profi, für alles andere ist hier jetzt kein Platz.«

»Genau«, sagte der Redakteur. »Ingunn hat's erfasst.«

Als Andreas gegangen war, druckte sie ihr Ticket und die Hotelreservierung aus. Tonje weinte leise vor sich hin.

»Ich maile dir mal eben ein paar Hintergrundinfos über die Solisten und die Sachen, die ich bisher über sie gemacht habe. Und meine Süße, ausgerechnet heute hab ich keinen Nerv auf Liebeskummer. Ich habe auch keine Zeit, ich muss ganz schnell nach Hause und packen.«

»Aber ich war ganz sicher, dass er ... er hat mich sogar seiner Mutter vorgestellt!«

»Kleine Tonje. Du musst zulassen, dass ein Mann dich ohne Wimperntusche, aber quicklebendig sieht. So, jetzt hab ich's dir geschickt.«

»Ohne Wimperntusche? Wie meinst du das? Warum darf ich keine Wimperntusche tragen? Und was meinst du mit quicklebendig? Ich bin doch lebendig!«

»Denk darüber nach, bis ich wieder hier bin. Vielleicht begreifst du es in der Zwischenzeit.«

Schon im Auto bereute sie ihre Worte. Warum hatte sie Tonje wegen ihres Liebeskummers Vorhaltungen gemacht? Sie war doch auch einmal eine junge Volontärin gewesen und hatte geglaubt, dass es nach drei Wochen schon Liebe war, und sie hatte den Männern geglaubt, ihren Worten und nicht ihren Taten.

45

Das Extrazimmer der Wohnung, das sie nicht Gästezimmer nannte, weil dort niemals Gäste übernachteten, und außerdem hatte sie seit dem Sean-Traum eine Abneigung gegen das Wort, beherbergte alles Nützliche für ihre vielen Reisen. Das Bügelbrett stand immer bereit, sie hatte ein großes Faible für weiße Baumwollhemden, an der Wand standen drei Koffer unterschiedlicher Größe, und auf einem Tisch lagen Make-up, Föhn, Gel und Spray, Seife, Shampoo und Creme, Zahnbürste und Zahnpasta, Minibinden und Tampons, Kopfschmerztabletten und Vitamintabletten. Es waren Gegenstände, die sie zu Hause nicht benutzte, sie hatte alles doppelt, um auch kurzfristig aufbrechen zu können.

Immer, wenn sie nach einer Reise den Koffer ausräumte, legte sie alles auf diesen Tisch, suchte nur die Badezimmerleckerbissen heraus, die sie aus den Hotels mitgenommen hatte. Im Badezimmer war ein großer Korb damit gefüllt, alles von kleinen Flaschen mit Körperlotion oder Duschgel bis zu Schuhputzmittel und Nähetuis.

In Berlin würde sie nur zwei Nächte bleiben, also entschied sie sich für den kleinsten Koffer. Sie öffnete ihn und legte ihn auf die Sitzkissen des alten Ikeasofas. Sie packte alles hinein, was auf dem Tisch lag, holte zwei Unterhosen und ein lilafarbenes Nachthemd aus Satin, dazu einen Morgenmantel aus Satin, weil sie nicht wusste, ob es im Hotelzimmer einen geben würde. Satin knitterte nicht und nahm nur sehr wenig Platz weg. Sie bestellte immer Frühstück aufs Zimmer, wenn sie in einem Hotel wohnte, und deshalb musste sie mehr am Körper tragen als nur ein kurzes Hemdchen, wenn der Zimmerservice mit dem Tablett anklopfte. In aller Herrgottsfrühe in einer fremden Stadt in einem Frühstücksraum zu sitzen, hatte sie sich schon vor langer Zeit abgewöhnt.

Sie ging ins Netz und informierte sich über das Wetter in Berlin, 26 Grad über null. Sie fragte sich, wie Morten Abel bei dieser Wärme wohl angezogen sein würde, aber jedenfalls würde er es nicht dem Zufall überlassen, er achtete sehr auf sein Äußeres. Geir wird begeistert sein. Abel würde nachmittags in ihr Hotel kommen, er lebte jetzt in Berlin, fuhr gern mit dem Fahrrad durch die Gegend, und das Hotel, in dem sie untergebracht war, sollte ein sehr fotogenes Hotel sein, hatte Andreas gesagt. Sie legte zwei frischgebügelte kurzärmlige Hemden in den Koffer.

Das Interview mit Abel sollte noch am selben Abend an die Redaktion geschickt werden, den folgenden Tag sollte sie dann nutzen, um noch ein paar Reportagen über Berlin als Künstlermekka zu schreiben, vielleicht könnte sie den derzeitigen Bewohner der Künstlerwohnung interviewen, die von der Gemeinde Trondheim gekauft worden war, das lag ganz in ihrer Hand, sie sollte nur zusätzlichen Stoff liefern, wenn sie schon vor Ort war. Nach dem Abel-Interview würde sie Teile der Nacht, Laptop, Minibar und Handy nutzen, um einen Plan für den nächsten Tag zusammenzuschustern. Geir kannte sich außerdem in der norwegischen Szene Berlins aus und war Gold wert. Schade, dass er schwul war.

Die Tatsache, dass sie einen Gedanken an sein Schwulsein verschwendete, zeigte ihr, dass sie aufgedreht war. Vielleicht, weil sie die Stöcke ins Gebüsch geworfen und den einen sogar fast zerbrochen hatte, oder vielleicht, weil er eine Tochter hatte oder wegen seiner Stimme. Sie kam sich kein bisschen ungesund mehr vor. Sie warf einige Sommerkleider auf die weißen Hemden, stopfte den winzigen Laptop zwischen die Kleider, verschloss den Koffer und schaute auf die Uhr, sie hatte noch Zeit für eine Tasse grünen Tee und eine Denkpause und ein paar alte Coldplay-Songs vom Album X & Y.

Den Rest würde der Autopilot erledigen, der Audi kannte den Weg zum Flugplatz, und obwohl sie ihren Koffer immer aufgab, weil sie nicht halb Norwegen zeigen wollte, welches Haargel sie benutzte, hatte sie mehr als zwanzig Minuten Zeit, um dieser Band zuzuhören. Es war Musik, die sie nie auflegte, wenn sie zu Hause blieb, sondern nur unmittelbar, bevor sie das Haus verließ und sich unter Menschen mischte und von hektischer Geschäftigkeit erfasst wurde.

Sie stellte sich mit der Teetasse zwischen die beiden Lautsprecher, drehte per Fernbedienung voll auf, schloss die Augen und blies in den glühend heißen Tee. Sie hatte Tonje so unprofessionell genannt, aber was war mit ihr? Hätte sie sich jetzt nicht eigentlich eher *Mother I've been kissed* oder *HuggerMugger* von The September When anhören sollen? Das Comeback stand vor der Tür, ihre Reise nach Berlin fand allein deswegen statt, aber zwanzig Minuten voller lebensgefährlicher Gefühle würde sie sich ja wohl gönnen dürfen.

Der Audi zwinkerte ihr orange zu, als sie ihn aus zehn Meter Entfernung öffnete.

»Here we go again, my friend, bring mich nach Værnes, du hast eine halbe Stunde.«

Sie hatte die volle Kontrolle, und der Audi fand den Weg blind.

46

Das *Radisson Blu* Berlin war ein Fünf-Sterne-Hotel und beherbergte das größte Aquarium der Welt, das in der Mitte des Hotelfoyers stand. Zwei gläserne Fahrstühle fuhren durch das Aquarium auf und ab, das fünfundzwanzig Meter hoch war und eine Million Liter Wasser und zweieinhalbtausend exotische Fische enthielt. Ihr Zimmer war winzig, und es gab keinen Morgenmantel, die Zeitung musste schließlich sparen. Als sie um halb fünf nach etlichen Verspätungen die Zimmertür aufschloss, hatte sie unterwegs mehrere Männer gesehen, die auf den ersten Blick Ähnlichkeit mit Tom Ingulsen hatten. Das musste doch eigentlich bedeuten, dass er ein Allerweltsgesicht hatte und nicht weiter begehrenswert war.

Wenn sie doch hier auf eigene Faust sein könnte, und nicht mit einem Auftrag im Gepäck. Sie konnte sich fast nie über ihre Umgebung freuen. Noch das Spektakulärste wurde in ihrem Kopf in brauchbar und unbrauchbar eingestuft: Was könnte der Fotograf daraus machen, wie könnte sie das beschreiben, wie kam sie auf dem schnellsten Weg nach Hause, nachdem sie den Auftrag zu Andreas' Zufriedenheit ausgeführt hatte, zurück zu ihrem Kamin und *Dark Side of the Moon* und Eiswürfeln? Sie rief Geir an.

»Kannst du in einer halben Stunde hier sein? Es geht um Morten Abel.«

Geir freute sich. Er liebe Morten Abel, sagte er, und sei gespannt darauf, wie er gekleidet sein würde. Und mit dem Aquarium im Hintergrund, das würde bestimmt sensationell aussehen.

»Ich glaube, er steht auf Aquarien und Tiere und so. Habe ich jedenfalls gehört. Ich tippe auf kräftige Farben.«

47

Abel erschien in zitronengelben Fahrradshorts, passender Seidenjacke, schwarzem T-Shirt und Porsche-Sonnenbrille. Sie sprachen über seine Solokarriere und die Sehnsucht nach einem Comeback mit *September When*, seit die Band sich im Jahre sechsundneunzig aufgelöst hatte, über den Erwartungsdruck und die Studioarbeit, über Berlin und Freiheitsgefühle, über gute Zeiten und schlechte Zeiten, über Filesharing und Pirate Bay, über das Tourneeleben, Familienverhältnisse, Lebensperspektiven und künstlerische Freiheit im Exil, darüber, auf Englisch zu schreiben und zu singen, statt auf Norwegisch, darüber, eines Tages wieder gemeinsam mit der Band auf der Bühne zu stehen, in Stavanger.

Sie saßen im Schatten auf der Terrasse vor dem hoteleigenen Restaurant *Heat* und tranken mit Perrier gespritzten Weißwein, Geir machte aus einiger Entfernung Fotos, später würde er mit Abel Porträtaufnahmen machen. Abel war bekannt dafür, dass er Fotografen gegenüber kooperativ und entgegenkommend war, er posierte gern, und er war ein hervorragender Interviewpartner. Als sie den Spiralblock zuklappte und das Interview als beendet betrachtete, bestellten sie noch zwei Weinschorlen.

»Hast du Zeit mitgebracht, um die Stadt zu genießen?«, fragte er.

»Nein, eigentlich nicht. Will mich morgen noch ein wenig umschauen, aber das gehört auch zum Job.«

»Kein Picknick im Tiergarten?«, fragte er.

»Nein, aber das hab ich schon mal gemacht. Bei strömendem Regen.«

Es fühlte sich so an, als wäre sie körperlich gar nicht anwesend. Sie war beruflich unterwegs, als Profi, Berlin war zwar eine phantastische Stadt, aber in Wirklichkeit war sie nur erleichtert, dass sie nicht zu Hause war, so weit weg vom Ladesti wie überhaupt nur möglich. Sie nahm einen Schluck Weinschorle, während Abel irgendetwas über den Potsdamer Platz erzählte. Da schoss ihr plötzlich heißes Adrenalin durch den Körper, in Kehlkopf und Schläfen, und sie begriff, was da mit ihr vor sich ging, oder vielmehr wagte sie es, den Gedanken zuzulassen.

Es war nicht einmal so, dass sie auf ihn abfuhr, es war noch viel schlimmer, es war lebensgefährlich, sie würde nach Berlin umziehen müssen, sich morgen gleich eine Wohnung suchen und sich ihr ganzes Zeug schicken lassen, von einer professionellen Umzugsfirma verpackt, sie würde ihre Wohnung verkaufen, ohne nach Hause zurückkehren zu müssen, das Auto auch, sich einfach aus diesem unsäglichen Trondheim-Zustand freikaufen, nie wieder auch nur einen Fuß auf trønderschen Boden setzen, als selbstständige Journalistin arbeiten.

»Ist dir schlecht?«, fragte Abel.

»Was?«

»Du bist plötzlich so komisch. Antwortest gar nicht.«

Sie bekam keine Luft mehr. Und diese verdammte Hitze.

»Nein, mir ist nur etwas eingefallen ... etwas, das ich vergessen habe. Etwas Wichtiges.«

»Job?«

»Nein. Privat«, sagte sie.

»Trink noch einen Schluck Schorle. Ich habe viel von dir gehört, habe deine Artikel gelesen, Du bist verdammt gut, deshalb hat *Adressa* das Interview hier gekriegt und nicht *Stavanger Aftenbladet*.«

»Aber wir arbeiten auch mit *Aftenbladet* zusammen. Allerdings nur bei größeren Reisereportagen und Wissenschaftsbeiträgen und so. Das hier kriegen sie nicht. Oder erst nach uns.«

»Und dann werden sie sauer?«, fragte er.

»Nö. Name of the game. Beim nächsten Mal sind sie dann schneller, und wir müssen yesterday's news lesen. So ist das in dem Business eben.«

»Hast du schon einen Titel für den Artikel?«

»Ich habe mir schon im Flugzeug hierher einen überlegt. *September Soon*. Wie findest du den?«

»Verdammt gut. Prost!«

Geir kam auf sie zu, sah den zugeklappten Spiralblock auf dem Tisch liegen und wusste, dass das Interview beendet war.

»Jetzt gehörst du mir«, sagte er.

»Dann auf zum Aquarium«, schlug Abel vor. »Als Erstes müssen wir mit dem Fahrstuhl hoch- und runterfahren. Das ist saucool.«

Wenn sie nur in der Lage wäre, auch den Fahrstuhl in ihrem Kopf zu nehmen, einfach auf den Knopf zu drücken und zur berechenbaren Normalität hinabsausen zu können, dort würden sich die Türen öffnen, und sie würde den Fahrstuhl verlassen und nie wieder zurückblicken.

48

Nachdem sie den Artikel fertig geschrieben, mit Abel telefonisch die Zitate abgeglichen und alles an die Redaktion geschickt hatte, öffnete sie die Minibar. Weißbier, Weißwein und eine halbe Flasche Moët & Chandon. Und Schnaps. Schnaps war das, was sie jetzt brauchte. Sie mischte in einem Weinglas zwei Miniflaschen Gin mit Tonic und trank auf ex, ehe sie Geir anrief.

»Du, wegen morgen. Können wir uns nicht einfach hier an der Rezeption treffen, sagen wir gegen elf, und dann entscheidest du, wohin wir gehen, wir machen mit niemandem einen Termin, wir machen einfach so eine kleine Roadkiste und reden mit Leuten, die uns über den Weg laufen, du kennst dich doch hier aus? Wir scheißen auf die Künstlerwohnung, die allein würde doch den halben Tag verschlingen, und ich steh gerade nicht so auf Lyriker. So Richtung Musik und Malerei und Performance. Gewürzt mit dem einen oder anderen Norweger.«

Das war ganz nach Geirs Geschmack. Mit großer Erleichterung spürte sie, wie der Schnaps anfing zu wirken. Alleinerziehender mit einer Tochter, das war doch total krank, vielleicht hatte sie ja PMS, aber das war ein hoffnungsloser Strohhalm, dann hätte sie es nicht mal geschafft, den Koffer zu packen, geschweige denn, einen Metallstock zu zerbrechen. Sie war leider ganz sie selbst. Aber gleichzeitig fühlte sich das überhaupt nicht so an. Dagegen half nur eins.

Es war elf Uhr.

Sie steckte sich die Haare zu einem wilden Knoten hoch, von dem sie aus Erfahrung wusste, dass er seine Wirkung tat, schminkte sich mit rotem Lipgloss, ein wenig Rouge und besonders viel Wimperntusche, stopfte das weiße Hemd in den Bund der Jeans, öffnete einen weiteren Knopf, besprühte sich mit Eau de Toilette und schaute in den Spiegel. Sie sah wesentlich jünger aus, als sie war, und ihre Augen leuchteten auf eine besondere Weise, die sie gut kannte, sowohl vor als auch nach dem Sex, hauptsächlich danach, wenn ihr Körper weich und satt und befriedigt war.

Sie verließ das Zimmer und fuhr mit dem Fahrstuhl in die Bar hinunter. Sie nahm keine Handtasche mit, nur Kreditkarte und ihre Schlüsselkarte. Dieser Fahrstuhl fuhr nicht durch das Aquarium, aber sie interessierte sich gerade überhaupt nicht für zweieinhalbtausend exotische Fische, eingesperrt in einem Glaszylinder mitten in Berlin.

Die Bar war ziemlich überfüllt, aber sie fand einen kleinen Ecktisch. Sie legte die Schlüsselkarte für den Kellner sichtbar auf den Tisch, er sollte nicht glauben, dass sie eine Professionelle auf Männerfang war, manche Sterne-Hotels waren in dieser Hinsicht extrem streng und gewissenhaft. Sie bat um einen doppelten Dry Martini und eine Schale grüne Oliven und wollte sich gerade gründlich im Raum nach Handelsreisenden umsehen, die vor Einsamkeit und Langeweile starben, als der Kellner zurückkam. Als sie den Kopf hob und ihm ins Gesicht blickte, wusste sie, dass ihre Suche beendet war.

»Do you want to put it on your room, madam? Or would you prefer to pay now?«

Sie hob die Schlüsselkarte hoch und musterte sie auf beiden Seiten. Die Zimmernummer stand nicht darauf.

»I've forgotten the number«, sagte sie. »But I've got my Visa. Still, I want to drink more.«

»I can check out your room number on the screen in the bar, if you give me your name, Madam.«

Sie reichte ihm die Visakarte.

»Here's my name. Thank you.«

»No, you just keep it until you have finished. Anything else?«

Ihre Blicke trafen sich und lösten sich erst voneinander, als sie lächelte und in eine andere Richtung schaute.

»Not yet«, sagte sie. »But thank you.«

49

Es war eigentlich ganz einfach. Sie brauchte ihn nur zu vergessen. Er hatte sie natürlich in der Sekunde bereits vergessen, als er ihr den Rücken zugekehrt hatte. Eine Frau in weinroter Chenillehose mit blöden Stöcken in einer kritischen Situation mit dem Kostbarsten, was er hatte: seiner eigenen Tochter. Er hatte wirklich anderes im Kopf gehabt. Aber im Moment fiel ihr kein einziger Mann ein, für den sie jemals ähnliche Gefühle empfunden hätte.

Ihre Männergeschichten hatten bisher immer mit einem erotischen Knistern angefangen. Immer. Und noch nie so.

Das alles war ein riesiges Missverständnis.

Sie ließ den Kellner nicht aus den Augen, registrierte aber auch die Blicke der anderen, ein Mann in einem eierschalenfarbenen Leinenanzug saß allein schräg hinter ihr an einem Tisch, sie warf ihm einen direkten Blick zu, als sie sich bückte, um den Goldriemen ihrer Sandale zurechtzurücken. Er hatte ein wenig Ähnlichkeit mit dem Mann von Melanie Griffith, seine Augen, aber sie konnte sich an seinen Namen nicht erinnern. Sie leerte ihr Glas, im selben Moment kam der Mann an ihr vorbei und ging zur Toilette, das war kein Zufall, und richtig, als er zurückkam, sah er sie an und lächelte, sie erwiderte das Lächeln, und er blieb stehen. Ach, dieses Spiel der Geschlechter, dachte sie, dieses verrückte und belebende, wunderschöne Spiel der Geschlechter, das sich um Kopulation und Befriedigung drehte, jetzt hatte sie zwei zur Auswahl, und die Entscheidung lag bei ihr.

»Do you want company while you are sitting here all by your lonesome self? I heard you spoke English. Or are you expecting someone?«

Er wusste nur zu gut, dass das nicht der Fall war. Wer allein in einer Bar sitzt und auf jemanden wartet, sieht alle zehn Sekunden übertrieben deutlich auf die Armbanduhr, auch dann, wenn man allein sein will und auf niemanden wartet. Sie dagegen hatte kein einziges Mal auf ihre Armbanduhr geschaut.

»Sure. Some company would be nice«, entgegnete sie.

Er holte sein Rotweinglas und stellte sich als Ibrahim Soundso vor.

»I'm a journalist from Norway«, sagte sie. »At work here. Interviewing a Norwegian musician living in Berlin.«

Er war Franzose, ursprünglich aus Algerien, wohnte in Le Havre, war zuständig für die Projektierung von Bauvorhaben, allerdings gelang es ihr nicht herauszufinden, ob es sich um Gebäude, Straßen oder Brücken handelte, er redete einfach drauflos, nannte allerlei Namen von Firmen, von denen sie noch nie gehört hatte, seine Hände waren so schön wie sein Gesicht, er war fast ein wenig zu hübsch, zu geleckt, Mitte dreißig und offenbar hatte er Aufschneiderei als Methode, eine Frau anzumachen.

Endlich kam der Kellner an den Tisch.

»You want another one, Madam?«

Ja, sie wollte wirklich einen anderen und merkte, dass sie fast schon beschwipst war.

»Yes, please.«

»Put it on my room«, sagte Ibrahim. »And the one Madam had before as well.«

»No no«, sagte sie. »I pay for my own drinks, but thank you.«

»Are you sure?«

»Absolutely«, sagte sie.

Der Kellner war überraschend schnell wieder zurück. Er beugte sich dicht neben ihr hinunter, um das Glas abzustellen, sie sah seine Nackenhaare, die bis unter das Ohrläppchen mit dem schmalen kleinen Goldring reichten, er hatte kleine Schweißperlen auf der Stirn, die schwarze Weste spannte bei jeder Bewegung, sie konnte seinen jungen Körper riechen, sauber mit frischem Schweiß, braune Unterarme und eine goldene Kette um das Handgelenk. Sie saß dem Supercharmeur aus Le Havre so gegenüber, dass sie den Kellner vom Ingenieur unbemerkt am Hosenbein berühren konnte, während sie sagte:

»Thank you very much. You can check out my room number now, please, I won't be having any more tonight.«

Sie gab ihm ihre Visakarte, der Nachbartisch rief nach ihm, Ibrahim redete weiter, lautstark und wild gestikulierend.

»Sounds interesting«, sagte sie und schaute dem Kellner die ganze Zeit in die Augen, als er ihr die Quittung zur Unterschrift brachte, Ibrahim merkte gar nicht, dass ihm nicht ihre volle Aufmerksamkeit galt, er war zu vertieft in seine eigene Werbekampagne.

»Room six eleven, Madam«, sagte der Kellner. »Could you please sign here?«

Als sie ihm die Quittung zurückgab, stand sie auf und sagte zu Ibrahim:

»Sorry, I need to go to the bathroom.«

Der Kellner ging dicht vor ihr her in dieselbe Richtung.

»When are you off duty?«, fragte sie.

»In one hour. Maybe an hour and a half. I'll do my best«, sagte er, ohne sich umzudrehen.

»Okay. See you.«

»I'll bring us something to drink«, sagte er und kehrte zurück zur Bar, während sie ihren Weg zu den Toiletten fortsetzte.

50

Die Freiheit eines Orgasmus, der Moment kurz davor und währenddessen, die Ruhe unmittelbar danach und die Atemlosigkeit, das war großes, strahlendes Glück. Er glitt von ihr herunter, und sie blieben dicht nebeneinander liegen, sie auf dem Bauch. Sie wusste nicht, wie er hieß oder woher er kam, sie konnte seinen Akzent nicht unterbringen, er roch nach der Badeseife des Hotels, Fünf-Sterne-

Duft, kaum war er zur Tür hereingekommen, hatten sie sich gegenseitig ausgezogen, bereits knutschend, um dann gemeinsam unter die Dusche zu gehen. Schon als sie das vorsichtige Klopfen an der Tür gehört hatte, war sie feucht gewesen. Sie schmiegte die Wange an seine schweißwarme Haut und dachte an das Phänomen Zeit, sie war nicht betrunken, sie hatten noch keinen Tropfen zu sich genommen, sie erinnerte sich an eine ungeöffnete Flasche, die er versucht hatte, auf den Teppich im Zimmerflur zu stellen, aber die Flasche war umgekippt, weil sie sofort angefangen hatte zu knutschen, sie dachte an Zeit, warum bewegte sich die Zeit vorwärts? Lag es daran, was mit einer geschah, oder wie sie die Zeit nutzte? Es war dunkel in dem kleinen Zimmer, Licht spendete nur die halboffene Badezimmertür und der Standbyknopf des Fernsehers, ein kleiner roter Punkt.

Da lag sie nun in einem fremden Bett in einem fremden Raum in Berlin mit einem fremden Körper, und zwischen ihnen gab es nur klebrige Hitze, ein fremder Körper, über den sie jetzt viel wusste, ein fremder Atem, der tief in sie eingedrungen war, in bohrendem Takt, sein Sperma, das nach Salzwasser roch und schmeckte und das ihre Haut seidenweich machte, als sie es auf ihren Oberschenkeln verrieb und danach ihre Finger ableckte. Die totale Freiheit von allen anderen Gefühlen erfüllte sie in diesem Moment, denn es war für nichts anderes Platz, das Zimmer war zu klein, sein Körper war physisch zu nah.

»Again?«, fragte er.

»I've come four times. You twice.«

»Feel me. With your mouth.«

»I have to work tomorrow.«

»Me too. Feel me.«

Sie schmeckte sich und ihn, er wurde hart in ihrem Mund, größer und größer, das Laken war abgerutscht, sie lagen auf der nackten Matratze, sie blies seinen Schwanz, bis er sich aufrichtete, dann setzte sie sich rittlings auf ihn, hob sein Glied und ließ sich auf ihn gleiten, füllte sich mit ihm und sah, wie sein Hals sich aufbäumte, er riss sich das Kopfkissen unter dem Hinterkopf weg und hob sich ihr noch weiter entgegen.

»O God. O God, it's been so long!«

»Why? You are so beautiful.«

»Come on. Fuck me. I'm married. No sex anymore. Come on.«

»But how old are you?«

»Twenty-five.«

»And no sex?«

»Three children. Now shut up and fuck me.«

51

Am nächsten Abend ging sie nicht in die Bar. Geir und sie saßen auf ihrem Zimmer und bauten stundenlang ihre Ausbeute des Tages zusammen, mit den Bildern auf seinem Laptop. Sie einigten sich auf zwei Reportagen mit unterschiedlichem Blickwinkel. Zuerst der Bericht von der Straße, den sie am Vorabend für ihn skizziert hatte, seine Bilder waren schrill und bunt und exotisch, die andere Reportage war ein Porträt von einer Frau aus Elverum, die vor zwanzig Jahren nach Berlin gezogen war, um tanzen zu lernen, und die jetzt ein winziges Theater mit den wildesten Aufführungen in Miniformat leitete, in enger Zusammenarbeit mit der Komischen Oper. Die Schauspieler der KO spielten oft gratis für sie, und sie konnte dort sogar Kostüme und Requisiten leihen.

Die Artikel dazu würde sie erst zu Hause schreiben müssen.

»Das hier wird richtig gut. Tausend Dank, Geir, du bist spitze.«

»Dito. Aber vielleicht wären die noch besser geworden, wenn es nicht so verdammt heiß wäre. Ich muss eine ganze Menge Schweiß von den Bildern retuschieren.«

»Warum denn? Ich werde doch schreiben, dass hier eine Hitzewelle herrscht«, sagte sie.

»Hilft nix. Die Haut glänzt zu sehr. Wir sehen ja an Sonne und Kleidung ohnehin, dass es sehr warm ist.«

Er zeigte ihr auch die Bilder, die er am Vorabend Abel geschickt hatte. Ein gelber und lachender Abel mit der Sonnenbrille oben auf dem Kopf, vor einem knalltürkisen Aquarium voller schwebender Fischsilhouetten.

»Andreas wird total glücklich sein«, sagte er.

»Ist ja auch kein Wunder.«

»Aber sicher auch über deinen Kram?«

»Sicher. No worry. Möchtest du noch mehr trinken? Ich kann was beim Zimmerservice bestellen.«

»Nein, hab ein heißes Date. Muss los. Wir sehen uns, wenn du das nächste Mal in Berlin bist.«

Sie hatte auch ein heißes Date, auch wenn sie bis dahin noch keine Ahnung davon hatte. Oder… einen gewissen Verdacht hatte sie ja gehabt, ausreichend, um die ungeöffnete Flasche vom Vorabend in die Minibar zu legen und sich den Morgenmantel überzuziehen, nachdem Geir gegangen war. Aber erst gegen ein Uhr hörte sie es klopfen, zwei leise Klopfzeichen.

»Yes?«, fragte sie, ohne zu öffnen.

»It's Salva.«

»Salva?«

»Salvador. Let me in, you stupid woman, it's room service.«

Er drückte ohne Umschweife seine Lippen auf ihre und sie fingerte an seiner schwarzen Kellnerweste, bis er zurückwich.

»Wait. I need a shower. Been working like a horse, had to work one of the restaurants as well, it's been a madhouse down there. And why is your thigh so blue, I meant to ask you last night.«

Sie öffnete ihren Morgenrock und musterte den Bluterguss, sie hatte ihn total vergessen, er verfärbte sich an den Rändern jetzt gelbgrün.

»Oh, I hit a door.«

»Someone hit you?«, fragte er und nahm ihr Gesicht fest in die Hände.

»No, no! I only ... broke something. It's not important. I get bruises all the time.«

»You are sure?«

»Yes.«

»You would tell me if you were not sure?«

»No. Kiss me.«

»After my shower.«

Da sie bereits geduscht hatte, setzte sie sich auf den Klodeckel und sah ihm zu, während er sich einseifte und wie ein nasser Hund den Kopf schüttelte. In einem Fünf-Sterne-Hotel gab es, Gott sei Dank, keine Spardusche, das Wasser strömte ungehindert in der mit Marmor gefliesten Duschecke. Er hatte wie ein Pferd gearbeitet und sah auch aus wie ein Pferd, aufrecht auf zwei Beinen, ein hellbrauner Mustang mit nach hinten gebogenem Haupt und wogender Mähne, sie mussten schreien, um sich zu verständigen, seine eingeseiften Hände bewegten sich wie schnelle, kleine Motoren über seinen Körper, rieben und streichelten.

»You ... you are from Spain?«

»Yes!«

»How come you speak so good English?«

»Ich spreche auch Deutsch. I studied! Then she became pregnant, and since we are Catholics…«

»But how can you come to me two nights in a row when you have three children?«

»They are at home with their mother. In Madrid!«

Das Wasser sprudelte und gurgelte im Abfluss, der Spiegel war schon fast beschlagen.

»But then you can have as much sex as you want here in Berlin.«

»I don't do that. I work and sleep. In the daytime I work in a café.«

»But still.«

»Impossible with girls my age! They get all these… feelings. Very dangerous for me! I can lose my job if they come screaming and crying into the bar at night! That happened to another guy working here, and he lost his job!«

Er drehte die Dusche ab, ihr war so schwindlig davon, ihn anzusehen, dass sie Mühe hatte aufzustehen und ihm das riesige Handtuch zu reichen. Er rieb sich die Haare und trocknete sich unter den Armen und im Schritt, dann ließ er das Handtuch zu Boden fallen.

»Are you ready?«, fragte er und schob die eine Hand unter den Morgenmantel.

»Yes. You are ready. Come on, Madam, let's go to work. You and me are on the night shift.«

52

Sie kaufte im zollfreien Laden Værne Gin und Weißwein und Mentholzigaretten für die Nachbarin. Als sie unten die Haustür aufschloss, begegnete ihr einer der Hundenachbarn, mit Kalle. Kalle wedelte mit dem Schwanz und fiepte und wollte ihr das Gesicht ablecken. Er war so riesig, dass er lediglich die Vorderpfoten heben musste, um ihre Schultern zu berühren.

»Sag mal«, fragte sie. »Ist Kalle nett zu Hundebabys?«

»Kommt drauf an«, sagte der Nachbar. »Wenn sie ihn zu sehr nerven, kann er schon streng reagieren. Nichts Gefährliches, aber es kann schon ein bisschen bedrohlich aussehen.«

»Na dann.«

»Warum willst du das wissen?«

»Ach, nur, weil ich gerade etwas schreibe…«

»Ich dachte, du schreibst über Musik.«

»Who let the dogs out!«, sagte sie.

»Ach so. Dann einen schönen Abend noch.«

Von Værnes aus war sie direkt in die Redaktion gefahren, denn obwohl sie zwei Nächte fast nicht geschlafen hatte, war sie nicht müde. Sie schloss die Tür hinter sich ab, legte Pink Floyd ein und ließ Wasser in die Wanne laufen. Als sie sich einen Drink mixen wollte, stellte sie fest, dass sie weder Tonic noch Eiswürfel hatte, was für ein erbärmlicher Logistikfehler. Also mischte sie lauwarmen zollfreien Gin mit kalter Cola light aus dem Kühlschrank, die Willkommensmusik strömte ihr aus dem Wohnzimmer entgegen. Während die Wanne sich füllte, ging sie ins Netz und googelte Salvador Dalí. Sie vertiefte sich lange in den Anblick seiner surrealistischen Bilder und wusste, dass sie niemals an Salva denken würde, ohne zugleich an Dalí denken zu müssen.

Salva hatte nicht gewusst, dass sie an diesem Tag nach Hause fahren würde, er hatte auch nicht gefragt. Als sie am frühen Morgen gesagt hatte, sie müsse jetzt packen, hatte er ihr Gesicht zwischen die Hände genommen, sie auf die Stirn, beide Wangen und am Ende vorsichtig auf den Mund geküsst.

»You have to find love. Real love. Behind your great fucking there is love.«

Sie hatte sich losgerissen und ihren Morgenmantel angezogen.

»You have to go now. You're a married man, remember? You don't want me to come screaming and crying in the Lounge Bar, do you?«

»You are suddenly angry?«

»No. But I have a flight in two hours. Please leave.«

53

Sie ließ eine Handvoll Badesalz in die randvolle Badewanne fallen, zündete die Reihe von Teelichtern an, die sie am Fußende aufgebaut hatte, löschte die Deckenbeleuchtung und zog sich aus. Da klingelte ihr Handy, sie hatte vergessen, es auszuschalten.

»Verdammt.«

Es war Tonje. Sie war an diesem Tag nicht in die Redaktion gegangen, sondern hatte zu Hause gearbeitet. Jetzt benötigte sie unbedingt, wie sie sagte, einen Kommentar zu ihrem Artikel über die Trondheimsolisten.

»Aber Tonje, ich wollte gerade ein Bad nehmen.«

Sie müsse es sofort lesen, bitte, Tonje habe solche Angst, es könne nicht gut genug sein. Sie zog den Morgenmantel wieder an und öffnete die Mail, las den Text und rief Tonje zurück.

»Der Artikel ist ganz hervorragend. Natürlich hab ich ein paar kleine rein sprachliche Kommentare, aber du hast ihn gut strukturiert und relevante Dinge erzählt, der Text hat einen schönen Rhythmus und genau die richtige Menge an Wiederholungen aus dem Aufmacher.«

Tonje fing an zu weinen.

»Heulst du jetzt deswegen? Den Rest besprechen wir in der Redaktion, versuch dich heute Abend mal zu entspannen, ich weiß ja, wie dir zumute ist, ich kenne das, auch wenn du das wahrscheinlich nicht glaubst. Und du hast es geschafft! Job und Gefühle zu trennen. Du musst Profi sein, Tonje. Nicht zu viel empfinden. Niemals zuviel empfinden. Sonst überlebst du dieses Leben oder diese Branche nicht. Mach jetzt Feierabend. Wir sehn uns.«

Sie ließ heißes Wasser nachlaufen und legte sich mit einem neuen Gin und Cola auf dem Wannenrand hinein. Die Wärme breitete sich so unerwartet in ihr aus, dass sie eine Gänsehaut bekam. Es war jetzt still im Wohnzimmer, sie hatte vergessen, neue Musik einzulegen.

Verdammt ...

Sollte sie jetzt etwa zu allem Überfluss auch noch in dieser erdrückenden Stille in der Wanne liegen? Aber sie hatte keine Lust, sich abzutrocknen und eine neue CD einzulegen.

Der Hahn tropfte ein wenig, die Autos sausten auf der Hauptstraße tief unter ihr vorbei, sie hörte irgendwo im Haus eine Tür schlagen, es waren Geräusche, die sie sonst nie wahrnahm. Sie trank zwei große Schlucke und fing an zu weinen. Sie musste total übermüdet sein. Sie rieb sich mit der freien Hand Badewasser ins Gesicht und weinte. Das Flackern der Teelichter sah blöd aus ohne Musik, so waren es einfach nur doofe Teelichter auf dem Rand einer beliebigen Badewanne. Warum zum Teufel hatte er gerade das gesagt, sie hatten doch zwei lange schweißnasse gute Nächte gehabt? Fünfundzwanzig Jahre alt, was zum Teufel wusste er denn über die Liebe, er war ein Kind, ein Kind, das selbst Vater von dreien geworden war, es war einfach krank und kein Grund zur Aufregung. Scheißspanier. Vielleicht sollte sie einen der Telefonsexkandidaten anrufen, sie hatte schon seit tausend Jahren nicht mehr mit dem verheirateten gesprochen, er war offenbar nicht mehr auf Reisen oder allein zu Hause. Plötzlich hatte sie schreckliche Sehnsucht nach ihm, nach ihm und keinem anderen. Und sie konnte ihn nicht anrufen oder ansimsen, das könnte fatal für ihn sein, genauso hatte er das gesagt, er beschrieb seine Ehe als ein gespanntes Seil, auf diesem Seil zu laufen war ein Balanceakt, und eine von einer eifersüchtigen Gattin entdeckte SMS würde ihn ohne Sicherheitsnetz in die Manege stürzen lassen. Meine Güte, was für eine Drama-Queen, konnte er sich nicht einfach scheiden lassen, wie andere Leute auch?

Sie brach wieder in Tränen aus, bei dem Gedanken, dass er sie nicht mehr anrief, sie sah sein Gesicht vor sich, das breite Kinn mit dem Lachgrübchen neben dem einen Mundwinkel, sie konnte einfach nicht aufhören zu weinen, das Glas rutschte ihr ins Badewasser, ein kleiner dunkelbrauner, eiskalter Schwall ergoss sich auf ihrem Bauch, ehe er sich mit dem restlichen Wasser vermischte. Sie fischte das Glas heraus und schluchzte laut auf, dann stellte sie es auf den Boden vor die Badewanne.

Mit aller Kraft zog sie sich aus dem Wasser, duschte und trocknete sich ab. Sie entfernte ihr Make-up, aber die Tränen flossen immer weiter, und das Kleenex wurde triefnass, sie putzte sich die Zähne, fing an, in einer Schublade zu wühlen, irgendwo müsste sie noch milde Schlaftabletten haben, sie hatte bei ihrem letzten Aufenthalt in den

USA ein Rezept für zehn Stück bekommen, weil der Jetlag sie verrückt gemacht hatte, schlimmer als PMS.

Sie fand die Tabletten und steckte eine in den Mund, trank Wasser aus dem Hahn, putzte sich die Nase, schluchzte und schluchzte, das war doch Wahnsinn, er war verheiratet und balancierte auf einem straff gespannten Seil, wieso zum Teufel heulte sie hier herum, sie sollte lieber schlafen gehen.

Sie ging ins Wohnzimmer und legte Neil Young ein, danach ging sie ins Bett. Bald würde sie sich zusätzliche Lautsprecher für das Schlafzimmer anschaffen müssen, damit die Entfernung nicht so groß war und sie bei offenem Fenster schlafen könnte.

54

Diesmal stand nicht der junge Sean im Laden, sondern eine ältere Dame. Sean war vermutlich Student und jobbte nur ab und zu. Aber sie wusste ja, wo die Stöcke hingen, holte sich ein Paar, und ging gleich damit zur Kasse.

»Sie wissen, wie Sie die einstellen, Höhe des Ellbogens und so?«

»Klar«, sagte sie. »Ich hatte schon ein Paar, aber die sind gestohlen worden.«

»Ja, du meine Güte, was die Leute heutzutage so alles stehlen.«

Sie legte die Stöcke auf die Rückbank und fuhr nach Hause, es war Samstag, und sie hatte drei Tage am Stück frei, aber was sollte sie mit drei freien Tagen, vielleicht sollte sie mal bei der Singlebörse im Netz nachsehen oder einen von den alten aktivieren. Der mit Eminem wäre eine Möglichkeit, irgendwo hatte sie seine Mailadresse, die Mobilnummer war gelöscht. Wie lange mochte das her sein, schätzungsweise ungefähr ein Jahr. Sein Moods-of-Norway-Pullover war bestimmt schon verschlissen, und möglicherweise hörte er auch nicht mehr Eminem. *Sing for the Moment*, unzählige Male hatten sie in jener Nacht das Stück gehört, bis er sie dann endlich die ganze CD zu Ende hatte spielen lassen, und danach hatte sie Snoop eingelegt, zur Abwechslung. Kurz darauf war er eingeschlafen, auf dem Bauch.

Sie kochte Wasser, um sich einen löslichen Kaffee zu machen, entdeckte im Schrank eine Tüte mit Keksen, legte den Stapel Samstagszeitungen auf den Esstisch und schaltete Radio Norge ein. Die beste Musik der vier vergangenen Jahre. Sie hatte schon das *Dagbladet* durchgeblättert und wollte die Wochenendbeilage aufschlagen, als ihr klarwurde, dass sie sich an keinen einzigen Satz aus der Zeitung erinnern konnte, nicht einmal aus einem Artikel über Musik aus der Rubrik Kultur.

Sie schlug die Hände vors Gesicht. Radio Norge spielte Kent, eins der Stück von *Du & jag döden*. Scheißspanier, sie versuchte, die Tränen zurückzuhalten, aber das gelang ihr nicht. Sie brachte den Kaffeebecher zurück in die Küche, nahm sich ein Bier aus dem Kühlschrank, ging ins Schlafzimmer, holte sich die Samstagsausgabe von *Adressa*, die sie im Bett gelesen hatte, und sah nach, wann das Transjoik-Konzert im Blæst anfing. Über das Konzert würde zwar ein Kollege aus der Redaktion berichten, aber mit ihrem Presseausweis konnte sie umsonst hineinkommen.

Sie putzte sich die Nase und leerte die Bierdose auf einen Zug, so schnell, dass ihr die Kohlensäure in die Nase schoss und sie sie sich erneut putzen musste. Sie fühlte sich sofort besser, holte sich noch ein Bier und beschloss, ein richtiges Schönheitsbad zu nehmen, das hatte sie schon lange nicht mehr getan. Salva hatte nichts dazu gesagt, dass sie unten nicht rasiert war, vielleicht pfiffen Spanierinnen auf das Enthaaren, es würde sie gar nicht wundern, sie trugen ja auch Schnurrbärte.

Sie suchte sich My Little Pony aus – guter Indiepop versetzte sie immer in gute Laune – und dankte dem Paukenspieler unter ihr erneut von Herzen für seine Schallisolierung. Im Vergleich zu Tonje war sie eine Schlampe, was Körperpflege anging, aber wenn sie einmal ans Werk ging, dann richtig. Im Schritt benutzte sie keinen Rasierer, sondern Enthaarungscreme. Auch unter den Armen. Sie zog sich aus und schmierte sich mit der Creme ein, die musste eine Weile einwirken. In der Zwischenzeit trank sie ihr Bier und zupfte sich die Augenbrauen, danach rasierte sie sich die Beine.

Haare, so viel drehte sich um Haare, um nichtvorhandene Haare. Sie schnitt sich auch die Kopfhaare selbst, sie brauchte sie nur in der Hand zu sammeln und die Spitzen zu kappen, den Pony feuchtete sie an und presste ihn fest zusammen, danach schnitt sie ihn in einem gleichmäßigen Bogen ab, von Schläfe zu Schläfe. Sie fragte sich, was Tonje im Monat wohl für Friseurbesuche ausgab, leerte die Bierdose und holte sich noch eine. Danach entfernte sie den Nagellack von Fingern und Zehen, schnitt sich die Zehennägel und ging mit dem Rubbelhandschuh unter die Dusche.

Sie rubbelte den ganzen Körper, bis die Haut brannte und der Spiegel vor Feuchtigkeit blind wurde. Sie konnte die Musik durch den Lärm des Wassers kaum hören, eigentlich müsste sie auch im Badezimmer zusätzliche Lautsprecher anbringen, das wäre doch eine hervorragende Idee. Und was hatte er noch gesagt? *Behind your great fucking...* Kein schlechtes Zeugnis von einem spanischen Adonis von fünfundzwanzig.

Sie schmierte sich am ganzen Körper mit Bodylotion ein, wickelte sich ein weißes Handtuch um die Haare und musterte ihre kleine Sammlung von Nagellackflaschen. Der Lack, den sie eben entfernt hatte, war durchsichtig mit einem Schimmer Rosa gewesen. Ihre Haut war noch immer ziemlich braun, da wäre auch Knallrot möglich.

Sie stellte einen Fuß nach dem anderen auf die Klobrille und lackierte die Zehennägel mit sicherer Hand, dann setzte sie sich mit Nagellack und Bierdose an den Esstisch. Knallroter Nagellack, das passte jetzt perfekt zu ihrer Stimmung.

Es war Samstag, sie war frei, und sie würde auf ein Konzert gehen.

55

Am Tresen kaufte sie sich ein Bier und zwei Gammel Dansk und kippte den ersten sofort runter. Sie war gern im Blæst. Es war urig, die Klos waren unisex und stanken nach Urin, weil Männer nicht zielen können, und außerdem hatte das Konzertlokal eine gute Akustik. Adam von *Adressa* würde den Artikel schreiben, er war im vergangenen Jahr aus Oslo gekommen, hatte dort bei der Stadtzeitschrift *Natt & Dag* gearbeitet, jetzt lebte er mit einer Frau vom Norwegischen Rundfunk zusammen, sie lief ihm an der Bar in die Arme.

»Ich dachte, du hast frei«, begrüßte er sie.

»Deshalb bin ich hier.«

»Ich dachte, du magst keinen Jazz?«

»Jazz? Transjoik ist doch was ganz anderes als Jazz, du solltest das eigentlich wissen, wenn du den Job hier richtig machen willst. Außerdem mag ich Electronica und Techno und Trance. Hab sogar zwei CDs von denen. *Uja Nami* und *Makka* sonstwas.«

»Meine Güte. Du überraschst mich. Und dann noch roter Nagellack. War's okay in Berlin?«

»War in Ordnung. Abel ist ja total dankbar als Interviewpartner. Wer macht heute Abend die Fotos?«

»Alex.«

»Ach der, ja.«

»Der war doch mit dir beim Øyafestival?«

»Richtig. Das war er.«

»Wo du ihm erzählt hast, du seist verheiratet?«

»Musste ich doch. Er war ganz schön spitz.«

»Ich hätte mich fast totgelacht, als ich das gehört habe. Da ist er übrigens.«

Er war ihr gegenüber noch immer verlegen, grinste und schaute weg, beim Mittagessen in der Kantine setzte er sich immer ganz weit weg, wenn er sie entdeckte.

»Ich gebe dir ein Bier aus«, sagte sie.

»Jesses.«

»Und einen Gammel Dansk. Weil du ein braver Junge warst.«

»Wieso denn braver Junge?«, fragte Alex.

»Erklär ich dir später. Halt so lange mal mein Glas, dann hol ich dir was.«

»Und was ist mit mir?«, fragte Adam.

»Liierten Männern gebe ich grundsätzlich keinen aus«, sagte sie. »Das kann so leicht zu Missverständnissen führen.«

Sie quetschte sich an den Menschen vorm Tresen hindurch und merkte, wie ihr ganzer Körper innen und außen reagierte, ihre Haut war warm und glatt gerieben unter ihren Kleidern, sauber und haarlos und gesättigt von Bodylotion.

»Noch eine Garnitur«, sagte sie.

56

Seine Drachentätowierung erstreckte sich über den Rücken und seine Schultern, bis zum Hals hoch. Sie erinnerte sich an die Schwanzspitze über dem T-Shirt-Rand, als sie von Øya nach Hause geflogen waren.

»Du musst dir verdammt noch mal Lautsprecher ins Schlafzimmer stellen, ehe du die ganze Bude in die Luft sprengst.«

»Und du musst deine Björn-Borg-Boxershorts entsorgen. Du hast an den Hüften noch immer eine rote Kerbe in der Haut.«

»Wir reden aber gerade von Lautsprechern. Jungs mögen Bjørn Borg. Da schlackert nicht alles so anarchistisch herum. Lautsprecher im Schlafzimmer. Hallo! Davon war hier die Rede.«

Sie hörten Madrugada, *Industrial Silence*, Høyems Stimme presste sich in jede Ecke des Zimmers, in alle Schränke und Regale, unter Decken und Kopfkissen, in Computer und Rechnungsstapel, unter Pony und Hoden, in Handflächen und schweißnasse Achselhöhlen und Lenden.

»Verstanden. Klar besorg ich Lautsprecher. Werd auch im Badezimmer welche anbringen«, sagte sie. »Vielleicht einen wasserdichten in der Dusche. Wenn es so was gibt.«

»Ich kann dir helfen.«

»Brauchst du nicht. Das kann ich allein. Kabel und Hi-Fi

sind mein Ding. Wenn ich Zeit dazu habe. Daran denke. Und Bock habe.«

Sie lag auf den Ellbogen gestützt neben ihm, die Hand unter dem Kinn, und sah ihn an. Er saß nackt im Lotussitz am Fußende des Bettes und rauchte, eine Untertasse diente als Aschenbecher, sein Glied war ein dunkles, ruhendes kleines Tier auf dem weißen Stoff des Bettlakens, seine Hoden lagen im Schatten, sein Bauch war straff und waschbrettartig gerillt, als er sich mit der Zigarette zur Untertasse vorbeugte, nicht oft ließ sie in ihrem Schlafzimmer jemanden rauchen.

»Sollte mir vielleicht auch einen Aschenbecher kaufen.«
»Du warst noch nie verheiratet?«, fragte er.
»Nein. Du?«
»Das werde ich auch nicht. Bin auch erst achtundzwanzig.«
»Irgendwann tust du's trotzdem.«
»Nie«, sagte er. »Du hast es ja auch nicht getan.«
»Bin zu ruhelos. Geht nicht auf Dauer.«
»Siehst du.«
»Und jetzt musst du Musik auflegen. Wenn du aufgeraucht hast. Alles außer Coldplay, der schwarzen, mit den Farbspritzern und dem Aufkleber.«
»Als ob ich die so einfach finden könnte.«
»Ich sag es ja auch nur.«
»Sag mal, lässt du den ganzen Tag Musik laufen?«
»Sobald ich wach genug bin, um eine CD einzulegen.«
»Wie viele hast du denn?«

»Wie viele? Holy sweet mother of Jesus, als ob ich anfangen würde, die zu zählen. Du hast doch selbst gesehen, dass ich die ganze Wand voll habe. So ist das, wenn man fast alle gratis kriegt.«

»Stimmt es wirklich, dass du keinen iPod hast?«

»Ja.«

»Wieso nicht?«

»Zu viel Nervkram, ich ziehe festmontierte Kabel und Leitungen vor. Jetzt such schon was aus.«

Er verschwand für einige Minuten, es wurde still im Wohnzimmer, Høyem hatte seine Sache erledigt.

»Aber zum ... jetzt mach schon!«, rief sie.

»Komme schon! Es gibt *Abracadabra* auf replay, so lange wir Bock haben. Willst du ein Bier?«

»Klar doch!«

Er kam nackt und wunderschön ins Schlafzimmer, eine Silhouette im Lichtschein im Flur, mit einer Bierdose in jeder Hand zur Steve Miller Band tanzend.

»I heat up, I can't cool down, you've got me spinnin' round and round ...«

»Abra abracadabra, I wanna reach out and grab ye ...«

»You make me hot, you make me sigh ...«

Er öffnete die eine Dose und goss das eiskalte Bier auf ihren Bauch, für einen Moment musste sie an einen anderen, dunklen und eiskalten Getränkeschwall denken, bis er sich über sie beugte und es mit glühend heißer Hand auf ihrer Haut verrieb, der Drache wand und schlängelte sich in alle Richtungen.

»Du riechst so verdammt gut«, sagte er und leckte ihren Bauch.

»Jetzt rieche ich nach Bier.«

»Riecht auch gut. Und ich bin also jetzt gerade mit der berühmten Ingunn, der männermordenden ...«

»Hör auf. Oder sollen wir Transjoik einlegen?«

»Sieh dir das mal an!«

Er stellte sich seitlich neben das Bett, mit gespreizten Beinen, er war nur eine schwarze Silhouette, aber immerhin konnte sie seinen Schwanz sehen, der glänzend auf und ab wippte und in dem spärlichen Licht leuchtete.

»Ich sehe«, sagte sie.

»Und was willst du dagegen unternehmen?«

»Das zeig ich dir, wenn du näher kommst. Bei der derzeitigen Logistik kann ich ihn nicht erreichen.«

»Du kannst doch über den Boden kriechen.«

»Willst du das? Dass ich vor dir über den Boden krieche? Dass die männermordende Ingunn vor dir auf den Knien liegt?«

»Ja.«

»Dann bleib so stehen.«

»Aber du darfst mir keinen Heiratsantrag machen. Am Ende sage ich noch ja.«

»Das wäre ja noch schöner. Wo ist mein Bier?«

»Hier. Das bekommst du, wenn du ...«

»Schon gut, schon gut. Hab schon kapiert. Halt die Klappe und genieß es.«

57

Der Ladesti lag staubig und fast menschenleer vor ihr, ein helles Band vor dem dunkleren Boden, es waren zweiundzwanzig Grad über null und es war sechs Uhr abends, die neuen Stöcke sahen genauso aus wie die alten, sie hasste sie. Es dämmerte, über dem Fosenfjell waren die Vorboten des Nordlichts zu erkennen, bereits Ende August, dann würde es ein kalter Winter werden.

Schon nach hundert Metern entdeckte sie Emma oben am Hang. Emma hinkte abwechselnd auf dem rechten und auf dem linken Fuß, während das kleine weiße Fellwuschel einen Purzelbaum nach dem anderen schlug. Die Leine, die der Hund am ersten Abend gehabt hatte, war jetzt durch eine ersetzt, die immer länger wurde, wenn der Hund sich bewegte. Emma hielt einen roten Griff am Ende dieser Schnur.

Sie blieb stehen und ruhte sich auf den Stöcken aus, spielte die Erschöpfte. Es war nicht einmal sicher, dass das Kind sie erkennen würde. Sie sprach nie mit Kindern, kannte keine Kinder, erinnerte sich nur vage daran, wie es gewesen war, sieben Jahre alt zu sein. Gut, dass sie nicht Kalle bei sich hatte, anstelle der Stöcke, der kleine Glücksstern wäre für ihn nicht mehr als eine Vorspeise gewesen.

»Hallo, du da! Da bist du ja wieder. Du hast doch Glücksstern das Leben gerettet, an dem Tag, als ich ihn gekriegt habe.«

»Du hast eine neue Leine, sehe ich.«

»Ja! Das ist fast so, als ob er frei laufen könnte, auch wenn er das gar nicht kann.«

»Und ist es schön? Einen Hund zu haben?«

»Mm. Heute hat er nur zweimal ins Haus gepullert, er ist total tüchtig. Das bist du doch, Glücksstern? Kleines Glückssternchen! So nenne ich ihn. Und dann singe ich das Lied vom Glückssternchen. Als Glückssternchen geboren wurde, da strahlten die Sterne wunderbar. Oh! Da ist das Nordlicht! Sieh nur!«

»Das bedeutet, dass es einen kalten Winter geben wird.«

»Mm. Das sagt Papa auch. Ich hab kalte Winter gern. Jede Menge Schnee. Stell dir das vor, Glücksstern in einem riesigen Berg aus Schnee. Er wird ganz und gar darin verschwinden.«

Emma warf den Kopf in den Nacken und lachte mit offenem Mund, was für ein zufriedenes Kind, dachte sie, wie war es möglich, dass ein so kleiner Körper so viel Lebensfreude in sich barg, die sie um sich versprühte. Glücksstern hockte sich hin und pinkelte.

»So ein braver Junge, so ein braver Junge! Ach, was bist du brav. Machst Pipi im Freien und überhaupt. Ist er nicht brav? Wie heißt du übrigens?«

»Ingunn.«

»Und wie alt bist du?«

»Ich werde nächste Woche neununddreißig.«

»So alt schon? Machst du dann ein Fest? Das ist am nächsten Sonntag.«

»Nein. Ich erzähle es auch niemandem. Bei meiner Arbeit wissen sie allerdings Bescheid. Es taucht auf dem Bildschirm der Sekretärin auf. Und ich muss in der Pause Kuchen für alle kaufen. Aber am Sonntag hab ich ja frei, dann gibt es den Kuchen am Montag.«

»Kaufen? Musst du bezahlen?«

»Ja.«

»Musst du bezahlen, wenn du Geburtstag hast?«

»So ist das.«

»Find ich total ungerecht. Was ist das denn für eine Arbeit, wo du den Kuchen nicht bezahlt kriegst?«

»Ich arbeite für *Adressa*.«

»Ach! Die liest Papa jeden Tag zum Frühstück. Schreibst du für die?«

»Ja. Über Musik.«

»Aber was passiert am Sonntag? Kriegst du keinen Besuch und so?«

»Nein. Ich werde versuchen, nicht daran zu denken.«

»Du willst nicht daran denken, dass du Geburtstag hast?«

Emma legte den Kopf auf die Seite und sah sie besorgt an.

»Hast du keine Tochter ... oder einen kleinen Jungen, der dir ein Geschenk ans Bett bringt?«

»Nein.«

»Und dein Vater? Kommt der nicht zum Gratulieren? Oder ... deine Mutter?«

»Nein. Ich hab keinen Vater und keine Mutter.«

»Sind die im Himmel? Da ist auch meine Mutter.«
Sie richtete sich auf und spielte ein wenig an der einen Schlaufe herum, schaute über den Fjord hinaus. Das hier war zu einem Gespräch ausgeartet, das sie sich nicht einmal in ihrer wildesten Phantasie hätte vorstellen können, mit einer Siebenjährigen auf dem Ladesti, nachdem Alex mit dem Drachen ihr zwei geschlagene Stunden den Kater aus dem Leib gevögelt hatte.

»Ich weiß nicht, ob sie im Himmel sind. Ist deine Mutter im Himmel?«, fragte sie.

»Nein, nein, ich nenn das nur so. Sie ist tot. Aber das macht nichts, ich kann mich ja doch nicht an sie erinnern. Ich bin gar nicht traurig, falls du das gedacht hast, meine ich.«

»Wie alt warst du denn, als sie gestorben ist?«

Emma hielt eine Hand in die Luft und schnippte mit den Fingern.

»So alt. Eine Sekunde!«

»Sie ist bei deiner Geburt gestorben?«

»Ja. Und danach hat Papa einen Haufen Geld vom Krankenhaus gekriegt, weil Mama gestorben ist, und das ist auf der Bank, und ich krieg es, wenn ich achtzehn werde. Och, jetzt hat er sich in der Leine verheddert.«

Glücksstern lag auf dem Rücken und zappelte mit den Pfoten, mit denen er sich in der Leine verheddert hatte. Er war wirklich nicht größer als Kalles Kopf. Emma hätte bei Kalles Anblick bestimmt laut aufgeschrien.

Eine alte Spice-Girls-Melodie piepte in Emmas Hosentasche, sie zog ein rosa und weiß gemustertes Handy hervor.

»Ja. Ich bin schon unterwegs. Und weißt du was, Glück hat gerade Pipi gemacht. Und dann ist er ganz leer, wenn er nach Hause kommt.«

»Ich muss mal sehen, dass ich weiterkomme«, sagte Ingunn.

»Und wir essen gleich. Wir essen jeden Tag wie Erwachsene.«

»Wie Erwachsene?«

»Ja. Wir essen abends. Ich bin die Einzige in der Klasse, die wie Erwachsene abends warm isst. Statt Abendbrot. Aber ich trinke keinen Wein. Das tut nur Papa.«

»Ach so. Kocht er denn lecker, dein Papa?«

»Er hat eine soooooo lange Reihe…«

Sie streckte die Arme in beide Richtungen aus, so weit sie nur konnte.

»…von Kochbüchern. Ich esse alles gern. Das hab ich von Papa gelernt.«

»Was kocht er denn heute Abend?«

Emma runzelte die Stirn, presste die Lippen aufeinander und schaute aufs Wasser hinaus.

»Er kocht… Moment mal, gleich fällt es mir ein… Er bringt es mir nämlich bei. Deshalb sagt er immer, was er macht. Ja, jetzt weiß ich's wieder. Er brät so ein langes dünnes Stück Fleisch, und das heißt… irgendwas mit viel… oder…«

»Filetsteak?«

»Ja. Das brät er in Öl und Senf und Honig. Zuerst. Außenrum, und dann legt er es in den Backofen. Und dazu gibt's Kartoffeln. Und noch was anderes. Papa ist total verrückt mit Essen. Jetzt muss ich nach Hause! Mach's gut… wie heißt du noch?«

»Ingunn.«

»Mach's gut, Ingunn.«

Sie wartete, bis Kind und Hund den Hang hochgelaufen und zwischen den Bäumen verschwunden waren, dann machte sie kehrt und ging zurück zum Auto. Die Stöcke legte sie auf die Rücksitze.

58

»Wir lassen uns scheiden.«

Sigrid setzte sich in der Kantine neben sie.

»Was? Aber du hast doch die ganze Zeit gesagt, dass du die Sicherheit nicht verlieren willst, die er dir gibt. Auch wenn er entweder schläft oder fernsieht…?«

Sigrid starrte ihren Pappbecher an und den Teller mit dem halben Brötchen mit Käse und einem Streifen roter Paprika, die rote Farbe hatte auf den Käse abgefärbt.

»Du hattest die ganze Zeit recht, Ingunn.«

»Aber Herrgott, du willst dich doch wohl nicht scheiden lassen, weil ich irgendwas gesagt habe? Ich sage doch nur, was ich meine. Ich hatte nur nicht kapiert, wie du ... oder euer ...«

»Pst. Es weiß noch niemand. Und nicht ich will die Scheidung. Sondern er. Er will das.«

Sigrid sah sie an.

»Er hat es mir gestern Abend gesagt. Es war schrecklich.«

»Ich begreife nicht, dass du dann zur Arbeit kommen kannst.«

»Ich konnte es zu Hause nicht aushalten. Da türmt sich nur alles auf. Und die Gedanken, dass ich dann allein sein werde. Dass er mich nicht mehr will. Er will mich nicht mehr. Ich habe die ganze Nacht nicht geschlafen, er hat sich ins Gästezimmer gelegt.«

Man sollte einfach kein Gästezimmer haben, man sah ja, was dabei herauskam.

»Hat er eine andere?«, fragte sie.

»Nein. Aber er hat mir die wildesten Dinge erzählt, das sprudelte richtig aus ihm heraus, dass er mich um nichts in der Welt verletzen will, er will nur verschwinden, weg aus seinem eigenen Leben, er sitzt bei der Arbeit und liest Geschichten von Männern, die ihr eigenes Verschwinden inszenieren, damit ihre Frau sie für tot hält und die Lebensversicherung ausbezahlt bekommt und so. Er ist in Panik geraten, hat er gesagt, er erstickt an seinem eigenen Leben, und er hat sich gefragt, ob es mir nicht auch so geht.«

»Und du hast geantwortet ...«

»Dass das nicht der Fall ist. Dass ich ihn liebe. Und er

hat angefangen zu weinen und hat gesagt, dass es zu spät ist und er einfach nicht glaubt, dass ich ihn liebe. Was soll ich nur machen, Ingunn?«

»Ihr dürft jetzt jedenfalls nicht im selben Haus sein. Du solltest lieber ...«

»Er zieht heute Nachmittag zu einem Arbeitskollegen, und in jeder Mittagspause in der vorigen Woche hat er sich Wohnungen angesehen, er hat eine gefunden, die in zwei Wochen frei wird. Ich kann einfach nach der Arbeit nicht nach Hause gehen, ich gehe zu einer Freundin, kann nicht mit ansehen, wie er seinen Koffer packt und geht. Ich begreife einfach nicht, wie du es aushältst, allein zu sein. Ich versteh das einfach nicht, ich fühle mich total im Stich gelassen, es ist grauenhaft. Ich fühle mich so verloren.«

»Es ist ja auch gerade erst passiert. Natürlich fühlst du dich jetzt so. Du darfst auch nicht erwarten, dass du jetzt schon die Vorteile siehst. Wie wäre es, wenn du es den anderen erzählst, und dann kaufen wir Rotwein und machen uns hier einen gemütlichen Abend, vielleicht haben die anderen auch Zeit.«

»Ich glaube nicht, dass Tonje Wein trinken kann. Sie ist schwanger.«

»Was? Sie ist schwanger?«

»Wusstest du das nicht? Sie hat heute früh angerufen und saß nur zu Hause und weinte und wollte lieber erst gegen Nachmittag vorbeikommen, sie hat mit Anja gesprochen, und die hat versucht, sie zu trösten, so gut sie konnte.«

»Sie sollte sich vielleicht freuen. Jetzt kann sie sich den Typen vielleicht krallen, um den sie neulich hier so geweint hat.«

»Das nicht gerade, nein. Das ist offenbar der davor. Sie hat fast drei Monate schon nicht mehr ihre Tage gehabt, aber sie hat gedacht, das liegt daran, dass sie versucht abzunehmen. Anja kennt die ganze Geschichte.«

»Ach so.«

»Und der Vater des Kindes hat schon eine Neue.«

»Na, das ist ja eine Überraschung.«

»Und es kann vielleicht schon zu spät sein für eine Abtreibung, sie wollte heute zum Arzt gehen.«

»Herrgott, was für ein Mist. Die arme Tonje.«

Sie sah den flachen braunen Bauch im Spalt zwischen Hüfthose und kurzem Top vor sich. Tonje würde einen Schock erleiden, wenn sie den ersten Schwangerschaftsstreifen entdeckte.

»Das ist wirklich ein Tag für Rotwein«, entschied sie. »Oder weißen. Wir haben wirklich eine Menge zu bereden.«

»Damit du wieder über Dildos reden kannst, oder was?«

»Vibratoren, Sigrid. Dildo ist etwas anderes, das ist nicht mehr als eine Penisimitation.«

»Hab jetzt keinen Nerv für dein Sexgerede, davon wird mir einfach schlecht, das hört sich so verdammt einsam an. Ich brauche jetzt mehr als nur einen Vibrator. Ich brauche einen ganzen Mann. Meinen Mann.«

»Du hast schließlich mit dem Thema angefangen. Aber

ich kann gut über ganze Männer reden. Über den Fünfundzwanzigjährigen, den ich in Berlin kennengelernt habe. Spanier.«

»Der war vermutlich HIV-infiziert.«

»Vielleicht ist das einfach eine Art Weckruf für euch beide. Und es rückt sich wieder zurecht.«

»Das habe ich auch gesagt. Dass wir umziehen könnten, verreisen, alles anders machen, unser Leben ändern, zusammen etwas Neues lernen, zusammen Dinge unternehmen. Und er hat geantwortet, er habe damit gerechnet, dass ich so etwas vorschlagen würde, das habe er sich selbst auch schon überlegt, er habe aber nicht das geringste Interesse daran, es noch einmal zu versuchen. Er liebt mich nicht mehr, da ist er sich hundertprozentig sicher. Das war das Schlimmste. Als er das gesagt hat.«

59

Gegen vier Uhr kam Tonje weinend zur Tür herein. Sigrid war nicht mehr da, kein Wein war gekauft worden, und sie selbst wollte gerade gehen.

»Glaub ja nicht, dass du in dem Zustand arbeiten kannst, Herzchen.«

»Ich muss morgen zum Ultraschall. Es ist nicht sicher, ob ich noch abtreiben lassen kann. Wenn nicht, bring ich mich um. Der Arzt hat den Finger in mich reingeschoben und gesagt, dass ich schon seit ein paar Monaten schwanger bin.«

»Du musst mit jemandem reden. Deiner Mutter. Oder einer Freundin.«

»Spinnst du? Ich trau mich nicht, Mama das zu sagen. Alleinstehende Mutter. Sie bringt mich doch um. Das hat sie immer gesagt, wenn ich mit neuen Typen nach Hause gekommen bin. Obwohl ich die Pille genommen habe und überhaupt. Ich hatte an einem Wochenende eine Magen-Darmentzündung, und vermutlich hab ich da die Pille ausgekotzt, und am Montag haben wir dann miteinander geschlafen, da ist es dann wohl passiert. Ich trau mich ja nicht mal, *ihm* das zu sagen.«

»Das musst du aber, wenn du nicht abtreiben kannst. Dann wird er schließlich Vater.«

»Oh Gott, wie furchtbar, es klingt so schrecklich, wenn du das so sagst. Dieser blöde Kerl... und dieses lahme Babe, das er sich angelacht hat, die ist doch total wie... wie Paris Hilton!«

»Was hattest du hier in der Redaktion eigentlich vor? In deinem Zustand?«

»Ich will nur dieses Quiz zusammenschustern, das muss heute fertig werden. Aber mir fehlen zwei Fragen, also bitte, hilf mir, Ingunn. Bitte, bitte, bitte.«

Tonje sah sie aus feuchten Augen an, fast schwarz vor Verzweiflung. Ohne nachzudenken, ging sie auf Tonje zu und umarmte sie.

»Natürlich helfe ich dir«, sagte sie. »Das schaffen wir. Du schaffst das. Du brauchst Andreas nicht mal zu erzählen, dass ich dir geholfen habe.«

Quizfragen schüttelte sie einfach so aus dem Ärmel, sie liebte Quiz, und sie konnte sich genau erinnern, welche Fragen schon in der Zeitung gestanden hatten. Und auch in den meisten Konkurrenzblättern.

»Mal sehen. Dann hol was zu schreiben.«

Tonje setzte sich schniefend auf ihren Schreibtischstuhl und zog einen Schreibblock zu sich heran. Ihr Nagellack blätterte ab, das sah ihr wirklich nicht ähnlich; wenn es zu spät für eine Abtreibung sein sollte, würde sie wirklich in deep shit stecken.

»Wer hat Sinéad O'Connors Nothing Compares 2 U geschrieben? You schreibt man hier mit einem großen U. Und ihren Namen schreib ich dir auf deinen Block.«

Sie kritzelte den Namen auf Tonjes Block.

»Okay. Und wer war das?«

»Prince. Das Symbol. Oder wie zum Henker er sich gerade nennt. The Artist Formerly Known As Prince. Das googelst du dann nachher. Aber wenn du Prince unter die Antwort schreibst, dann wissen alle, wer gemeint ist.«

»Ist das eine Frau oder ein Mann? Sinéad?«

»Weißt du nicht, wer Sinéad O'Connor ist?«

»Schimpf mich doch deshalb nicht aus. Ich ertrag das heute nicht.«

»Ich schimpfe nicht, ich bring dir nur etwas bei. Sie ist eine irische Sängerin und Songschreiberin. Hat jede Menge selbst geschrieben, deshalb glauben unsere Leser vielleicht, dass auch das hier von ihr stammt. Verdammt gutes Video übrigens, sie singt das ganze Lied in Großaufnahme, mit Skinhead.«

»Ach, dann weiß ich, wer das ist!«

»Schön. MTV hat das beim Einmarsch in Kuwait 1990 immer wieder gespielt. Das war ihr Durchbruch. Wenn du eine Zusatzfrage brauchst.«

»Ja, die bringen wir ja ab und zu.«

Tonje schrieb eifrig mit.

»Und dann noch eine, Ingunn. Du bist ein Schatz.«

»So hat mich schon lange niemand mehr genannt. Und dabei hab ich nicht mal Spätdienst. Dann können wir eine über Whitesnake nehmen. Das wird in einem Wort geschrieben. Mal sehen... Wie können wir das formulieren? Was haben Whitesnake und Deep Purple miteinander zu tun?«

»Okay. Und die Antwort?«

»Whitesnake wurde 1977 von David Coverdale gegründet, und der war Sänger von Deep Purple. Als Zusatzfrage können wir nehmen, ob es noch weitere Verbindungen zwischen Whitesnake und Deep Purple gibt. Die Antwort ist, dass später auch noch Jon Lord und Ian Paice zu Whitesnake gestoßen sind, aus derselben Band. Dann hast du doch, was du brauchst? Viel Glück morgen beim Ultraschall.«

»Gehst du jetzt?«

»Ich war ja schon auf dem Heimweg, als du gekommen bist.«

»Was hast du eigentlich gemeint mit quicklebendig ohne Wimperntusche?«

Tonje schaute zu ihr auf. Sie war so jung, so unvorstellbar jung, nicht viel älter als eine Siebenjährige.

»Wie alt bist du eigentlich?«

»Fünfundzwanzig.«

»Das war sehr gemein von mir. Es war nicht so gemeint.«

»Aber es hat mich gar nicht verletzt! Ich versteh es nur nicht!«

»Denk nicht mehr daran. Eigentlich hatte es gar nichts zu bedeuten. Ich hatte mir gerade selbst darüber Gedanken gemacht, kurz bevor ich nach Berlin musste. Vergiss es einfach, Tonje. Hatte nichts mit dir zu tun. Mach jetzt dein Quiz fertig, dann wird es gut. Sei Profi!«

60

Es tat unendlich gut, sich in den Audi zu setzen, sie blieb eine ganze Weile still sitzen und spielte nur an den Autoschlüsseln herum. Ihr Leben war gar nicht so schlecht, verglichen mit dem der anderen. Sie musste wieder an den Punkt gelangen, dass sie ihr Leben wirklich genoss und diese Unruhe hinter sich lassen konnte. Sich an einen Mann schmiegen zu können und Nähe zu spüren, das bedeutete, alles zu verlieren, keine Entscheidungen mehr allein fällen, alles drehte sich um Koordinierung und Anrufe und Zusammenarbeit und Anpassungsfähigkeit und Kompromisse und im Waschbecken verschmierte Zahnpasta. Und am Ende konnte es passieren, dass er einfach ging, nachdem er sich über bizarre Möglichkeiten informiert hatte, seinen eigenen Tod vorzutäuschen, so war das. Alles hörte irgendwann einmal auf. Alles.

Man ersparte sich unendlich viel Stress, wenn man Gefühlen aus dem Weg ging – in der Freizeit Müllsäcke zur Heilsarmee schleppen zu müssen, Flüge nach Stavanger mit unsicherem Ausgang, lange Zeiten mit anstrengender Spätschicht, um nur beruflicher Profi sein zu müssen. Eine volle Badewanne ohne Musik mit kühlschrankkalter Cola light, die sich in einem Schwall über einen glühend heißen Bauch ergießt. Und Kinder. Was sollte man mit vor Glück strahlenden kleinen Mädchen, die alles ruinierten? Die ihren Vater beim Spiel der Geschlechter behinderten?

Sie ließ den Motor an, ohne jedoch loszufahren. Ihr Telefon steckte im Außenfach ihrer Handtasche.

»Hallo, Alex, hier ist die Männermordende, was machst du gerade so?«

Er stand vor der Fokusbank und fotografierte Passanten, die sich über den Zinssatz äußern sollten.

»Klingt ja richtig aufregend. Du bist also in der Stadt?«

Ja, er war noch nicht ins Ausland geschickt worden, würde aber in drei Tagen nach Island aufbrechen, zu einer

Reisereportage über Gletschertouren in riesigen Geländewagen.

»Was machst du denn heute Abend?«

Tja, dann würde er schon gern ein wenig ficken, er gehe davon aus, dass sie deshalb anrief, ja, denn sie hätte doch wohl nicht vor, zum Essen ins Credo einzuladen, jung wie er war? Außerdem sei er nicht so scharf auf dieses exquisite Essen, er wolle lieber satt werden.

»Ein bisschen zu spät für den Mittagstisch im Credo, aber wir können auch das Drei-Gänge-Menü unten im Erdgeschoss nehmen, wenn du willst, das ist okay. Kein Problem, mich da mit dir zu zeigen, wir arbeiten doch zusammen. Aber wenn du kalte Kartoffelsuppe aus der Dose vorziehst, ist mir auch das recht. Und zu Hause hab ich sogar so etwas Avanciertes wie ein Spiegelei.«

Aha, sie lockte ihn also mit Essen? Mit Dingen, die man in den Mund stecken konnte?

»Nein, ich wollte nur deine Meinung hören. Aber vergiss es. Eigentlich habe ich die falsche Nummer erwischt, ich wollte Alexandersen anrufen, der mein Dachfenster reparieren soll. Tut mir leid, hab keine Brille auf, in meinem Alter braucht man eine Brille, weißt du. Viel Glück mit deinen Umfrageaufnahmen, eine davon wird bestimmt vom Verband der Pressefotografen zum Bild des Jahres gekürt, die werden es lieben, so tüchtig, wie du bist.«

Sie drückte auf den roten Knopf, schaltete das Handy aus und fuhr los. Ein fieses Geräusch in der linken Vorderachse war zu hören, immer wenn sie über einen

Huckel fuhr, gab es einen Ruck im Steuer, und dieses Geräusch ertönte, sie hasste falsche Geräusche im Auto, darauf reagierte sie überempfindlich. Vor einigen Jahren hatte sie einen Citroën Visa gehabt, dessen Zylinderkopf zum Teufel gegangen war, sie würde niemals das widerliche Geräusch von Wasser vergessen, das durch die Wand hinter dem Handschuhfach strömte, so hatte es zumindest geklungen. Seitdem konnte sie in jedem Auto eine geplatzte Zylinderkopfdichtung diagnostizieren, schon dreimal hatten Kollegen sie um Hilfe gebeten, und ihre erste Frage hatte jedes Mal gelautet, ob der Wagen nicht mehr anzog, wenn sie aufs Gas traten. Wenn die Antwort positiv war, konnte sie sicher sein. »Das ist der Zylinderkopf«, sagte sie dann, »und es wird teuer, wenn du keine Vollkasko hast.«

Sie hatte eine leidenschaftliche Beziehung zu ihren eigenen Autos, die waren eine Erweiterung ihrer eigenen Kräfte und Stärken, viele Male multipliziert mit Pferden, und Pferde waren starke Tiere, elegante, kraftvolle Tiere, die man lenken konnte, wohin man wollte, aber nur, wenn man mit ihnen zusammenarbeiten konnte, und das konnte sie, eine Pferdeschar unter der Motorhaube war wohl das Mindeste, was sie in eine Richtung dirigieren konnte.

Die Buchhaltung der Zeitung akzeptierte kein Ticket für Langzeitparken auf der Reisekostenabrechnung, sondern betrachtete das als Privatvergnügen. In Værnes zu landen, ohne von ihrem eigenen Auto erwartet zu werden, wäre unvorstellbar; sie war zu Hause, wenn das Fahrgestell des Flugzeugs auf den Boden auftraf, weil ihr Auto auf sie wartete. Aber nie hatte sie sich einem Auto so nah gefühlt wie diesem Audi. Und diese Geräusche gefielen ihr überhaupt nicht.

Wenn sie jetzt ihr Handy einschaltete, hätte er garantiert schon eine Mitteilung hinterlassen, davon war sie überzeugt, sie hatte ihn einmal zu oft kastriert, und er war doch erst fünfundzwanzig, evolutionsmäßig nicht an Widerstand gewöhnt. Wer an Widerstand gewöhnt war, tätowierte sich keine japanischen Drachen auf den Körper. Tätowierte Drachen verrieten eine tiefe Sehnsucht oder total unrealistische, übersteigerte Ambitionen.

Sie blieb lange im Stau vor der Sluppenbrücke stehen, aber das machte ihr nicht das Geringste aus. Etwas würde passieren, und obwohl sie nicht wusste was, hatte sie die Kontrolle darüber. Sie schaltete das Radio ein und trommelte den Takt zu einem Stück von Madonna, obwohl sie Madonna nicht ausstehen konnte, etwas an der Art, wie sie versuchte, ihre Stimme zu einem afroamerikanischen Sound zu zwingen, das passte einfach nicht zu ihr. Es war keine glaubwürdige Stimme

61

Auch als sie nach Hause kam, schaltete sie ihr Handy nicht ein.

Trotzdem klingelte es. Und zwar an der Haustür, er stand davor. Lange hielt sie den Hörer der Gegensprechanlage in der Hand und sah sein hektisches, eifriges und zugleich verlegenes Gesicht in dem kleinen schwarzweißen Bildschirm an der Wand. Hier konnte man wirklich von einer schlechten Pixel-Auflösung sprechen.

»Bin fertig. Habe die Umfrage im Kasten«, sagte er.

Eine dünne Lautsprecherstimme ohne Bass.

»Mach schon auf. Abracadabra. Ich hab scharfe Musik mitgebracht, die gefällt dir bestimmt.«

Sie ließ ihn herein, wartete oben, die Wohnungstür einen Spaltbreit geöffnet.

»Du hast ja verdammt viel Selbstbewusstsein«, sagte sie, als er durch den Türspalt drängte, sich die Stiefel auszog und gegen die Wand schleuderte, und sie musste unfreiwillig an eine Lederjacke denken, die über ein Treppengeländer geworfen worden war.

»Jawoll. Hab ich. Auf einmal. Weiß nicht, woher das kommt. Vielleicht, weil du angerufen hast. Und weil ich von diesem Scheiß mit Alexandersen kein Wort geglaubt habe.«

»Jetzt reg dich ab«, sagte sie.

»Was machst du denn gerade?«

»Essen. Hab doch eben erst Feierabend gemacht, verdammt. Hatte einen ganz schön anstrengenden Tag.«

»In der Musikredaktion? Hör doch auf. An der Musikfront in Trondheim passiert doch gar nichts, da musst du doch lauter easy Tage haben. Klassik? Jazz? Ich bin informiert, musst du wissen. Die einzige Action passiert an der Technofront. Beim letzten by:Larm in Oslo gab's nicht eine einzige neue Band von hier. Peinlich, wenn du mich fragst. Da waren mehr neue Bands aus Bodø als aus unserer Stadt. Hallo, Bodø. Da geht was ab.«

»Du hast irgendwas genommen, oder?«

»Kann schon sein.«

»Ich mag Drogen nicht. Verabscheue sie sogar. Vielleicht solltest du deine Stiefel wieder anziehen.«

»Aber der hier gefällt dir, was?«

Er ließ seine Hosen runter und zeigte sich. Voll erigiert. Sie drehte sich um und ging in die Küche, aber sie hatte ihn hereingelassen, und jetzt war er hier. Er folgte ihr.

»Bist du so einer, der aggressiv wird?«, fragte sie. »Das würde ich gerne vorher wissen.«

»Was meinst du mit aggressiv? Redest du von Junior?«

Er zog die Vorhaut zurück und präsentierte seine glänzende Eichel. »Tja ... der kann ganz schön aggressiv werden, vor allem von hinten. Was hast du zu trinken?«

»Es ist doch erst sechs«, sagte sie.

»Okaaaay? Getränke kommen und gehen also abhängig von der Uhrzeit? Hm. Originell.«

»Hör mal, Harry Potter. Ich hatte wirklich auf den falschen Knopf gedrückt.«

»Und ich habe wie gesagt Musik mitgebracht.«

»Was denn für welche?«

»Falco.«

»Falco? Jesus Christ on a bike.«

»Perfekte Fickmusik.«

»Du glaubst also, hier wird gleich gefickt?«, fragte sie. »Zu so einer kranken Musik?«

»Ja. Warum soll hier nicht gefickt werden? Ich werfe sie mal rein.«

Sie füllte zwei große Weißweingläser, während er sich an der Stereoanlage zu schaffen machte, Gläser ohne Stiel, normale Wassergläser, sie prosteten und tranken, tranken schnell, tranken noch mehr, schenkten nach, knutschten zwischendurch.

»Was hab ich gesagt?«, sagte er. »Ich wusste doch, dass du mich willst. Alexandersen, ich bitte dich.«

Rock me Amadeus, Alles klar, Herr Kommissar, sie war schon vor Vienna Calling zweimal gekommen, die Hände flach auf einen Küchenstuhl gepresst, er von hinten, sie schwitzte so sehr, dass ihre Hände am Holz klebten.

»Lass uns duschen«, schlug sie vor und streichelte die Drachentätowierung, fast erstaunt darüber, dass die keine Tintenspuren an ihren Fingerspitzen hinterließ, die Uhr über dem Herd zeigte halb sieben, in der Dusche setzte er sich auf die Knie.

»Alles klaaaar, Herr Kommissar?«, fragte sie. Sie presste

sich unter ihn, auch sie auf den Knien, er bestieg sie, während die Musik aus dem Wohnzimmer hämmerte, er stieß und pumpte, was war er doch für ein Idiot, kam einfach her und bildete sich sonst was ein, sie kam so hart, dass sie spritzte, das Wasser toste über ihnen, dröhnte bis tief in die Gehörgänge, Wasser überall, Dreck und Dreck und Dreck, sie fand zwei riesige Badetücher und warf ihm eins zu, noch immer auf den Knien, aber mittlerweile auf dem Badezimmerteppich, er rieb sich planlos damit die Haare und ein wenig unter den Armen.

»Jetzt gehen wir ins Bett«, sagte er.

»Aber dann wird alles nass.«

»Darum geht es doch gerade. Dumme Nuss. Komm.«

62

»Ficken, ficken, ficken, du Wunderbare, ficken, ficken, ficken«, sagte er, während er sie fickte, das ganze Bett war triefnass, und sie kam, mehrere Male hintereinander, vaginale Ejakulationen, sie hasste das, eine geruchlose und geschmacksneutrale Flüssigkeit, die einfach herausspritzte, und er ging ins Wohnzimmer und spielte noch einmal Falcos Jenny, und sie glaubte, vor Glück sterben zu können, weil sie keine eigenen Gedanken mehr hatte, sie war fast nüchtern, der Weißwein war doch nur ein Aperitif gewesen, noch nie, nie, niemals zuvor war sie in fast nüchternem Zustand so geil gewesen, sie biss in ihr Kopfkissen, als er zurückkam, und kniff die Augen zusammen, bis sie nur noch Drachen sah, sein Schwanz wuchs in ihr, glatt wie alles Glatte auf der ganzen Welt, Seide oder Öl oder Löwenzahnsaft oder einfach nur Speichel und frisches Sperma, er stieß und fickte sie, bis sie sagte:

»Warte einen Moment.«

Sie drehte sich auf den Rücken. Schaute hoch in dieses Alexgesicht, das sie gar nicht richtig kannte. Seine Wimpern waren nass, die Augen schwarz, die Wangen hingen nicht im Geringsten nach unten, er war fünfundzwanzig Jahre alt, er stützte sich mit seinen muskulösen Armen ab, und sie dachte, jetzt kann ich sterben. Er glitt von vorn in sie herein, als ob er niemals an einem anderen Ort gewesen wäre.

»Weißt du, was mich am meisten anmacht?«, fragte sie.

»Mehr als das hier?«, er sah sie herausfordernd an und stieß einige Male zu.

»Ja.«

»Sag schon«, sagte er.

»Dass du mir in die Augen siehst, wenn du kommst. Die ganze Zeit. Hörst du? Die ganze Zeit.«

»Oh Scheiße.«

»Du bist in mir, und du bist steinhart, und das hier ist praktisch eine Vergewaltigung, weil du mit Falco in mich eingedrungen bist, den ich mein Leben lang gehasst habe, aber den ich jetzt liebe. Für immer. Also komm jetzt. Während du mir in die Augen siehst. Vienna calling.«

Er fing an hin und her zu schaukeln, es war ein wunderschönes Gefühl, sie merkte, dass er noch größer wurde, falls das überhaupt möglich war, sie hatte selbst gar nicht kommen wollen, aber sein Schwanz wurde so heiß, dass sie die Kontrolle verlor. Aber eines gelang ihr noch:

»Sieh mir dabei in die Augen.«

Sie legte die Hände auf seine Schlüsselbeine, flach auf seinen Brustkasten, sie stupste ihn an, nichts passierte, er fickte sie einfach weiter, sie stieß ihn ein zweites Mal an, da öffnete er die Augen.

»Nicht die Augen zumachen. Bleib hier bei mir!«

Und dann kam er. Spritzte brennend und weiterpumpend in sie ab, sie kam gleichzeitig. Und in den letzten Zuckungen wurde ihr klar, dass ein Orgasmus ein tieftrauriger Moment war, eine unfreiwillige Aufgabe jeglicher Kontrolle, mit der totalen Sicherheit, dass diese Traurigkeit verloren gehen würde, wenn sich niemand darum kümmerte, sie brach in Tränen aus. Er glitt neben sie, atmete schwer.

»Weinst du etwa, meine Männermordende?«

»Geh raus aus mir.«

»Bin schon draußen, ich ...«

»Geh. Bitte, geh jetzt. Sofort! Steh auf und geh! Und bild dir ja nichts ein.«

»Ingunn, was ist denn? Ich kann etwas anderes einlegen. Steve Miller. Jetzt sei nicht so. Du weinst doch.«

»Das ist nur postorgasmisch. Nichts anderes als biologische Tränen.«

»Glaub ich nicht. Komm her. Ich nehm dich in den Arm. Ist etwas passiert? Komm her.«

Und sie ließ sich in den Arm nehmen, ganz fest, während sie ihr Gesicht in seine blutjunge Achselhöhle schmiegte. Vierzehn Jahre Altersunterschied, ein Typ, mit dem sie im Credo nur als Arbeitskollegin sitzen konnte, und trotzdem würden alle sofort riechen, dass zwischen ihnen etwas lief, was ja eigentlich in Ordnung war, da sie alle kannte, die dort arbeiteten, sie waren superdiskret, sie weinte und weinte.

»Aber was ist denn los?«

»Weiß nicht. Krieg vielleicht meine Tage. Weiß nicht.«

»Ich kann dich massieren. Hast du Öl?«

»Nur so ein Erotik-Öl.«

»Das haben wir ja noch gar nicht ausprobiert.«

»Wir haben es auch nicht gebraucht. Oder… hatte vergessen, dass ich es habe.«

»Wo steht es?«

»Im Badezimmer. Schwarze kleine Flasche mit weißer Schrift. Steht Eros drauf, mit einem nackten Hintern unter der Schrift. So eine kleine Kritzelschrift. Nimm aber nicht das Gel, das ist auch in einer schwarzen Flasche, aber die Schrift ist rot.«

63

Er strich ihr über die Haare, sie brachte es nicht über sich aufzublicken, vermutlich kniete er vor dem Bett.

»Kein Falco mehr«, flehte sie, das Gesicht in die Matratze gepresst. »Verdammt noch mal.«

»Entspann dich, Ingunn. Mach dich locker. Ich massiere dich jetzt. Und wir müssen nicht mehr ficken. Beziehungsweise… wir werden nicht mehr ficken. Und wenn du darum bettelst und flehst. Jetzt suche ich uns erst mal schöne Musik aus, ja?«

Fünfundzwanzig Jahre und so viel Durchblick? Sie wollte nicht darüber nachdenken, nichts analysieren, sie lauschte nur seinen Füßen, die ins Falcomusikmassiv stapften, es wurde still im Wohnzimmer, wenn er bloß nicht Coldplay einlegt, dachte sie, dann ist es gelaufen, dann muss ich ihn von hier wegschaffen, und wenn ich ihn aus dem Fenster werfen muss und er vier Stock tiefer landet, dafür geh ich dann eben in den Knast. Dann hörte sie die Stimme von Stefan Sundström von Nästan Reklam. Der Junge musste ein Hellseher sein.

»Ist die Musik okay?«

»Danke«, murmelte sie in die Matratze.

Er setzte sich rittlings auf sie, der Drache war über ihr, sie war ihm ausgeliefert, aber sie würden nicht vögeln, er träufelte Öl auf sie.

»Du hast es gefunden«, sagte sie.

»Ja. Sei jetzt still, hör einfach nur zu und genieße. Weinst du noch immer?«

»Weiß nicht.«

»Das hier ist ein total phantastisches Öl, davon hab ich noch nie gehört, es noch nie angefasst.«

»Du bist zu jung.«

»Hör ich nicht. Du brabbelst bloß in die Matratze!«

Sie hob den Kopf und schrie: »Du bist zu JUNG!«

»Wofür denn? Halt die Klappe. Ich fange jetzt an.«

Er streichelte und knetete und rieb, plötzlich sah sie den Spanier in der Marmordusche vor sich stehen, und erneut begannen die Tränen zu fließen, *behind your great fucking*... Er bearbeitete ihren Körper und schnaufte und stöhnte dabei, und sie hörte, dass die Geräusche Zeichen der Anstrengung und nicht etwa von Geilheit waren.

Sie zuckte erschreckt zusammen, vielleicht fuhr er nicht mehr auf sie ab, sie hob den Kopf vom triefnassen Laken.

»Macht dich das gar nicht an?«, fragte sie.

Seine Hände blieben ruhig zwischen ihren Schulterblättern und ihrem Rückgrat liegen, sie waren glühend heiß.

»Soll es das denn?«, entgegnete er.

»Ja. Das ist besser als alles andere. Und dann auch noch zu Sundström.«

»Verdammt, du bist echt labil.«

»Bin eben eine Frau.«

»Nein, viel schlimmer.«

»Mach es mir von hinten.«

Er stopfte ihr ein Kissen unter den Bauch und drang in sie ein, er war steinhart und voller Öl aus der schwarzen Flasche.

»VERDAMMT, das ist gut... oh, Scheiße.«

»Ja. Fick mich. Ich weine auch nicht mehr. Ist jetzt vorbei. Wenn du in der Redaktion auch nur ein Wort darüber verlierst, sag ich allen, dass du einen Minipenis hast.«

»Ich lach mich tot. Können wir nicht aufhören zu reden? Du redest so verdammt viel.«

»Das ist mein Ernst«, betonte sie.

»Stell dich auf alle viere. Los, mach schon. Und Action! Wir kommen gleichzeitig.«

»Nein. Nur du. Ich kann nicht mehr. Ich hör mir die Musik an. Spritz mich nur randvoll, dann weiß ich, dass es dir gut geht.«

64

Er blieb, es wurde Samstag, und das war in Ordnung. Das Frühstück bestand aus Spiegelei und Bier und gebratenem Räucherschinken, weil sie keinen Speck im Haus hatte.

»Nicht gerade der vollste Kühlschrank, den ich je gesehen habe. Keine Milch?«

»Für Kinder und Kälber.«

»Du kriegst Knochenschäden.«

»Kriegt man nur, wenn man nicht genug Testosteron hat, liest du deine eigene Zeitung nicht?«

»Soll ich im Kamin ein Feuer machen?«

»Ja. Mach das. Du scheinst ja lieber nackt herumzulaufen. Ich hätte sogar noch einen Morgenmantel für dich.«

»Den aus lila Seide. Ja.«

»Satin«, sagte sie.

»Aber lila. Ist das nicht ein bisschen schwul?«

»Wegen Jägarna? Aber das war doch mintgrün. In der Küche. Weißt du nicht mehr?«

»Ich weiß es noch.«

»Jetzt fängt das Popquiz an. Heute mit Finn Bjelke«, sagte sie.

»Ich pack die sechziger Jahre nicht.«

»Das kann ich verstehen. Dir liegen vermutlich die Achtziger mehr. Tears for Fears und Billy Idol und so.«

Er baute eine schmale Holzpyramide um zerknülltes Zeitungspapier herum, dabei kehrte er ihr den Hintern zu, es kümmerte ihn so wenig, beobachtet zu werden, wie ein nacktes Kind an einem sonnigen Strand. Finn Bjelke machte seine Anrufer fertig, und sie versuchte, sich zu erinnern, wann sie zuletzt mit jemandem zusammen das Popquiz gehört hatte. Sie setzten sich aufs Sofa und hörten zu, beide unter einer Decke, sie sprachen während der gesamten Sendung kein Wort, sie hatte ihren Kopf an seine Schulter gelegt. Aber sie erkannte Changes schon beim ersten Akkord.

»Von Hunky Dory. Einundsiebzig«, sagte sie.

Und über Peps Blodsband wusste sie ebenfalls alles. Erste Sahne. Dann schlief sie ein. Schlief mit dem Kopf an seiner Schulter ein, erwachte davon, dass jemand ihr über die Haare streichelte, und begriff nicht, wo sie war, wer sie war, wie alt sie war.

»Jetzt gibt's Handball«, sagte er. »Soll ich Musik einlegen? Und vielleicht mich anziehen und mehr Bier kaufen gehen?«

»Leg Stefan auf«, bat sie und ließ sich unter der Decke zurück aufs Sofa sinken, als er aufstand. Sie war so müde, und sie merkte, wie unendlich leicht sie sich in ihrem Körper fühlte. Jemand ging Bier kaufen. Jemand legte Musik ein. Die Musik, um die sie gebeten hatte.

»Vielleicht auch was Hochprozentiges, was willst du?«

»Gammel Dansk, vielleicht.«

»Schlaf ruhig so lange.«

65

Sie wurde von Pfeifgeräuschen geweckt, jemand versuchte, wie Bo Kaspers zu klingen. Das Pfeifen kam aus der Küche, die Decke lag weich an ihrer Wange, es ging ihr gut, sie versuchte zu denken, alles zu sammeln, Ordnung zu schaffen, in Regalen und Schränken aufzuräumen, aber es gelang ihr nicht.

Alex.

So war das. Sie musste lange geschlafen haben, Stefan Sundström hatte fertig gesungen. Und sie hatte das Handy seit mindestens einem Tag ausgeschaltet gehabt. Da hatte es wenig Sinn, es jetzt einzuschalten. Tonjes Ultraschall, über den sie wahrscheinlich berichten wollte, Eilaufträge beim Job, aber was konnte da schon eilen, wenn nicht gerade ein Musiker gestorben war. Musiker durften nicht sterben, nicht an diesem Tag oder in dieser Nacht, denn sie konnte sich jetzt nicht mit dem Tod beschäftigen, morgen wurde sie neununddreißig, und der, der da pfiff, war erst fünfundzwanzig, und sie war stocknüchtern, das war alles so krank. Es war still im Zimmer, nicht einmal das Radio lief, was machte er eigentlich da draußen? Sie konnte auch nichts riechen, und außerdem war sie so schön in die Decke eingewickelt, wie in einem Kokon aus Textilien. Er kam ins Wohnzimmer.

»Bist du wach?«

»Ein bisschen.«

»Hast du Hunger?«

»Weiß nicht so ganz. Mal nachsehen. Ja.«

»Ich hab Sushi mitgebracht, magst du das?«

Sie setzte sich auf.

»Hast du dich angezogen?«

»Ich war doch einkaufen. Bist du total verwirrt, oder was? Und was hast du für verwuschelte Haare?«, sagte er.

»Die sind ja überall. Crazy hair.«

»Es ist so still hier.«

»Aber magst du Sushi?«

»Sushi mögen doch alle!«

»Nein, nicht alle«, widersprach er. »Ich decke den Esstisch.«

»Ich brauche ein Bier.«

»Und einen Gammel Dansk.«

»Genau. Eine Garnitur«, sagte sie.

»Nennt man das so?«

»Ein Bier und ein Gammel Dansk sind eine Garnitur. Ein Bier und ein Whisky sind eine Whiskygarnitur. Ein Bier und ein Aquavit sind eine Aquagarnitur. Aber eine echte Garnitur, das ist …«

»Was ist mit Jägermeister?«

»Jägermeister ist Likör.«

Er stellte die Gläser vor sie auf den Tisch, und sie trank, obwohl sie eigentlich lieber in diesem nüchternen Glück verharren wollte, aber kaum traf der Schnaps in ihrem Magen ein, da wusste sie, dass das nur alberne Gedanken gewesen waren.

»Du, Alex. Wenn du jemandem bei der Arbeit von meiner Heulerei erzählst, dann bring ich dich um.«

»Iss jetzt was. Wie stark willst du das Wasabi?«

»Das misch ich mir selbst. Wollen wir keine Musik hören?«

»Doch, gern«, sagte er.

»Was denn?«

»Etwas Ruhigeres vielleicht«, sagte er.

»Hier in diesem Haus gibt es keine Spur von Eva Cassidy, falls du das meinen solltest.«

»Such du was aus.«

Sie legte Alison Krauss ein, drehte sich um und sah ihn an. Er saß an ihrem Esstisch in einem schwarzen T-Shirt ohne Aufdruck, nur mit einem kleinen Marlboro-Tag an dem einen Ärmel. Der Drachenschwanz war dort, wo er hingehörte. Er brach zwei Essstäbchen auseinander und schaute zu ihr hoch.

»The flame no longer flickers, you are feeling like a fool?«

»Der nächste Track ist besser, warte mal. Hm, sieht gut aus.«

»Let me touch you for a while...«

»Halt die Klappe«, sagte sie.

»But to me you are looking really fine...«

»Hör auf. Hör dir die Musik an. Nicht den Text. Jetzt essen wir. Ich nehme noch mehr Gammel Dansk.«

»Diese Struwwelhaare stehen dir. Ich werde geil, wenn ich dich nur ansehe.«

»Zieh dich aus, während du isst, und zieh den Morgenmantel über. Das ist nur recht und billig, wenn ich hier schon als Morgenstrubbel sitze. Du siehst total aus wie Jimmy Dean, das stresst mich.«

Er gehorchte, während sie weiteraß und zusah, wie er vor dem Kamin strippte, sie trank, schluckte herunter, naschte, die Banjomusik lief auf voller Lautstärke, sie sah, wie er im offenen Satinmorgenmantel herumsprang und Luftbanjo spielte, es war Samstag, am nächsten Tag würde sie neununddreißig werden, jetzt musste sie trinken und essen, bevor alles zu spät war.

66

»Die Musik erinnert mich an diesen alten Film, wo ganz am Anfang ein Banjostück kommt, so ein komischer Typ sitzt auf einer Art Rampe und spielt... hätte mich fast kaputtgelacht.«

»Der mit Burt Reynolds? *Beim Sterben ist jeder der Erste*?«

»Ja richtig, so heißt der.«

»Und die Vergewaltigung im Wald? Hast du dich darüber auch kaputtgelacht?«

»Ja. Die haben das Nachtfilmen nicht geschafft, weißt du, also haben sie alles mit Blaufilter aufgenommen, und man sieht die total scharfen Sonnenschatten. Aber der Film ist wirklich gut.«

»Bin total satt«, sagte sie. »Tausend Dank.«

»Und was hast du heute Abend vor?«

»Nichts. Und du?«

»Nichts.«

Sie sah ihn an. Er wäre ein Volltreffer, wenn sie ihn übers Netz herbeigeschafft hätte, wenn er stundenlang mitten in der Nacht aus einem Kuhkaff hergefahren wäre, ohne einen einzigen Berührungspunkt mit ihrem eigenen Leben zu haben.

»Weißt du eigentlich, wie wunderbar du bist?«, fragte er.

»Vielleicht.«

»Mach den Banjoscheiß weg. Countrymüll. Leg Falco ein.«

»Vergiss es.«

Er sprang mit flatterndem lila Satin durch das Zimmer und steckte Falco in den CD-Player, drehte voll auf, ließ den Morgenmantel zu Boden fallen und nahm seinen Schwanz in die Hände. Sing for the moment. Der Drachenkopf zitterte. Fünfundzwanzig Jahre alt und er gehörte ihr, sein Schwanz war sofort steif. Sie nahm drei große Schlucke direkt aus der Schnapsflasche, ohne aufzustehen, Herrgott, war er schön.

»Alles klar, Herr Kommissar?«, fragte sie.

»Wir machen es hier.«

»Ich mag es gern im Bett.«

»Da gibt's keine Lautsprecher.«

»Das werde ich ändern.«

»Jetzt?«

»Nächste Woche.«

»Feucht?«

»Weiß nicht.«

»Wir haben ja das Öl.«

»Ich kann nicht hören, was du sagst.«

»Vienna calling.«

Sein Mund war schwarz und glatt und die Zunge eine Schlange, sein Schwanz war ein feuchter Stock, der ihren Bauch betastete. Es erhöhte den Genuss, den Moment aufzuschieben, bis er in sie eindrang, um seine Arbeit zu verrichten, aber noch besser wäre es gewesen, wenn er mit dem Auto aus Molde gekommen wäre und bald wieder fahren müsste.

»Ich muss mal aufs Klo«, sagte sie.

Sie setzte sich auf die Klobrille und hörte Falco zu, versuchte, um sich herum Normalität zu sehen, betrachtete Klopapier und Duschvorhang, die zerknüllte Zeitung, die noch immer in der Ecke lag, nachdem sie damit ihre Turnschuhe abgewischt hatte, ihre gute schwarze Jacke, die an einem Haken hinter der Badezimmertür hing, der Haken würde den Stoff böse ausbeulen, jetzt war Falco wieder bei Jeanny angekommen, *such a lonely little girl in a cold, cold world*, und draußen war er, wartete auf sie, es war Samstag, und sie hatten beide frei und genug zu trinken.

Nein. Gefährlich. Gefährlich. Gefährlich. Fast Coldplaygefährlich.

Sollte sie sich einfach anziehen, ins Wohnzimmer gehen und ihn bitten zu verschwinden?

»Wo bleibst du denn?«

Er stand nackt in der Badezimmertür und wichste.

»Ich hab das Öl gefunden«, sagte er. »Jetzt geht es los. Du hast gewonnen. Wir gehen ins Bett.«

67

Es war sechs Uhr morgens. Sie war schon neununddreißig geworden, aber das wusste er nicht. Er schlief, der Drache schlief, sie hob die Decke, sein Schwanz, der seitlich auf einem warmen Bett aus flaumigen Hoden schlief, sein Gesicht war so schön im Profil, das Haus war so still, sie hatte Hunger.

Sie nahm die Reste vom Sushi und aß im Dunkeln in der Küche, kaute mechanisch, ohne zu schmecken, nahm als Nachspeise ihre Tagesration an Vitamintabletten, plötzlich fiel ihr ein, dass sie irgendwo in dem großen leeren Kühlschrank eine Flasche Schampus hatte, sie fand sie ganz unten in der Gemüseschublade, ein paar verfaulte Kartoffeln hatten das Etikett mit ihrem ekligen Schleim versaut, deshalb konnte sie es nicht lesen, aber es war echter Champagner, sie hatte ihn von Andreas bekommen, nachdem sie ein kleines Exklusivinterview mit Little Steven zustande gebracht hatte, als dieser sich in Norwegen aufgehalten hatte, um norwegische Bands zu entdecken und zu promoten. Was für ein Typ. Von seiner Zeit bei der E Street Band war nicht viel zu erkennen, als er sich erst einmal ins Gespräch vertieft hatte, weder von der E Street Band noch von seiner Rolle in der Serie Sopranos, er war aus ehrlichem Holz und ein glühender Anhänger von Filesharing. Sie hielt die Flasche unter den Wasserhahn, spülte das kartoffelfaule Etikett ab und öffnete die Flasche. Es knallte gewaltig. Jetzt würde er spätestens aufwachen. Wenn sie jetzt allein gewesen wäre, hätte sie Musik eingelegt, laut aufgedreht, mit geschlossenen Fenstern. Vielleicht was Altes von Vamp oder Ex-Vamp mit Vidar Johnsen und Peter Nordberg.

Plötzlich wurde ihr schlecht, sie ließ sich auf einen Stuhl fallen, ihr fiel ein, dass es der Stuhl war, auf den sie vor nicht allzu langer Zeit ihre schweißnassen Handflächen gestützt hatte. Letzte Nacht? Nein, gestern. Er war immer noch hier. Das war nicht ihre Art. Alex. Alex. Wie war er plötzlich hier gelandet? Fast schon eingezogen? Wie würde sie ihn wieder loswerden? Morgen war Sonntag ... heute, er würde am Montag nach Island fliegen. Aber noch einen ganzen Sonntag mit ihm verbringen? Unmöglich. Wie sollten sie einen Sonntag herumkriegen? Nein.

Die Flasche stand auf dem Tisch. Frisch geöffnet. Ihre Flasche. Champagner mitten in der Nacht, allein. Das war auch nicht gut. Wieder segnete sie den Paukenschläger, zog sich vom Stuhl hoch, legte das Album von Dire Straits mit dem traurigen Stück am Ende ein, drehte voll auf und holte zwei Weingläser aus dem Schrank. Er kam angetaumelt, als sie das zweite Glas zur Hälfte geleert hatte.

»Aber was zum Teufel ... wie spät ist es?«
»Halb sieben.«
»Verdammt, was hast du für eine Kondition?«
»Hier. Schampus.«
Er leerte das Glas und schüttelte mit offenem Mund den

Kopf, es tropfte aus seinen Mundwinkeln, er füllte sein Glas erneut und trank.

»Du hast viel mehr geschlafen als ich. Hab verdammt noch mal gar nicht geschlafen«, beschwerte er sich.

»Du bist jung«, sagte sie.

»Wie alt bist du eigentlich? Drei-, vierunddreißig oder so?«

»Oder so.«

»Aber was für eine Kondition. Verdammt, das muss ich dir lassen. Das ist dein Auto, das da vor dem Haus steht, nicht wahr? Hab es vom Parkplatz vor der Redaktion erkannt, habe immer wieder mal gesehen, wie du ein- und ausgestiegen bist. Habe aber nicht gewagt, dich nach der Øyakiste anzusprechen.«

»Du hattest damals gedacht, du hättest mich im Sack, was?«

»Nicht doch. Mehr Prickelwasser her. Schmeckt gut. Kalt und gut. Sag mal, machst du Walking?«

»Walking?«

»Die Stöcke auf der Rückbank.«

Sie stand auf, nahm einen langen Zug, *money for nothing and the chicks for free*, jetzt musste sie ihn loswerden, aber auf eine nette Art und Weise, sie würde ja schließlich weiterhin mit ihm zusammenarbeiten müssen.

»Auf meiner Rückbank liegt so allerlei. Ich nehme ja auch oft Leute mit und so. Aber weißt du, Alex, ich finde du solltest jetzt gehen.«

»Jetzt?«

»Ja. Das solltest du.«

»Aber wir sitzen doch hier mit dem Schampus und...«

»Ich muss einfach allein sein. Nimm es nicht persönlich, hat nichts mit dir zu tun.«

»Ich soll es nicht persönlich nehmen, wenn ich morgens um halb sieben rausgeworfen werde? Spinnst du jetzt total, oder was?«

»Du musst jetzt gehen. Ich bitte dich.«

»Du erwartest also einen anderen?«

»Nein. Ich muss einfach allein sein.«

»Lieber allein als mit mir zusammen?«

»Ja.«

Er kippte ihr den letzten Rest Champagner ins Gesicht, sie atmete erleichtert auf, jetzt konnte er auf keinen Fall bleiben. Sie fuhr sich übers Gesicht und öffnete die Augen, er zog sich schon an, vor dem Kamin, wo er vor kurzem noch gestrippt hatte. Die Dire Straits passten jetzt nicht so richtig zu der Situation, er zog sich mit gesenktem Kopf und gekränktem Gesichtsausdruck an. Es tat ihr leid, das zu sehen, was ging da gerade in ihr vor, sie hatte keine Ahnung. Sie verdrängte und verdrängte, goss sich das Glas wieder voll, er hörte das gluckernde Geräusch und schaute zu ihr auf, während er die Arme ins T-Shirt schob.

»Verdammt, du spinnst doch. Wir haben morgen... heute beide frei und überhaupt. Was feierst du hier eigentlich? Mit Schampus?«

»Hab Geburtstag.«

»Sehr komisch. Haha.«

»Das bleibt unter uns, ja?«

»Hallo. Du Männermordende. Glaubst du, ich posaune es überall rum, dass ich rausgeworfen worden bin? Bis die Tage.«

»Alex. Das hat nur mit mir zu tun. Tut mir leid. Es war schön mit dir, und ich ...«

»Fuck you. Bitch.«

Dann war sie allein mit Mark Knopfler. Zur Strafe dafür, dass sie sich wie ein Arschloch benommen hatte, wollte sie sich zwingen, die CD bis zum Ende zu hören, um sich dann als Neununddreißigjährige hinzulegen, nachdem sie eine etikettenlose Champagnerflasche geleert hatte. Andreas hätte niemals Imitat verschenkt. Er hatte viele merkwürdige Eigenheiten, aber geizig war er nicht.

Sie nahm einen letzten Schluck und schnalzte mit der Zunge. Guter Nachgeschmack, das war wirklich ein guter und intensiver Nachgeschmack. Fruchtig. Ein bisschen Aprikose.

68

Alle drei Kennenlernforen im Netz gratulierten zum Geburtstag, man musste bei der Anmeldung das Geburtsdatum angeben, also hatte sie nun schon drei Glückwünsche von Servern bekommen. Sie hatte fünf, sechs Stunden geschlafen, nachdem er gegangen war, diesen ganz besonders tiefen und erholsamen Schlaf, mit dem man belohnt wurde, wenn man das Bett mit einem nahezu Unbekannten geteilt hat, entweder zu Hause oder in einem Hotelzimmer, voller Angst, im Schlaf zu furzen oder laut zu schnarchen. Quicklebendig und ohne Wimperntusche. Um dann endlich das ganze Bett für sich zu haben, nur zu schlafen, champagnerschlafen. Sie hatte Kopfschmerzen, fühlte sich ansonsten aber fit, er würde nicht schlecht über sie reden, er wusste, dass es ihr ernst gewesen war, außerdem hatte er ihr echten Champagner ins Gesicht gekippt, damit hatte sie die Oberhand. Alex mit dem Drachen. David gegen Goliath.

Sie schaltete ihr Handy ein. Keine Anrufe in Abwesenheit, nur eine einzige SMS. So wichtig und begehrt war sie also, und ganz offensichtlich war auch kein Musiker gestorben, weder durch eigene Hand noch durch Messer oder Pistole. Die SMS war von Tonje. Sie habe für den kommenden Montag einen Abtreibungstermin. Und schickte einen Smiley.

Ingunn antwortete: »Wie schön für dich. Da bist du bestimmt erleichtert, alles wird gut, ich denk an dich. Kuss.« Den Smiley schenkte sie sich.

Draußen schien die Sonne, was sollte sie mit diesem Tag anfangen, es war idiotisch gewesen, ihn vor die Tür zu setzen, sollte sie ihn anrufen und sagen, sie sei im Augenblick der Tat wahnsinnig gewesen? Sie schloss die Augen und spürte ihn in sich, sah seinen Blick, als er kam, die Augen weit aufgerissen, warum hatte sie ihn gerade darum gebeten, auf eine verkorkste Weise hatte sie sich damit zu etwas verpflichtet: im Augenblick der allergrößten Verletzlichkeit in die Seele eines Menschen zu sehen. La petite mort. Der kleine Tod.

Aber er hatte doch auch in ihre... Seele gesehen... whatever...

Es war in Ordnung, dass sie ihn vor die Tür gesetzt hatte.

»Fuck.«

Sie goss sich aus dem Karton im Kühlschrank ein Glas Wein ein.

»Happy birthday to you.«

Musik. Sie trat vor die CD-Wand. Hier konnte nicht die Rede von alphabetischer Übersicht sein. Sie beschloss, sich selbst zu überraschen, blind zu wählen. Sie schloss die Augen und tastete umher, zog ein dickes Pappcover heraus und schaute es verwundert an. Ry Cooder. *My name is Buddy*. Mit der Zeichnung einer luchsgroßen Katze mit einem Koffer. *Buddy sez: Stressed out? Get a cat!* Diese CD hatte sie noch nie gehört, sie war einfach in der Redaktion auf ihrem Schreibtisch gelandet und ein ganz anderer Cooder als der, den sie im Auto hatte.

Sie legte sie ein und blätterte im Beiheft, das in der Hülle lag, mit Katzenzeichnungen und Texten. Wie viel Arbeit doch dahintersteckte. Sie selbst erfüllte schnell und ohne Herz ihre Verpflichtungen. Sie war eine kalte Kuh, wirklich eine miese Zicke. Worthure. Glatte und präzise Formulierungen, das war alles. *September Soon*, und sie war eine

Heldin, in der Redaktion und auch bei Morten Abel. Es war zum Kotzen. In einem Jahr würde sie vierzig werden, halleluja, und dann könnte sie ihre Autobiographie erstellen, die woraus bestand? Jawohl, aus Job hoch vier, aber was war mit dem Rest? Es musste im Leben doch mehr geben, als genug Geld zu verdienen, um an einem späten Freitagabend das Schloss in der Wohnungstür auswechseln zu lassen.

Sie hatte ihre Wohnung. Die gehörte nur ihr, die war ihr sicher. Ihr Nest.

Sie holte den Staubsauger und machte sich über den Fußboden her. Danach schrubbte sie das Badezimmer. Sie putzte nackt, damit der Schweiß strömen und damit sie gleich danach unter die Dusche gehen konnte, das Weißweinglas hatte sie die ganze Zeit in Reichweite und füllte es in regelmäßigen Abständen auf. Die Bettwäsche wurde abgezogen, die Decken aus dem Fenster gehängt, die Kissen balancierten darauf, sollte er zufällig jetzt unten vorbeispazieren, würde er seine Worte wiederholen können. Fuck you, bitch, die mich aus dem Haus putzt.

Zwei Runden mit demselben Typen.

Einem, dem sie sogar bei der Arbeit wiederbegegnen würde.

Konnte man bescheuerter sein?

Aber Ry Cooder war wunderbar. Ihr gefiel der Rhythmus, das Banjo passte. Wer lachte sich tot über den Film *Beim Sterben ist jeder der Erste*? Nur oberflächliche Idioten. Dann fiel ihr die Falco-CD ein. Die hatte er nicht mitgenommen. Sie rannte ins Wohnzimmer, fand sie, legte sie in die Hülle und schob sie neben Coldplay. Dann tauschte sie Ry Cooder mit Madrugada und schob Stefan Sundström neben Falco und Coldplay. Was war mit der Steve Miller Band? Doch, auch *Abracadabra* fand neben Falco Platz. Sie sollte sich einen kleinen Safe kaufen, wie Hotels sie hatten, und ihn mit Musik füllen, die nur zu ganz besonderen Gelegenheiten gespielt werden durfte, wenn man sich in seinem eigenen Leid suhlen oder sich an etwas unendlich Schönes erinnern wollte. Aber was zum Teufel machte sie hier eigentlich, sie wollte Weißwein nachschenken, der Karton war fast leer. Aber sie hatte noch Gammel Dansk. Vielleicht sollte sie doch lieber einen Spaziergang machen? Ein wenig frische Luft schnappen.

69

»Nein, du spinnst wohl! Ich kann doch sehen, dass du getrunken hast. Und ich rieche es auch. Und deine Musik kann das ganze Viertel hören.«

»Wirklich?«

Verdammt, sie hatte das offene Schlafzimmerfenster mit den Decken und Kissen vergessen.

»Dachte nur, du würdest dich freuen, wenn ich eine Runde mit ihm drehe und dich dadurch ein wenig entlaste.«

»Wir haben heute Morgen schon eine lange Runde gedreht.«

»Und jetzt habe ich mich extra angezogen und alles.«

»Dann ziehst du dich eben wieder aus.«

Da sah sie ihn sich ein wenig genauer an. Er hieß Torfinn. Und war so weit davon entfernt, ihr Typ zu sein, wie das überhaupt nur möglich war. Aber hatte er sie nicht gerade dazu aufgefordert, sich auszuziehen?

»Soll ich mich wirklich ausziehen?«

»Jacke und Stiefel, ja. Ingunn, was soll das eigentlich? Geht's dir irgendwie schlecht? Möchtest du einen Moment hereinkommen? Einen Kaffee trinken?«

»Nein. Nein. Dachte bloß, ich könnte mit Kalle eine Runde drehen.«

»Aber das geht nun mal eben nicht. Er ist so stark wie ein Panzer, wenn eine Katze oder ein anderer Rüde auftauchen. Du würdest hinter ihm herflattern wie ein Wimpel. Sogar in nüchternem Zustand.«

»Aber ich hab doch schon häufiger auf ihn aufgepasst.«

»Im Haus, ja. Nachdem er Auslauf gehabt hatte.«

»Kann er mir denn ein bisschen Gesellschaft leisten? Bei mir? In der Wohnung?«

»Klar doch.«

Kalle zwängte sich zwischen sie beide, leckte ihre Hand und winselte, er fühlte sich glatt und hart an, wie ein ausgestopfter Seehund. Sie fand es schön, dass er so groß war, dass sie sich nicht bücken musste, um seinen Rücken streicheln zu können.

»Komisch, dass ich ihn so liebhabe«, sagte sie. »Ich habe doch keine Ahnung von Hunden.«

»Du strahlst wahrscheinlich eine natürliche Autorität aus, so etwas spüren Hunde.«

»Natürliche Autorität ... kann es nicht einfach sein, dass wir uns gegenseitig mögen?«

»Die meisten Leute, die keine Beziehung zu Hunden haben, haben eine Sterbensangst, wenn sie ihn sehen. So einen riesigen Dobermann, er kann einen Menschen innerhalb von Sekunden töten. Wenn dich jemand angreifen würde, zum Beispiel. Dem würde er sofort an die Kehle gehen.«

»Gut.«

»Gut?«

»Ja. Gut. Komm, Kalle. Isst er gern Sushi?«

»Er isst alles gern, was irgendwann einmal einen Puls gehabt hat. Er isst auch alles mit Puls gern.«

»Bei mir kriegt er nur ohne. In meiner Wohnung gibt es keinen Puls.«

Kalle trabte wie ein Pferd hinter ihr her, sein kurzes Fell glänzte schwarz, die Muskeln traten unter der Haut wie Tennisbälle hervor, vor allem dort, wo die Vorderbeine mit dem Rumpf zusammentrafen.

»Ich habe Geburtstag ohne Geburtstagsfeier, und du bist mein einziger Gast, Kallemann. Was möchtest du trinken?«

Sie ließ das Wasser eine Ewigkeit lang laufen, bis es kalt genug war, dann füllte sie einen Suppenteller und stellte ihn auf den Boden, er schnupperte nur kurz daran, er hatte keinen Durst, aber trotzdem Danke. Sie öffnete die Kühlschranktür, und Kalle ließ sie dabei nicht aus den Augen, inspizierte zusammen mit ihr die erleuchteten Fächer.

»Warte, ich muss mich nur schnell ausziehen.«

Sie ließ die Kühlschranktür offen stehen, zog sich aus und griff zum Morgenmantel. Wenn sie schon nicht mit dem Hund spazieren gehen und so als der Inbegriff der Normalität auftreten durfte, dann könnte sie auch gleich vor die Hunde gehen, Kalle folgte ihr auf dem Fuße.

»Sushi, ja, das war's. Das magst du, hat dein Papa Torfinn gesagt. Da hast du aber Glück, dass du einen Papa hast.«

Er aß den Fisch, spuckte Reis und Tangblätter aber wieder aus. Sie hockte vor ihm und fütterte ihn, er holte sich die Fischstücke vorsichtig mit der Zunge von ihren Fingerspitzen, sein Kopf war so groß wie der eines Pferdes, er war wunderschön, die obere Linie seiner Schnauze musste mindestens zwanzig Zentimeter lang sein, gemessen vom Nasenrücken bis hinunter zu den riesigen, lakritzschwarzen und grottentiefen Nasenlöchern. Ein kleines Stück Avocado, das sie nicht einmal bemerkt hatte, fiel aus Kalles Mundwinkel und zu Boden.

»Ich werde heute neununddreißig. Und Avocado ist genau genommen sehr gesund, du Dussel.«

Er schaute kurz zu ihr auf, dann sah er die Schüssel mit dem restlichen Sushi an.

»Klar doch. Du kriegst alles. Jetzt wird gefeiert, verdammt noch mal. Ich bin eine miese fuck you bitch, aber das findest du nicht, Kalle. Du bist so süß. Weißt du noch, wie du hier übernachtet hast und mir der kalte Schweiß ausbrach, weil ich dich für einen Mann gehalten habe?«

Kalle schlabberte und schlürfte, bis die Schüssel leer war. Seine Ohrläppchen bewegten sich beim Kauen wie kleine Tiere.

»Jetzt mache ich das Schlafzimmerfenster wieder zu, und dann hören wir ein bisschen Musik. *Stressed out? Get a cat!*, hab ich eben gelesen. Hältst du das nicht auch für eine saumiese Idee? Wir hören noch mal das Album von Madrugada. Das gehört zu dem Besten, was in meinem Leben in Norwegen je erschienen ist, mein Kallejunge. *Industrial Silence*. Weißt du, Kalle, Sivert Høyem hatte so eine Depri, dass er sich für Monate in sein Hotelzimmer eingeschlossen und Texte geschrieben und Musik komponiert hat, ich hab oft mit ihm gesprochen, er ist wie ein menschlicher Magnet. Intensiv. Er macht keine halben Sachen. Ich bin einmal seinem Vater begegnet, wir standen lange zusammen in der Winterkälte und haben geraucht. Nein, Sivert macht keine halben Sachen. Anders als ich. Komm. Komm zu mir, du unfassbar schöne biologische Maschine.«

Sie zog ihn zu sich aufs Sofa, sie war so müde, und außerdem war da ihre Decke, die Decke, unter der sie so schön geschlafen hatte, so schön, bis sie ihn gebeten hatte zu gehen, dreizehn Jahre jünger, nein, vierzehn ab heute. Er war wirklich ein Idiot, dass er geglaubt hatte, aus ihnen könnte etwas werden. Einen ganzen Sonntag, oh Himmel.

Von Freitagabend bis Sonntag, da könnten sie doch auch gleich heiraten, verdammt.

»Na, jetzt komm schon. Du darfst auf dem Sofa sitzen. Auch wenn das zu Hause anders ist. So. Nein, leg den Kopf hierhin.«

Sie zog an seiner Pfote, und er gehorchte, rollte seinen riesigen und betonharten Dobermannkörper in der Sofaecke zusammen. Sie platzierte zwei Sofakissen vor seinen Kopf und bettete darauf ihren eigenen, legte ihren Arm hinter Kalles Ohren, hörte der Musik zu, spürte seinen Atem, seinen Herzschlag unter dem warmen Fell, streichelte ihn, seine eiskalte Schnauze, den Kopf und die Ohren, immer wieder.

Natürliche Autorität, vielleicht war die es, die ihr alles andere ruinierte. Sie schloss die Augen, genoss das Gefühl von lebendigem Fell unter ihrer Hand und fühlte sich unendlich sicher, weil Kalle und Sivert auf ihrer Seite waren. Wenigstens hatte sie diese beiden Dinge, einen Nachbarshund und einen fremden Musiker. Und die Decke. Das Zimmer drehte sich um sie. Sie war so müde, so tiefmüde, eigentlich müsste sie die kleine Tonje anrufen und ihr sagen, dass alles gut werden würde. Been there, seen it, done it, lost it. Noch immer schien draußen die Sonne, wollte diese Scheißsonne nicht bald mal untergehen, damit man ein bisschen Ruhe bekommen konnte, kein schlechtes Gewissen zu haben brauchte, weil man nicht einsatzfähig und glücklich war und so wie alle anderen einen tollen Ausflug in die Blaubeeren gemacht hatte… Das Umland platzte im Moment vermutlich aus allen Nähten vor lauter Blaubeeren, oder vielleicht war es auch schon zu spät. Sie hatte lange schon keinen *freiwilligen* Ausflug mehr in den Wald zum Beerenpflücken unternommen, vielleicht sollte sie das mal versuchen.

»Du bist der Beste auf der Welt, Kalle... der Beste auf der ganzen Welt. Pass auf mich auf, bitte, pass auf mich auf, mein Kallemann.«

70

»Hallo, liebe Ingunn. Herzlichen Glückwunsch zum Geburtstag!!!!!!! ☺☺☺ (Drei Smileys) Papa tippt, aber ich sage ihm, was er schreiben soll, er kann viel schneller tippen als ich. Diktieren heißt das. Deine Mailadresse steht ja in der Zeitung, da hab ich sie gefunden. Du hast heute doch Geburtstag, und weil du keinen Besuch kriegst, da dachte ich, und Papa auch, weil du meinem Glücksstern das Leben gerettet hast, kannst du vielleicht zu uns kommen und mit uns zu Abend essen, wenn du mit den Skistöcken unterwegs warst? So um sechs? Ich habe was Schönes für dich gezeichnet. Gruß, Emma. * * * * *.«

emmaing@hotmail.no

Sie hatte Sivert noch nicht abgewählt, aber Kalle war zum Abendspaziergang geholt worden, die Musik umhüllte sie, Torfinn hatte noch einmal gefragt, ob bei ihr alles in Ordnung sei, sie hatte genickt und genickt, bis sie glaubte, sich ein Schleudertrauma zuzuziehen, und sie hatte beteuert, alles sei in Ordnung, sie sei nur müde, nach einer Phase mit harter Arbeit und vielen Reisen. Sie hätte auch sagen können, viel Verkehr.

Sie sah auf die Uhr. Viertel vor acht. Was sollte sie bloß antworten?

»Hallo, Emma! Tausend Dank, aber nun hab ich doch Besuch bekommen, tut mir leid, dass ich erst so spät antworte, ich hab eben erst die Mail entdeckt. Gruß, Ingunn.«

Sie zog Falco aus dem Regal, drehte ihn auf volle Lautstärke und rief von der Diele aus Alex an.

»Ich bin's. Entschuldige.«

Diese Entschuldigung könne sie sich sonst wohin schieben.

»Hörst du das? Ich höre gerade Falco. Den hast du vergessen.«

Sie könne die CD als Andenken behalten.

»Ich hab den ganzen Tag gesoffen. Und dann zusammen mit einer Mordmaschine Mittagsschlaf gemacht.«

Sie sei doch selbst eine Mordmaschine.

»Es ist ein Hund! Ein Dobermann!«

Also doch ein Mann.

»Ich habe heute Geburtstag. Du hast geglaubt, das sollte ein Witz sein, aber es hat gestimmt. Deshalb war ich so fertig.«

Er verstummte.

»Wo bist du jetzt?«, fragte sie.

Er sei zu Hause. Und lasse gerade ein paar Waschmaschinen laufen.

»Ein paar? Hast du mehrere?«

Er gab keine Antwort.

»Kannst du nicht kommen? Bitte, bitte.«

Er fragte, ob er dann wieder vor die Tür gesetzt werden würde. Sie ging zum CD-Player, schaltete die Musik aus, sah ihr Spiegelbild in der Fensterscheibe, ihr Gesicht war unglaublich blass, die Augen fast schwarz, die Stille im Zimmer brachte sie zur Räson, sie war draußen beim Ladesti zum Essen erwartet worden. Von Emma und dem Mann, der vorsichtig die Verzweiflung aus den Haaren seiner Tochter streichelte und alles mit einem Kuss auf die Stirn beendete, sie war ein Riesenidiot.

»Alex. Es tut mir leid, dass ich so mit dir umspringe. Du brauchst nicht zu kommen«, sagte sie in die Stille hinein. »Ich glaube, ich habe PMS oder befinde mich gerade im Anflug darauf, ich check das nie, wann es losgeht, verstehst du? Aber das ist die einzige Erklärung. Ich bin nicht ich selbst. Aber versprich mir eins.«

Er wolle keinen Scheiß versprechen.

»Dann lass es, ich möchte dich nur darum bitten. Lass uns das nicht in die Redaktion tragen. Es ist ganz untypisch für mich, dass ich ...«

Job sei Job. Natürlich würde er das nicht tun, hielt sie ihn etwa für ein Weibsbild?

»Nein, dafür habe ich dich nie gehalten. Nie. Wie kommst du darauf, dass ich ...«

Dann brauche sie sich ja keine Sorgen zu machen, erwiderte er und legte auf.

Sie nahm zwei milde Schlaftabletten und legte sich unter eine eiskalte Decke, ohne Bettbezug, Kissenbezug oder Laken.

71

Sie erwachte und befand sich in nahezu totaler Finsternis, die Sonne schien nur durch den Spalt zwischen Vorhang und Fensterrahmen. Aus dem Bett zu kommen war, als müsste sie einen riesigen Müllsack voll lauwarmem Wasser zum Stehen bringen, sie schleppte sich ins Bad, die Klobrille wurde zu einem sicheren Haltepunkt, in ihr schwappte und gluckerte es. Was war das, sie war nicht verkatert, verkatert fühlte sich anders an. Verkatert zu sein tat weh und bedeutete Schwindel, das hier war nur Bewegung von Flüssigkeit und ein fieses Zittern. Sie griff nach der Armbanduhr, es war schon spät, sie musste zur Arbeit, unbedingt, heute würde Tonjes kleiner Smiley herausgekratzt werden und zwischen blutigen Gummihandschuhen und zerrissener Sterilverpackung und Papierresten eines natürlichen Todes sterben.

Mit Kräften, die Typen beeindruckt hätten, die an einem Seil zwischen den Zähnen eine ganze Lokomotive hinter sich herziehen können, gelang es ihr, sich zu duschen, sich anzuziehen, sich ein wenig Wimperntusche aufzulegen, zwei Spritzer Deo in jede Achselhöhle zu geben, sich dreimal die Bürste durch die Haare zu ziehen und die Tür hinter sich abzuschließen. Sie dankte dem Himmel dafür, dass der Audi den Weg kannte, er hielt vor der Redaktion, und sie ging durch die Tür, die ihr Monatsgehalt sicherte, von dem sie auch eine fünfköpfige Familie hätte ernähren können. Sie hatte plötzlich Angst, noch immer Pantoffeln zu tragen, sie sah auf ihre Füße, aber die steckten in Turnschuhen. Schwarze Nikes. Jetzt war sie hier. Profi. Ab jetzt musste sie Profi sein. Gesicht und Stimme richtig einsetzen, und zum Glück hatte sie ja ein gewisses Training.

Alle gratulierten ihr zum Geburtstag, sie sagte immer wieder tausend Dank. Kuchen. Sie hätte den Kuchen vergessen.

Bei der Morgenbesprechung war sie still, versuchte, mit der Wand zu verschmelzen, was nicht so einfach war, weil sie aus unerfindlichen Gründen ein phosphorgrünes T-Shirt mit der Aufschrift »It's not me, it's U so get the hell out« angezogen hatte. Es war ungewaschen. Sie roch den Schweiß unter den Achseln, wenn sie sich bewegte, sie konnte sich nicht einmal daran erinnern, von wo sie das Hemd genommen hatte, vermutlich hatte sie es aus dem Korb für schmutzige Wäsche gefischt.

»Ich muss was mit Todeskram machen, ich fühl mich nicht so gut«, sagte sie zu Andreas.

»Okaaaay...? Wie lange?«

»Zwei, drei Tage. Glaub ich. Dann bin ich wieder auf Sendung.«

»Du machst den Todeskram auch verdammt gut. Obwohl... Aber Tonje ist ja auch nicht da.«

»Sie ist krank«, sagte Anja.

»Entweder heult sie, oder sie ist krank«, sagte Andreas. »Eins von beiden.«

»Lass Tonje in Ruhe«, zischte Ingunn ihn an. »Aus der wird was, sie hat das Zeug dazu.«

»Meine Fresse, Ingunn, du setzt dich für unser kleines Fräulein Volonteuse Superbabe ein?«

»Ja, tu ich. Ihr Text über die Trondheimsolisten war super. Ich hatte ihr zwar gutes Hintergrundmaterial zukommen lassen, aber wie sie das gedreht, zusammengebaut hat... sehr gut. Und das, obwohl es ihr privat wirklich saudreckig ging. Darauf kommt es an. Sie wird richtig gut. Das weiß ich einfach.«

»Während du jetzt Todeskram machen willst.«

»Ja, aber nur für ein paar Tage.«

»Dann ans Werk«, sage Andreas.

Die Bezeichnung »Todeskram« hatte sie der Rubrik gegeben. Alle Zeitungsredaktionen haben vorgefertigte Reportagen über Promis, die jederzeit sterben können. Eine Schlinge um den Hals, eine Handvoll potenter Medizin aus der Apotheke, eine Felswand im falschen Winkel, und schwupp, am nächsten Tag mussten alle Zeitungen, die was auf sich hielten, gehaltvolle Nachrufe drucken können, so umfangreich wie Porträts in der Samstagsausgabe. Detaillierte Biographie, Anekdoten, so war dein Leben, und jetzt ist es vorbei.

Ab und zu passierte es wirklich plötzlich und unvorhersehbar, wie bei Robert Burås von Madruga und dem Sänger Jan Werner, nichts hatten sie über die beiden Musiker vorrätig gehabt, und sie hatten wie besessen arbeiten müssen, um den Redaktionsschluss zu schaffen. Zum Glück verfügte sie über ein Riesenarchiv, das zur Sicherheit immer auf den neuesten Stand gebracht werden musste. Jede Zeitung musste eine Auswahl an Nachrufen parat haben, über bedeutende Norweger und über ausländische Promis. Musiker waren eine überschaubare Gruppe, die anderen Redaktionen mussten Nachrufe für alles zwischen Stephen Hawking und Barack Obama bereithalten.

»Ich mach weiter mit Wencke Myhre und Jahn Teigen«, sagte sie. »Und vielleicht mit einem von den ganz jungen. Die ziehen sich doch eine Line nach der anderen rein, das kann ganz schnell gehen.«

»Du bist eine zynische Kuh«, sagte Andreas.

»Journalistin mit Bodenhaftung«, korrigierte sie. »Und was den Kuchen für die Mittagspause anbetrifft, den hab ich vergessen. Ihr könnt in der Kantine einfach essen, was ihr wollt, und alles anschreiben lassen, ich bezahl dann hinterher.«

»Tausend Dank«, sagte Andreas. »Das ist nur recht und billig. Tradition ist Tradition. Und dann werd ich mir heute mal ein warmes Mittagessen gönnen.«

72

Jetzt ging es nur darum, das hier zu überleben, dachte sie. Überleben? Aber warum sollte sie das nicht überleben? Sie saß in ihrem Auto, das sie trotz des scheußlichen Geräuschs in der Vorderachse transportierte, sie war zurechtgemacht und frischgeduscht und aufgeräumt, sie hatte in der Redaktion abgeliefert, was von ihr erwartet worden war, sie hatte ein gutes Pensum geschafft, die Liebesbeziehung zwischen Jan Teigen und Anita Skorgan war ein wunderbares Thema gewesen, aber vielleicht lag das Problem gerade darin verborgen, die Erklärung, warum sie das Gefühl hatte zu sterben, beziehungsweise überleben zu müssen. Etwas zu überleben. Vermutlich sich selbst.

Sie hielt wie immer auf dem Parkplatz vor dem Statoilgebäude. Zu Hause hatte sie das Bett frisch bezogen, auch wenn das ungefähr so viel Kraft gekostet hatte wie eine Besteigung des Kilimandscharo. Warum hatte sie sich nicht einfach in das schöne, saubere Bett gelegt, als sie schnaufend davorstand? Warum hatte sie die Wohnung verlassen, hinter sich die Tür abgeschlossen und ihren Audi gebeten, sie zum Ladesti zu bringen? Sie wusste es nicht, sie wusste es nicht, und das war das Unheimliche daran.

Die Schlaufen an den Stöcken wollten sich nicht überstreifen lassen, die Armbanduhr lag zu Hause im Badezimmer, das Armband war nach wie vor zu eng. Sie griff sich in die Haare, konnte sich nicht mehr erinnern, ob sie sie offen trug oder sie zu einem Pferdeschwanz zusammengebunden waren. Sie trug sie offen, natürlich. Woher hätte sie die Kraft nehmen sollen, sich einen Pferdeschwanz zu binden?

Es regnete. Das war gut. Der Regen kam ihr gerade wie gerufen. Sie folgte dem Weg und bog dann zu den kleinen Fischerhäusern ab, bis sie das gelbe erreichte, in dem Neil Youngs *Harvest* gespielt worden war. Sie hatte keine Ahnung, wie spät es sein mochte, tippte aber auf so gegen sechs, vielleicht sieben. Zeit für ein Erwachsenenessen.

Tom und Emma stand auf einem Schild am Türrahmen, es gab aber keine Klingel.

Sie klopfte. Ein Bellen ertönte. Tom Ingulsen öffnete. Dipl.-Ing. und Berater bei Anlagen mit Unterwasserkonstruktionen und Rohrleitungen.

»Ja, Hallo. Du bist es? Wie schön! Komm rein! Und herzlichen Glückwunsch nachträglich.«

Glücksstern wuselte zwischen ihren Beinen herum.

»Er läuft doch jetzt nicht weg?«, fragte sie.

»Komm erst mal rein, dann kann ich gleich die Tür zumachen«, sagte er.

Zum ersten Mal sah sie ihn bei Tageslicht, unrasiert

und mit einem weißen T-Shirt, das über seiner Jeans hing, mit leuchtend blauen Augen, der Nasenrücken ein wenig schief, was zum Teufel machte sie hier, warum war sie hier, sie hatte einwandfrei PMS im Leib, ihr Körper kochte über vor Hormonen, die sie hasste, weil sie die Kontrolle verlor, ihr gefielen auch seine Hände, die waren breit und sauber.

»Da wird Emma sich aber freuen«, sagte er.

Und was ist mit dir?, dachte sie.

»Hallo, Ingunn! Darf ich dir einen Kuss geben? Wie blöd, dass du erst jetzt kommst, denn wir ...«

Emma sprang an ihr hoch und küsste sie, Glücksstern bellte.

»Ich hatte Besuch bekommen, weißt du.«

»Nein, ich meine, heute. Wir haben gerade alles aufgegessen. Es hat so gut geschmeckt!«

Das Kind hing an ihrem Hals, sie musste sich nach vorne beugen, um sie zum Loslassen zu bringen, Emma war überraschend schwer dafür, dass sie so klein war.

»Kommen Sie doch rein«, sagte er. »Du kannst die Schuhe gern anbehalten.«

»Nein, es regnet doch, ich zieh sie aus. Habe feuchten Sand und so an den Sohlen.«

73

Es war ein lebhaftes Zuhause. Die Wände waren bedeckt von gerahmten Fotos und Zeichnungen, ein riesiges Ecksofa mit einem Chaos aus Kissen und Decken und einem riesigen Stoffkrokodil, auf dem Boden Teppiche und Läufer dicht an dicht, ein kleiner Fernseher auf einem Tischchen in der Ecke, eine Stereoanlage von Bose auf rot gestrichenen Apfelkästen, eine Menge CDs in zwei anthrazitgrauen Ikeasäulen, es roch nach Essen, Knoblauch und etwas anderem, was sollte sie sagen, tun, oder wie ihren Körper bewegen? Sie gehörte nicht hierher, sie war nicht gut genug, sie konnte ihnen nicht das Wasser reichen, beiden nicht. »Ich wollte nur kurz vorbeischauen. Ich war zufällig in der Nähe. Und außerdem habe ich diese reizende Mail bekommen.«

Diese reizende Mail. Sie könnte sich um eine Stelle bei einer Frauenzeitschrift bewerben.

Ihr Körper war so schwer, so voller Widerstand, sogar ihre Zunge war voller Widerstand, hatte sie nicht vor zu überleben? Dann musste aber wenigstens ihre Zunge funktionieren.

Sie musste sich zusammenreißen.

Emma war ein kleines Kind, sie musste sich zusammenreißen, sie fühlte sich betrunken, aber sie hatte keinen Tropfen konsumiert.

»Hast du schon gegessen?«, fragte er.

»Bin nicht ganz sicher. Nein, ich glaube nicht. Ich glaube nur, ich sollte… ich kann doch nicht einfach hier hereinplatzen und…«

»Selbstverständlich kannst du das.«

»Weißt du was, Ingunn! Jetzt macht Glücksstern ALLES draußen! Er ist so tüchtig. Er ist der tüchtigste Hund auf der ganzen Welt! Was hast du denn für Geschenke gekriegt?«

»Ich habe… ein Buch und eine Flasche Parfüm. Und Blumen.«

»Und DAS HIER kriegst du von mir!«

Emma sprang auf das Sofa und hielt die Zeichnung hoch. Glück war ein triefnasser Lappen, der von einer Frau mit Pferdeschwanz und roter Hose aus dem Wasser gehoben wurde, darüber stand in einer Sprechblase: »Er lebt!« Die Stöcke waren zwei schwarze Striche zwischen den Steinen, mit überdimensionalen Schlaufen.

»Das bist du. Und Glücksstern!«, sagte Emma.

»Tausend Dank, das rahm ich mir ein. Ich freu mich sehr darüber!«

Noch nie in ihrem ganzen Leben hatte ihr ein Kind eine Zeichnung geschenkt, sie durfte jetzt bloß nicht weinen, ganz oben stand: HERZLICHEN GLÜCKWUNSCH INGUN UND WEIL DU GLÜCKSSTERN GEREDTET HAST.

»Er ist doch gar nicht bis zum Wasser gekommen«, warf sie ein.

»Nein! Genau. Weil du ihn gerettet hast. Aber als ich das

Bild gemalt habe, hatte ich wieder solche Angst, und deshalb ist es so geworden. Findest du es schön?«

»Es ist ganz phantastisch.«

Und dieses Kind hatte sie für einige wenige Sekunden aus purer Eifersucht gehasst, und da stand sie jetzt, in ihrem Zuhause, in ihrer Intimsphäre. Sie war nüchtern. Der Audi wartete auf sie, wartete auf das Schlüsselsignal, damit er listig mit seinen orangenen Lichtern zwinkern und ihr Geborgenheit und Schutz sein könnte.

»Ich lege es in die Diele. Damit du es nicht vergisst«, sagte Emma.

»Das vergesse ich bestimmt nicht«, sagte sie. »Tausend, tausend Dank.«

»Und jetzt die Hausaufgaben«, sagte er. »Setz dich ins Wohnzimmer, dann geh ich mit Ingunn in die Küche, damit wir dich nicht stören.«

»Oooh ... wir haben doch einen Wochenplan, da brauch ich doch nicht ...«

»Doch, das brauchst du. Du weißt, wie der Donnerstagabend wird, wenn du nicht ...«

»Ja, ja, schon gut.«

Die Küche war wie eine kleine Höhle aus grünen Topfpflanzen unter niedriger Decke und in großem Chaos, von hier kamen die vielen Gerüche.

»Hast du Hunger?«, fragte er.

»Glaub schon.«

»Wir haben noch ein paar Nudeln. Ich brat sie mit Zwiebeln und Schinken, okay?«

»Das ist doch nicht nötig ... ich wollte bloß ...«

»Jetzt setz dich schon. Alles in Ordnung.«

Sie hatte heute noch nicht einmal Lust auf ein Brot mit Makrele in Tomatensoße gehabt oder auf dunkle Schokolade. Als er ihr den Rücken zukehrte, um Parmesan zu reiben, brach sie in Tränen aus. Er fuhr herum.

»Weinst du?«

»Nein, ich ...«

»Natürlich weinst du. Ich weiß nicht, was ... Soll ich irgendjemanden anrufen, oder ...?«

»Ist schon gut. Ich bin nur müde. Und es ist so schön, hier zu sein. Ich weiß auch nicht. Du musst mich ja für eine Vollidiotin halten. Ich kriege vermutlich nur meine Tage.«

Er warf den Kopf in den Nacken und lachte so laut auf, dass Emma mit einem Bleistift in der Hand angestürzt kam, gefolgt von Glück.

»Was ist los?! Warum LACHST du so laut, Papa? Was ist denn los?«

Die dünne Mädchenstimme klang plötzlich schrill in ihren Ohren.

»Erwachsenenkram, Herzchen. Die Hausaufgaben warten!«

»Es qualmt da ganz schön in der Bratpfanne!«, sagte sie.

»Oh, verdammt«, rief er.

»Fünf Kronen ins Schwein. Aber sofort«, sagte Emma.

Er fischte einige Münzen aus der Hosentasche und gab

sie Emma, während er die dampfende Bratpfanne unter den Wasserhahn hielt.

»Wir versuchen es noch einmal«, sagte er. »Neues Öl. Gut, dass ich die Nudeln noch nicht reingekippt hatte.«

74

Sie saß vornübergebeugt und aß hektisch, sie wusste, dass sie es später bereuen würde, diese Körperhaltung beim Essen war alles andere als feminin, aber sie konnte nicht anders, es schmeckte so gut.

»Es sind nur Reste«, sagte er, setzte sich zu ihr und betrachtete sie. Sie war durch den Regen gegangen, ihre Haare klebten ihr wahrscheinlich platt am Kopf. Quicklebendig und ohne Wimperntusche.

»Mein lieber Herr Gesangsverein, schmeckt das gut!«, sagte sie.

»Das liegt am Öl. Gutes Olivenöl, und jedes Essen wird gut. Auch Reste. Und du möchtest keinen Wein dazu?«

»Bin doch mit dem Auto da.«

»Stöcke und Auto. Wann musst du morgen zur Arbeit?«

»Kommt drauf an. Auf meine Verfassung und so. Ich schreibe die nächsten Tage nur Todeskram.«

»Todeskram? Meine Güte. Ich arbeite unten am Hafen, im Pirsentret, aber ich kann dich gern zur Arbeit fahren.«

»Soll ich hier übernachten? Aber ich wollte doch nur…«

»Ich glaube, es geht dir gerade nicht so gut. Und Emma geht bald ins Bett.«

»Willst du mich anbaggern?«

Er lachte wieder sein Lachen, jetzt aber ein wenig leiser. Sein einer Vorderzahn stand ein ganz klein wenig schief.

»Ich weiß nicht«, sagte er. »Du kommst einfach so hereingeplatzt, schlingst das Essen runter, und ich bekomme eine Gänsehaut, wenn ich dich nur ansehe, und… übrigens war ich es, der Emma dazu überredet hat, dir die Mail zu schreiben, nachdem sie mir erzählt hatte, dass du Geburtstag hattest und dass niemand kommen würde. Jetzt fang bitte nicht wieder an zu weinen.«

»Nur ein kleines bisschen. Das dauert nicht lange.«

Er holte eine Rolle Küchenpapier und gab sie ihr, sie hatten einander noch nicht berührt, sie hatten sich nicht einmal die Hand zur Begrüßung gegeben.

»Ich bin total verrückt, du willst gar nichts mit mir zu tun haben«, warnte sie.

»Wieso denn verrückt?«

»Total durchgeknallt. Das kann ich dir sagen. Du musst es mir glauben. Total durchgeknallt.«

»Erzähl mir von dem Todeskram. Todesanzeigen?«

»Ich dürfte gar nicht hier sein. Müsste in meinem Bett liegen«, jammerte sie. »Und mich volldröhnen. Mir mit einem Hammer auf den Kopf hauen.«

»Der Todeskram. Erzähl bitte.«

»Wenn ein Promi stirbt, müssen Text und passende Fotos parat liegen. Die sterben wie die Fliegen. Führen ein hartes Leben. Und die Zeitungsleser erwarten praktisch am nächsten Tag eine Sonderbeilage. Hast du noch mehr von dem Brot? Verdammt, was hatte ich für einen Hunger.«

»Wenn Emma dich jetzt gehört hätte, wären das fünf Kronen ins Schwein.«

»Jesus Christus.«

»Noch fünf Kronen.«

»Wer bist du eigentlich?«

»Ein guter Menschenkenner. Und dir geht's schlecht.«

Sie erwiderte seinen Blick, und ihr wurde klar, dass sie im ganzen Gesicht Krümel hatte, er lachte sein Lachen, aber ohne den Kopf in den Nacken zu werfen, er lachte es nur für sie, damit Emma nicht wieder angelockt werden würde.

»Total verrückt. Und dann einfach hier zur Tür herein. Ingunn...«

»Du darfst meinen Namen nicht sagen. Dann heul ich sofort wieder los.«

»Hier ist noch Brot. Focaccia. Das ist ziemlich salzig. Aber so gehört sich das. Du kannst das Meersalz oben abkratzen, wenn du willst...«

»Ich glaub, ich nehm doch ein bisschen Wein.«

»Bist du sicher?«

»Nein. Aber ich kann eine SMS schicken und sagen, dass ich morgen zu Hause bleibe. Kann doch sagen, dass ich den Todeskram von zu Hause erledige. Und dann nehme ich nachher ein Taxi nach Hause. Den Wagen kann ich ja morgen abholen.«

»Ist bestimmt eine gute Idee. Vielleicht kann ich auch zu Hause bleiben. Und sagen, dass ich mit Todeskram beschäftigt bin.«

Sie wechselten Blicke.

»Was geht hier eigentlich gerade vor sich?«, fragte sie.

»Das Schicksal vielleicht. Wir sind beide frank und frei.«

»Diesen Ausdruck hab ich noch nie kapiert. Wer ist eigentlich dieser freie Frank? Es tut so gut, hier zu sitzen, hier zu sein. Tom. Tom Ingulsen heißt du. Steht auf dem Briefkasten. Den habe ich überprüft.«

»Jetzt weinst du ja schon wieder.«

»Zum Glück habe ich wasserfeste Wimperntusche.«

»Und ich habe alles von dir in der Zeitung gelesen. Du bist fleißig.«

»Stimmt genau. Fleißig. Hast du was von Wein gesagt? Hast du Weißwein? Ich muss gleich noch unbedingt eine Kollegin anrufen, die heute eine Abtreibung hatte. SMS ist da nicht genug.«

Er räumte den Küchentisch ab, stellte alles in die Spülmaschine, legte die Zeitungen am Ende des Küchentisches aufeinander und nahm einen Weinkarton aus dem Kühlschrank, während sie mit Tonje telefonierte. Er bewegte sich ganz leise, um das Gespräch nicht zu stören, obwohl sie genauso gut auf die Treppe hätte hinausgehen können, um zu reden. Aber das tat sie nicht. Sie hatte Angst, dass sie dann auf die Idee kommen würde zu gehen. Vielleicht hatte er die auch. Sein Rücken war breit und die Muskeln deutlich unter dem T-Shirt zu sehen, seine Nackenhaare lagen verschwitzt und in Strähnen auf dem Kragen.

»Aber bleib bloß ein paar Tage zu Hause. Das Bluten hört bald auf. Nein, außer Anja und mir weiß es niemand. Sorg dafür, dass dir warm ist, setze dich vor den Fernseher, denk nicht so viel nach, du hast das Richtige getan, Liebes. Und wir sehen uns am Mittwoch, okay? Und keinen Alkohol trinken.«

Als sie auflegte, drehte er sich um und sah sie an.

»Damit kennst du dich aus«, sagte er.

75

»Das ist ungerecht. Das ist einfach so ungerecht. Endlich kommt uns Ingunn besuchen und dann soll ich ...«

»Du musst morgen in die Schule. Bist du fertig mit Mathe?«

»Fast. Und dann noch ein bisschen Norwegisch. Blöde Hausaufgaben.«

»Okay. Dann komm her.«

Er zog Emma auf seinen Schoß. Dünne lange siebenjährige Beine in grüner Hose mit baumelnden Sockenfüßen, abgeblätterter rosa Nagellack auf winzigen Nägeln, eine Haarsträhne im einen Mundwinkel, eine Mutter, die gestorben war, als Emma in die Welt getreten und zur Person geworden war, man musste einfach versuchen, dieses Kind zu lieben, nicht zuletzt, weil man es eine kurze Sekunde lang gehasst hatte.

»Meine Emma. Jetzt lernen wir Ingunn in Ruhe kennen, ja? Du hast für sie ein Bild gemalt, über das sie sich wahnsinnig gefreut hat. Sie ist fast an ihrem Geburtstag hier gewesen. Ingunn findet dich super. Aber du musst morgen zur Schule, und ab und zu müssen die Erwachsenen sich zuerst kennenlernen.«

»Ich hab sie vor dir kennengelernt. Da hat sie noch Dame geheißen.«

»Ich weiß. Aber gerade heute geht es ihr nicht so gut. Und dann ist ein bisschen Erwachsenenkram angesagt. Deshalb gehst du jetzt ins Badezimmer, und danach kommst du her und sagst gute Nacht, und dann darfst du… zwanzig Minuten vom letzten Harry-Potter-Hörbuch hören. Okay?«

»Okay.«

Und weg war sie.

»Ich weiß nicht, was ich sagen soll. Begreife nicht, warum ich hier bin«, sagte sie.

»Ich habe seit unserer ersten Begegnung die ganze Zeit an dich gedacht«, gestand er.

Sie hörten im Badezimmer Wasser laufen.

»Das ist nicht möglich.«

»Die schlimme rote Hose. Und es war dein erster Walkingversuch. Das war ganz offensichtlich.«

»Ja, das hab ich ja auch gesagt. Dass ich erst seit einer Weile unterwegs war. Aber ich verstehe nicht, wieso du an mich gedacht hast. Ich verstehe das einfach nicht.«

»Du hast so ... ich weiß nicht ... verletzlich gewirkt.«

»Verletzlich? Ich? An dem Abend?«

»Ja. Ich hatte solche Lust, dich in den Arm zu nehmen. Ganz plötzlich. Deshalb bin ich so schnell mit Emma nach Hause gegangen. Am liebsten wäre ich dageblieben und hätte dich kennengelernt.«

Zwischen ihnen befand sich eine alte Tischplatte aus Kiefernholz. Zwei Speisedeckchen mit Filzblumen in den Ecken und Flecken an den Rändern.

»Ich bin die Letzte auf der Welt, an die du denken dürftest«, sagte sie. »Sag, dass du das nicht tust. Sag es. Ich bin eine Fremde, sag das.«

»Das sage ich nicht.«

Im Badezimmer wurde das Wasser abgestellt.

»Ich mache alle kaputt, die ich anfasse.«

»Würdest du am Freitag oder Samstag zum Essen kommen? Wenn du ja sagst, wird Emma im Nu im Bett liegen.«

»Freitag oder Samstag?«

Sie leerte das Weißweinglas.

Emma war wieder da.

»Du hast nicht geduscht. Hast dir nur die Zähne geputzt. Das habe ich am Wasser gehört.«

»Ich habe doch heute in der Schule geduscht.«

»Hast du die Mundspülung benutzt?«

»Natürlich.«

Ihr Nachthemd war dunkelblau und reichte ihr bis zu den Knien, es hatte einen knallgelben Halbmond auf der Brust. Auch die Zehennägel wiesen Reste von rosa Nagellack auf. Nachdem sie ihren Vater umarmt hatte, legte sie ihr die dünnen Mädchenarme um den Hals.

»Ingunn kommt am Freitag oder Samstag zu uns zum Essen«, verkündete er.

»Wirklich?«, fragte Emma. »Am Freitag?«

Ihr Gesicht war dicht bei ihrem, ihr Atem roch nach Zahnpasta, alles an ihrem Gesicht war so jung, Züge, über die sie niemals nachdachte, die perfekten Augenbrauen, der dünne Flaum auf den Wangen.

»Ja, ich komme am Freitag, das ist abgemacht. Und dann bin ich in Superstimmung. Versprochen. Ich kann dir eine Baseball-Mütze mit dem Logo von der Zeitung mitbringen. Und CDs. Ich hab jede Menge, die nicht ganz in mein Ressort fallen. Hits for kids und so was.«

»Ja!!!«

»Dann gute Nacht und schlaf gut.«

»Zwanzig Minuten mit Harry Potter. Ich stoppe die Zeit«, sagte er.

76

»Du hast also an deinem Geburtstag doch noch Besuch bekommen?«

»Nein. Aber ich hatte die Mail zu spät gelesen, und dann musste ich sie einfach anlügen. Ich bin kein sozialer Mensch.«

»Wieso nicht?«

Sie trank und sah ihn über den Glasrand an.

»Das war eine ziemlich existenzielle Frage, Tom Ingulsen.«

»Aber du sitzt jetzt hier. In meiner Küche. Und da dachte ich, ich könnte mir erlauben zu fragen.«

»Ich glaube, vielleicht, dass... der Wein hat so einiges bewirkt. Etwas beiseitegeschoben. Ich bin so verdammt hormonell, und gegen Hormone kommt Alkohol nicht an. Normalerweise. Aber ich glaube vielleicht, dass sich auch mein Adrenalin gemeldet hat. Und vielleicht ein bisschen Serotonin. Und die Endorphine.«

»Ich verstehe kein Wort, wovon du da redest.«

»Ich bin eine Frau. So sind wir nun einmal. Und die Tatsache, dass ich mir plötzlich schreckliche Sorgen darüber mache, wie ich jetzt und hier aussehe, ist ein gutes Zeichen.«

»Du siehst wunderbar aus.«

»Kategorie ertrunkene Katze, nehme ich an. Und du denkst also die ganze Zeit an eine ertrunkene Katze?«

»Du musst dich nicht im Spiegel ansehen. Ich sehe, was ich sehe.«

»Wir sind zwei wildfremde Menschen.«

»Aber du bist hergekommen«, sagte er.

»Okay. Rück mehr Wein raus. Lass uns irgendwo anfangen. Emma hat mir erzählt, dass ihre Mutter bei der Geburt gestorben ist. Große Schadenersatzsumme und so.«

»Hat sie das wirklich erzählt? Dann mag sie dich leiden. In der Schule haben wir viel Ärger damit gehabt. Dass sie ihre Mutter ermordet hat und so.«

»Oh, verdammt.«

»Ja. Du musst etwas zu ihr gesagt haben, dass sie …«

»Ich habe gesagt, dass meine Eltern tot sind. Aber erst, nachdem sie das von ihrer Mutter gesagt hatte.«

»Kinder«, sagte er. »Die spüren so viel.«

»Hast du keine Musik?«

»Jede Menge. Jim Ford. Magst du Jim Ford?«

»Weiß eigentlich nicht sehr viel über den.«

»Du zitterst ja, du frierst, ich hole dir eine Decke und lege Ford ein.«

Die Decke roch nach Zucker und anderen Süßigkeiten, vermutlich wickelte sich Emma an Samstagnachmittagen darin ein, aß Süßigkeiten und durfte Kinderkanal sehen.

»Er war der beste Freund von Sly Stone und die Superinspiration für Nick Lowe. Viele haben seine Lieder gesungen. Aretha Franklin und Bobby Womack und die Temptations«, sagte er.

Er schenkte sich Rotwein und ihr Weißwein ein, ein Anflug von Normalität schlich sich in ihr Bewusstsein. Prima. Alles war in Ordnung. Jim Ford. Okay. Jetzt ging es hier um Jim Ford.

»Er hat ungeheure Drogenmengen konsumiert, und neunundsechzig ist er einfach verschwunden. Alle hielten ihn für tot. Aber ein schwedischer Journalist hat ihn vor zwei Jahren aufgespürt, nach vierzig Jahren!«

»Er war gar nicht tot?«

»Nein. Er wohnte in einem verdreckten kleinen Wohnwagen und arbeitete als Mechaniker für Peugeot, weil es so verdammt schwer war, in Kalifornien für Peugeots Ersatzteile zu kriegen. Im Wohnwagen lagen die Mastertapes herum. Der Schwede hat alles in die Hand genommen, um es kurz zu machen. Ein Riesenerfolg, als die CD erschien, das Geld strömte nur so herein, und drei Monate später war Ford tot, hatte sich zu Tode gesoffen und gefixt. *The sounds of our time.*«

»Jetzt erinnere ich mich wieder, ich habe davon gelesen. Ich glaube, Wandrup hat über ihn geschrieben. Du liebst Musik, oder?«

»Ich könnte ohne Musik nicht leben. Bob Dylan ist der Größte. Aber dann gibt es all diese anderen Jungs... Townes Van Zandt, Warren Zevon, Jim Ford, Levon Helm, Neil Young.«

»Ich liebe Alison Krauss.«

»Ha! Dann lege ich Levon Helm ein, den wirst du lieben, wenn du Krauss magst. Aber das Album, das sie mit Robert Plant gemacht hat...«

»Ist zu flach.«

Sie lachten gleichzeitig, sie erwiderte seinen Blick, sie hatten einander noch immer nicht berührt, abgesehen von dem Stupser ihrer Schulter, nach der Hunderettungsaktion, als sie gerade gehen wollten, aber Emma war noch nicht eingeschlafen, darauf warteten sie beide, zumindest sie tat es und er ganz bestimmt auch, denn er war Vater vom Scheitel bis zur Sohle.

»Willst du morgen wirklich blaumachen?«, fragte sie. Sie musste fliehen, vielleicht, wenn er aufs Klo ging. Und sich oben an der Hauptstraße ein Taxi nehmen.

»Levon Helm hatte Kehlkopfkrebs, dann ist seine Scheune mit seinem Tonstudio abgebrannt, und dann ist sein Bruder gestorben. Und danach hat er diese CD aufgenommen. Das zeigt mal wieder, was man schaffen kann, wenn man nur will. Wenn man es wirklich will.«

»Ich schaffe gar nichts. Aber das hier ist eine ungeheuer gemütliche Küche.«

»Die Kühlschranktür ist Emmas Galerie, wie du sehen kannst.«

»Ich hab einen einzigen Magneten an meiner Kühlschranktür. Eine Frau, die zurückgelehnt auf einem Sofa sitzt und dich ansieht. Und darunter steht Queen of fucking everything. Weiß nicht so recht, ob mir dieser Helm-Danko-Kehlkopfkrebs-Typ gefällt, das ist eigentlich eine CD, die man mehrmals hören muss und vermutlich etwas lauter.«

»Erst muss Emma schlafen. Hast du die Zeit gestoppt?«

»Nein.«

»Dann sagen wir, dass es zwanzig waren. Sie geht mir da immer voll auf den Leim.«

»Du hast so ein Glück, dass du sie hast.«

»Und noch dazu dich in meiner Küche. Wie ein Blitz aus heiterem Himmel.«

»Schöner Blitz. Ich krieg doch gleich meine Tage. Fürchte ich.«

»Du bist unmöglich.«

»Ja, da hast du recht. Aber dafür kochst du unglaublich gutes Resteessen.«

»Ich sage ihr, dass sie Glücksstern mit ins Bett nehmen darf, dann gehen wir auf Nummer sicher.«

Wir.

Sie trank drei lange Züge aus ihrem Weinglas.

77

War das jetzt der richtige Moment zur Flucht? Während er mit Emma beschäftigt war? Der süße Geruch der Decke, das mussten Himbeeren sein und ein wenig Menthol. Seine Frau war gestorben, als sie seiner Tochter das Leben geschenkt hatte, das war kein Mann, den sie ...

»Wie alt bist du, Ingunn?«, fragte er, ehe sie sich die Sache noch weiter überlegen konnte.

»Hat Emma das nicht gesagt? Nein, vielleicht hab ich nicht erwähnt, wie alt ich werde. Schläft sie?«

»Ja.«

»Ich bin jetzt neununddreißig.«

»Und du hast keine Kinder? Das hat Emma erzählt.«

»Nein, das hab ich weggeworfen. Nichts daran stimmte. Raus damit.«

»Queen of fucking everything, ja?«

»So kann man das wohl sagen, ja. Kannst du nichts anderes einlegen? Ich werde so traurig, wenn ich den höre und an die Scheune und den Kehlkopfkrebs und so denke.«

»Was willst du denn hören?«

»Hast du was von Madrugada?«

»Ja, allerdings. *Industrial Silence*. Majesty ist eins von meinen Lieblingsstücken. Aber wenn man sie hört, wird man auch nicht fröhlicher.«

»Majesty ist nicht auf dem Album *Industrial Silence*. Sondern auf *Grit*.«

»Okay, spielen wir hier Show Off?«

»Verzeihung«, sagte sie. »Nein, nix mit Verzeihung. Das ist mein Job. Aber Strange Colour Blue ist darauf. Der übertrifft Majesty um Längen, wenn du mich fragst.«

Er stand nur einige Meter von ihr entfernt, aber sie drehte sich nicht zu ihm um.

Und ganz plötzlich war es still im Zimmer, obwohl Levon Helm noch immer sang. Er trat hinter ihren Stuhl, legte seine Handflächen an ihre Schläfen und sagte: »Wer bist du eigentlich?«

»Leg Madrugada ein, dann verrat ich es dir«, sagte sie.

Er ließ sie los und legte Madrugada ein, dann kam er zurück, legte die Hände wieder an die gleiche Stelle, wie wunderbar, dass er begriffen hatte, dass er sie nicht zwingen durfte zu erzählen!

»Ich bin ... ziemlich einsam, glaube ich. Und darüber habe ich erst in letzter Zeit angefangen nachzudenken. Es ist ein sehr seltsames Gefühl, denn ich liebe mein Leben allein. Und wenn ich mich so höre, dann kann ich nicht glauben, dass ich das gerade sage. Wenn du also wissen willst, wer ich bin, dann sind wir schon zwei. Ich möchte das nämlich auch gerne wissen. Und ich ...«

Er schenkte ihr nach, kleckerte ein wenig auf den Kiefernholztisch und legte dann die Hände zurück an ihren Platz.

»... durchaus Profi. Mache meine Arbeit gut. Bin Perfektionistin. Kann es nicht ertragen, mich zu blamieren. Will den Überblick haben. Kriege schreckliche Angst, wenn ich den Überblick verliere. Und im Moment habe ich das Gefühl, dass ich den Überblick verloren habe. Und deshalb fühle ich mich sehr unsicher.«

78

Er setzte sich ihr gegenüber, auf die andere Seite des Tisches, legte die ganze Rolle Küchenpapier vor sich auf den Tisch und ließ sie nicht aus den Augen, sie aber wandte den Kopf ab.

»Hat Emma die Essdeckchen gemacht?«

Er nickte. »Im Kindergarten. Sie schläft jetzt.«

Sie zog die Himbeerdecke fester um sich.

»Ich nehme jetzt ein Taxi nach Hause und hole morgen das Auto«, sagte sie.

»Ich habe noch nie ein so kleines Mädchen wie dich kennengelernt, das so erwachsen ist.«

»Ich verdiene im Jahr über siebenhunderttausend.«

»Noch haben wir einander nicht angefasst.«

»Du hast meine Schläfe berührt. Vielleicht bist du ein Heiler mit warmen Händen, warm waren sie jedenfalls. Aber du könntest auch ein Vergewaltiger sein.«

»Ganz bestimmt.«

»Ich habe einen Dobermann von zweiundsechzig Kilo, der alle umbringt, die den Schnabel aufreißen.«

»Du hast doch gesagt, du hast keine Ahnung von Hunden.«

»Von Hunden, nein. Aber von DoberMÄNNERN. Der gehört meinem Nachbarn, das ist alles. Krieg ich noch etwas Wein? Und erkläre mir bitte, erkläre mir, warum ich hier bin.«

»Ich habe keine Ahnung, warum du hier bist, aber ich weiß, dass ich es phantastisch finde, dass du hier bist. Ich lerne bei der Arbeit durchaus Frauen kennen. Dipl.-Ingenieurinnen und Sekretärinnen, die in mir aber höchstens rein professionelle Gefühle erwecken. Aber du warst plötzlich einfach da. In der Dunkelheit. Ich weiß nicht. Komme mir gerade vor wie ein Idiot.«

»*Du* kommst dir vor wie ein Idiot?«

Sie stand auf und durchquerte die Wüste Gobi um den Kiefernholztisch, legte die Wange auf seine Haare, die waren warm und weich, er umfasste behutsam ihre Handgelenke.

»Du«, flüsterte er.

»Sag nichts. Lass uns einfach nur Madrugada hören. Komm. Du bist sicher, dass sie schläft?«

»Wie ein Stein.«

»Und du kommst dir vor wie ein Idiot? Ist das möglich? Wo du doch ...«

»Ja.«

79

Sie zog ihn mitten im Wohnzimmer aus. Sie bat ihn, ganz ruhig stehen zu bleiben, mit geschlossenen Augen, während sie ihn auszog. Er stieg aus jedem Hosenbein, dann aus jedem Bein der Boxershorts, hob die Arme, um das T-Shirt auszuziehen, als sie ihn darum bat, war es möglich, dass er genauso einsam war wie sie?

»Tu so, als ob du beim Militär wärst«, sagte sie. »Du hast Arrest mit Binde vor den Augen, ich bestimme alles.«

Er nickte ernst und gehorsam, ohne die Augen zu öffnen.

Dann zog sie sich selbst aus.

»Ganz still stehen«, befahl sie. »Ich lege andere Musik ein, bevor du die Augen öffnen darfst.«

»Du bist verrückt.«

»Weiß ich. Habe ich doch gesagt. Du bist ganz sicher, dass sie schläft?«

»Ganz.«

»Sie wird nicht mehr wach, wenn sie erst einmal eingeschlafen ist?«

»Jetzt nicht mehr.«

Sie legte Neil Youngs *Harvest* ein, klickte gleich auf den zweiten Song.

»Deshalb bin ich hier, wegen Neil Young«, flüsterte sie.

Er streckte ihr beide Hände entgegen, und sie nahm sie, packte seine Handgelenke.

»Darf ich die Augen aufmachen?«

»Nein.«

»Das hast du gehört, als ich heimlich deinen Briefkasten untersucht habe. Jetzt legen wir uns zu dem Krokodil aufs Sofa. Leg dich auf den Rücken, und mach die Augen nicht auf. Hör Neil einfach nur zu.«

Sie führte ihn zum Sofa, und er legte sich hin. Sein Körper war muskulös und ziemlich behaart, sein Schwanz hatte genau die richtige Größe, sie setzte sich rittlings auf ihn, aber ohne sich ganz über ihn zu stülpen, sie entdeckte, dass er wieder Tränen in den Augenwinkeln hatte, feuchte Flecken, die sich zu den Ohren hinzogen.

»Ich bin hier doch die Heulsuse«, flüsterte sie.

»Jetzt nicht mehr.«

»Did she wake you up to tell you that it was only a change of plan ... lass die Augen zu. Und dann spielen wir, dass das alles ein Traum ist«, sagte sie.

Er nickte vorsichtig. Er lächelte. Er hatte die Arme ausgestreckt wie Jesus, machte keinen Versuch, sie zu berühren.

»Dream up, dream up, let me fill your cup, with a promise of a man«, flüsterte er.

»Noch nicht. Erst gehörst du mir. Im Moment musst du kein anderer sein.«

Sie nahm ihn in den Mund. Er war salzig und glatt und wuchs schnell, sie spürte seinen Puls in der Eichel, sie leckte diesen feinen Strang auf der Unterseite, dessen Namen sie niemals behalten konnte, während Neil Young mit *Heart of Gold* anfing, er bohrte den Hinterkopf in das Kissen unter sich.

»Liebe Ingunn ...«

»Warte ...«

»Nein. Darüber kannst du nicht die Kontrolle haben.«

Er setzte sich mit offenen Augen auf, sie kniete noch

immer vor dem Sofa und hatte seinen Geschmack im Mund.

»Ich wollte dir etwas Gutes tun«, sagte sie.

»Das machen wir zusammen«, erwiderte er. »Zusammen. Darum geht es doch. Nicht nacheinander. Du brauchst hier keine Leistungen zu erbringen. Von jetzt an machen wir das zusammen. Okay? Wir haben uns noch nicht einmal geküsst.«

80

Er konnte nicht aufhören, sie zu umarmen. Sie küssten sich, und er hielt sie in seinen Armen, umarmte und streichelte sie und wiederholte die ganze Zeit, dass er sich im Halbdunkel auf einem Waldweg in sie verliebt hatte und dass er sich wirklich nie verliebte, vielleicht fasziniert war, aber wirklich niemals wagte, sich zu verlieren, sie ließen sich in die Sofaecke und auf Himbeerdecke und Stoffkrokodil fallen, er hielt sie fest und streichelte alles an ihr, was er berühren konnte. Ihre Waden, ihre Unterarme, die Haare in ihrem Nacken, die Haut zwischen ihren Fingern.

»Endlich bist du da«, flüsterte er, und immer wieder tauchte das Gefühl auf, dass sie nicht weglaufen musste. Er roch und schmeckte richtig, seine Stimme war richtig, sie hatten noch nicht gefickt, und sie dachte auf einmal, dass man es »lieben« nennen müsste und nicht vögeln, nichts war lebensgefährlicher als das hier.

»Komm«, sagte er und hob sie hoch zu sich, schob ihre Oberschenkel auseinander und ließ sie auf sich hinabgleiten. So einfach war das.

»Sieh mich an«, sagte er.

Seine Augen waren feucht, sie durfte nicht an Alex denken, sie dachte auch nicht an Alex, sie weinte.

»Sieh mich an«, sagte er.

»Ich bin hier«, flüsterte sie.

»Halt die Knie so.«

»Ich weiß.«

»Gleich komme ich. Sieh mich dabei an.«

»Ich sehe dich an«, sagte sie.

»Wir kennen uns seit zwei Stunden«, sagte er.

»Nein.«

»Nicht?«

»Nein. Mehr. Länger.«

»Drei?«

»Ich glaube, ich warte schon sehr lange auf dich. Aber ich werde wieder wegrennen.«

»Weg von mir?«, fragte er.

»Ja, lass mich das nicht tun.«

»Ich kann dich nicht festhalten. Du musst es selbst wollen.«

»Ich traue mich nicht. Alles zerbricht. Alle verschwinden.«

»Jetzt komme ich.«

81

Er kochte grünen Tee. Er sah nach Emma. Sie schlief, sagte er, mit Glücksstern auf dem Kopfkissen.

»Darüber hat Kaia Huuse sogar ein Lied geschrieben«, sagte sie.

»Die Vorstellung, dass ich wegen Todeskram bei der Arbeit blaumache«, lächelte er.

»Aber musst du sie nicht zur Schule fahren?«

»Die ist gleich hier oben, sie geht zu Fuß. Aber ich glaube, es ist vielleicht besser, wenn du heute Nacht nicht in meinem Bett schläfst. Das könnte sie verwirren. Oder ihr zu große Hoffnung machen. Sie ist so jung. Und sie sehnt sich so sehr nach einer Mama.«

»Und ich bin so müde. Grüner Tee schmeckt immer schrecklich fies und sehr gesund. Ich quäle mich oft genug mit grünem Tee. Aber dieser hier schmeckt viel besser als der bei mir zu Hause.«

»Du nimmst vermutlich Teebeutel.«

»Natürlich.«

»Das hier ist loser Tee. Willst du jetzt schlafen?«

»Ja.«

Er nahm ihr den Teebecher aus den Händen und stellte ihn auf den Tisch, wickelte sie in die Decke, setzte sich auf die Sofakante. Sie zog sich die Decke unters Kinn, schloss die Augen, spürte seine Hand in ihren Haaren.

»Ich sehe doch bestimmt unmöglich aus«, jammerte sie.

»Du sollst jetzt schlafen. Schlaf jetzt.«

»Wo ist das Krokodil?«

»Hier. Schlaf jetzt. Ich schalte alle Lampen aus, nur nicht die in der Küche, für den Fall, dass du aufs Klo musst.«

»Ich weiß gar nicht, wo das Klo ist.«

»Die Tür mit einem großen rosa Herz darauf. Emma hat es gemacht.«

»Okay. Gute Nacht.«

Sie hörte seine Geräusche. Ein Hüsteln. Lichtschalter, die klickten. Sie machte die Augen nicht auf. Eine Tür, die geöffnet wurde, das Prasseln eines Urinstrahls, noch eine Tür wurde geschlossen, andere geöffnet und wieder geschlossen, sie schlug die Augen auf, setzte sich auf dem Sofa hoch und betrachtete ihren Oberschenkel, der blaue Fleck war jetzt verschwunden, sie legte sich wieder hin, mit dem Krokodil an ihrer Brust, und schlief ein.

82

Sie wachte auf und wusste nicht, wie spät es war, ihre Armbanduhr lag zu Hause, und der Akku ihres Handys war leer. Sie erwachte in einem Wohnzimmer, das ganz anders aussah als am Vorabend, das lag am Licht, jetzt kam von draußen Morgenlicht herein, quetschte sich durch die Fenster. Sie entdeckte, dass auf der behaglichen Decke ein dicker alter Kaugummi klebte, an der Stelle, wo im Schlaf ihre Wange geruht hatte, igitt, so war es also, Kinder zu haben, die Dreck machten und hinter sich nicht aufräumten. Das Krokodil roch nach alter Wolle, sie warf es weg, ihr war schlecht, ihr Unterleib tat weh, die Uhrzeit stand unten am Fernseher, neben dem Standbyknopf. 06.53. Sie wollte nicht aufs Klo gehen, dann würde sie jemanden wecken. Sie zog sich an, vorsichtig, alle Kleidungsstücke lagen auf dem Fußboden verstreut, da standen auch die Stöcke, die Zeichnung lag auf einer Kommode aus Kiefernholz, sie rollte sie rasch zusammen und verließ dann leise das Haus.

Es tat gut, über den Waldboden zu gehen, das Morgenlicht lag wie staubig vor Nebel über dem Fjord, eine Möwenschar zankte sich um etwas, das auf dem Wasser schwamm, auf der Straße waren schon die ersten Autos unterwegs.

Der Audi zwinkerte ihr vierstimmig zu. Sie warf die Stöcke und die Zeichnung auf die Rückbank, hier war sie zu Hause. Das verdammte, fiese Geräusch erschien ihr so früh am Morgen besonders laut, ihr begegneten drei Autos, als sie vom Parkplatz fuhr, überehrgeizige Statoilangestellte oder vielleicht Sekretärinnen, die mit dem ersten, frisch gebrühten Morgenkaffee brillieren wollten.

Sie schloss die Wohnungstür auf und ging sofort aufs Klo, blutete wie ein Schwein. Alles war ein Traum, alles war nur Unsinn, das hier war nicht passiert, am Wochenende würde sie kurz bei ihnen vorbeischauen, voller Energie und Nachsicht, mit Baseball-Mützen mit dem Logo der Zeitung und mit Hits for kids, er hatte ihre Telefonnummer nicht, allerdings könnte er die jederzeit in der Redaktion erfragen, aber sie konnte sich nicht vorstellen, dass er das tun würde, nachdem sie einfach so gegangen war. Vielleicht würde sie am Wochenende nicht einmal hinfahren müssen. Doch, für Emma. Sie hatte es versprochen.

Sie ging in die Küche, ließ sich ein Glas eiskaltes Wasser einlaufen und starrte lange ihren Kühlschrankmagnet an, dann holte sie Küchenpapier und die Sprühflasche und putzte die Kühlschranktür, bis sie funkelte. Den Magnet warf sie in den Mülleimer. Die Zeichnung wanderte von der Kommode in der Diele oben auf den einen Kleiderschrank.

In dieser Woche wollte sie zu Soundgarden fahren und mit ihnen über ihre Boxen sprechen. Sie glaubte nicht, dass ihr Verstärker weitere Lautsprecher bedienen könnte, also würde sie in ein richtiges B & O-Multiroom-System investieren müssen, und so was wurde bei Soundgarden nicht verkauft. Der B & O-Laden von Trondheim war geschlossen worden, also müsste sie den in Oslo anrufen, denn jetzt musste sie sich um jeden Preis beschäftigen, wenn bald Kopf und Körper wieder funktionierten. Vielleicht sollte sie auch einen Inspektionstermin für den Audi vereinbaren, den hatte sie vernachlässigt, obwohl er immer so treu war.

Lange blieb sie sitzen und überlegte, ob sie Kraft genug hatte, zur Arbeit zu fahren. Aber alles in ihrem Körper tat weh, sie schickte Andreas eine SMS, sie fühle sich so elend, dass sie schon mit dem Gedanken spiele, ihren eigenen Nachruf zu schreiben, schaltete ihr Handy aus, ging ins Bett und war sofort eingeschlafen.

83

Sie hatte noch nie so stark und so lange geblutet, sie blutete drei Tage lang, er rief nicht an, es kamen auch keine Mails mehr von emmaing. Sie suchte sich seine Nummer heraus und speicherte sie, um sehen zu können, wenn er anrief, sie speicherte auch die von Emma.

Bei der Arbeit fuhr sie auf Hochtouren. Stellte fest, welche Bands die verschiedenen Festivals gebucht hatten, machte Listen von möglichen Interviewpartnern, notierte sich Fragestellungen, bestellte CDs, recherchierte im verschimmelten Unterholz hinter den Top-10-Listen, verbrachte den gesamten Donnerstag mit zehn Jugendlichen bei einem Textschreibkurs mit dem Autor Idar Lind und schrieb am laufenden Band kurze Klatschberichte aus der Musikwelt.

Tonje ging es wieder gut.

»Weißt du, als ich aus der Narkose aufgewacht bin, war ich nur erleichtert. Fast gar nicht traurig.«

»Du hast ihm nichts gesagt?«

»Spinnst du? Der Idiot. Stell dir vor, wenn ich nur eine Woche später zum Arzt gegangen wäre, wäre es zu spät gewesen. Dieser Gedanke macht mich fast ein bisschen verrückt. Ich. Als Mutter. Ich sehe es lebhaft vor mir. Meine Mutter hätte mich umgebracht. Jesus Christus.«

Fünf Kronen ins Schwein, dachte Ingunn plötzlich. Was sollte sie mit der Zeichnung machen? Aber Emma würde ja doch nie zu ihr nach Hause kommen und Wände und Kühlschrank überprüfen, es war alles nur Unsinn. Hormonunsinn. Sie würde es niemals wagen, ihm in nüchternem Zustand in die Augen zu schauen, nachdem sie ihm das gesagt hatte. Sie hatte es noch nie einem Mann gesagt, nicht einmal dem Elfmonatigen, und schon gar nicht dem Psychiater, bei dem ihr Koffer in der Diele gestanden hatte, aber bei ihm hatte sie sich schön darüber ausgelassen, sie rief ihren Arzt an und ließ ihn per Telefon in der Apotheke in Heimdal zehn Schlaftabletten für sie anweisen. Das war alles, was sie bekam, wenn er es telefonisch machen musste.

»Gibt es keine stärkeren als fünf Milligramm?«, fragte sie.

Doch, es gab noch siebeneinhalb.

»Dann will ich lieber die.«

Vielleicht sollten Sie noch einen Termin vereinbaren, schlug er vor, wenn sie irgendwelche Probleme hatte?

»Nein, ich habe nur verdammt viel Stress bei der Arbeit, ich nehme die Arbeit mit ins Bett und grübele und grübele dann, und ich brauche allen Schlaf, den ich kriegen kann, um bei der Arbeit zu funktionieren.«

Sie fuhr in der Mittagspause zur Apotheke und war zutiefst erleichtert, als sie die Tabletten in der Handtasche hatte, Schlaf-Dunkelheit-Vergessen, dann fuhr sie in die City Syd und deckte sich mit Weißwein und Gin ein. Sie kaufte noch dazu zwei Flaschen Rotwein, eine für Tonje und eine für Sigrid.

Sigrid brach in Tränen aus, als sie ihre bekam.

»Er hat doch eine andere«, sagte sie. »Er hat mich belogen.«

»Hat er es dir selbst gesagt?«

»Jemand hat ihn gesehen. Der Sohn einer Freundin. Sie haben vor einer roten Ampel im Auto geknutscht. Ich hab ihn angerufen und gefragt, ob es stimmt, und es stimmt. Seine Stimme klang so froh, als er sagte, dass es stimmt. Es ist eine Arbeitskollegin. Sie ist drei Jahre älter als ich.«

»Bist du jetzt nicht wütend, Sigrid?«

»Das schaff ich nicht. Ich hab nur Sehnsucht nach ihm. Und denke daran, dass sie jetzt zusammen sind.«

»Versuch doch ... denk daran zurück, wie ihr in verschiedenen Zimmern gesessen habt, Abend für Abend, und nie etwas gemeinsam unternommen habt.«

»Das kann ich nicht. Noch nicht. Es ist so erbärmlich, so pathetisch, ich könnte kotzen. Ich schäme mich so. Komme mir vor wie eine Idiotin.«

84

Am Freitag saß Alex in der Kantine, als sie hereinkam. Er sah kurz hoch, dann wandte er den Blick ab. Sie holte sich einen Geflügelsalat und eine Fanta Free und ging zurück in ihr Büro, ihre Hände waren schweißnass, und ihr fiel die Gabel auf den Boden, als sie den ersten Bissen nehmen wollte. Sie wischte die Gabel am Hosenbein ab, obwohl der Boden ganz sauber war, und dachte, dass sie das mit den Lautsprechern noch immer nicht überprüft hatte. Sie glaubte, dass B & O den Verstärker in die Lautsprecher integriert hatte, der deshalb nur das Signal benötigte, und damit das, was aus dem Verstärker kam, nicht gesplittet oder verringert oder wie immer zum Teufel das nun hieß, werden musste. Sie hatte viel weniger Ahnung von Hi-Fi und Sound, als sie es Alex gegenüber zugegeben hatte. Eigentlich wusste sie nichts, von nichts. Von dem Salat brachte sie nur zwei Bissen herunter. Und die fällige Inspektion für den Audi hatte sie auch noch nicht in die Wege geleitet.

»Kann ich nicht irgendwohin fahren?«, fragte sie Andreas.

»Und was stellt die Lady sich da so vor?«

»Wie wäre es mit New York? Stargate?«

»Wir haben doch einen Haufen über sie geschrieben, als sie den Emmy bekommen haben.«

»Britney Spears? Nachsehen, wie es ihr geht, der Armen?«

»Und was hat das mit der Stadt Trondheim und unserer Zeitung zu tun, wenn ich fragen darf?«

»Herrgott, wir schreiben doch über so viele Dinge, die nichts mit Trondheim zu tun haben.«

»Sag mal, wie geht's dir eigentlich im Moment so? Du machst einen unglaublich gestressten Eindruck.«

»Ich habe Ratten«, entgegnete sie.

»Was? Wohnst du nicht im dritten Stock?«

»Die kommen durch die Abflussrohre.«

»Drei Stockwerke hoch? Unmöglich.«

»Doch. Ich muss einen schweren Stein auf den Klodeckel legen, wenn ich den zuklappe. Deshalb bin ich so gestresst.«

»Und was passiert, wenn sie hochkommen, wenn du da sitzt?«

»Ich hab immer einen Eimer Wasser neben mir stehen, und den kippe ich dann ins Klo, ehe ich den Deckel zumache und den Stein daraufleg.«

»Du spinnst doch.«

»Stimmt. Deshalb arbeite ich ja auch hier.«

85

Sie duschte und wusch sich die Haare, machte sich aber nicht schön, zog nur Jeans und ein frisch gebügeltes weißes Hemd an, das sie aber sofort wieder auszog, weil ihre Brustwarzen durch den Stoff zu sehen waren, sie musste darunter einen BH anziehen. Sie zitterte dermaßen, als sie sich ein Glas Weißwein einschenkte, dass sie beide Hände nehmen musste.

Keine Mail, kein Anruf, die ganze Woche nicht, aber sie musste Emma zuliebe hinfahren, für Emma, die ihre Mutter umgebracht hatte. Mörderin im Alter von einer Sekunde, nicht länger als man braucht, um mit sonnenbraunen Fingern in der Luft zu schnippen. Sie legte U2 ein, um neue Energie zu gewinnen, fluchte aber, als sie feststellte, dass die Scheibe natürlich mit Where the streets have no name anfing, sie hatte seit einer Ewigkeit nicht mehr Joshua Tree gehört, sie suchte sich stattdessen *Vertigo* heraus, überlegte sich die Sache aber anders und legte Green Day ein.

Er hätte eine Mail schicken können. Irgendeine Floskel wie bis heute Abend oder so.

Das hätte sie allerdings auch tun können. Sie würde bald die Weißweinmarke wechseln müssen, sie hatte Tariquet satt, total satt, was zum Teufel machte sie eigentlich, aber sie könnte gehen, ehe Emma schlafen ging, die würde wahrscheinlich länger aufbleiben dürfen, weil Freitagabend war, sie könnte sagen, dass sie nach einer langen Woche müde sei.

Sie holte für Emma die Tüte mit Mützen und CDs und rief sich ein Taxi, und während sie darauf wartete, trank sie noch ein Glas Wein, rekapitulierte, was sie ihm letztes Mal alles erzählt hatte, was stellten die Hormone nicht alles mit dem Gehirn an, jeden Monat müsste sie eingewiesen werden, ehe sie ihre Tage bekam, es wäre eine superlukrative Nische für eine Privatklinik.

Sie kannte die Adresse nicht und bat das Taxi, sie zum Statoilgebäude hinaufzufahren, es war seltsam, das kleine Stück zum Haus ohne Stöcke zu gehen, obwohl sie es nur wenige Male gemacht hatte. Im Häuschen brannte Licht. Sie lauschte nach Musik, hörte aber nichts, es war sechs Uhr, Zeit für ein Erwachsenenessen. Sie klopfte einmal an, und fast im gleichen Augenblick öffnete er und kam heraus, während er die Tür hinter sich zuzog.

»Ganz schnell, ehe sie kommt. Ich habe Emma angelogen. Sie wollte, dass du morgen kommst, weil sie ... ich habe gesagt, dass du nur heute kommen konntest, okay?«

Ihr Blut rauschte in den Ohren.

»Du hast mir eine Höllenangst gemacht, Mann.«

»Ich belüge sie sonst nie. Aber ich konnte nicht bis morgen warten. Jetzt kommt sie, okay?«

»Verstanden. Aber wenn ich ehrlich bin, verstehe ich rein gar nichts.«

»Ingunn! Bist du schon da? Aber Papa, warum hältst du die Klinke fest? Lass doch los!«

Der kleine Glücksstern sprang um sie herum, eine Männerhand packte sein Halsband, Emma fiel ihr um den Hals und drückte sie fest an sich, so wie man das bei Leuten tut, die man sehr gern hat. Auch diesmal musste sie sich vorbeugen, damit Emma sie losließ.

»Bist du in Superstimmung?«, fragte Emma.

»Aber klar doch.«

»Ich nicht. Bin total traurig. Weil du morgen nicht kommen kannst.«

»Was ist denn an heute Abend so schlimm?«

»Das Kätzchen von Tina aus meiner Klasse ist heute überfahren worden, und sie weint und weint und will nur mit mir reden und nur mit mir zusammen sein, weil ich weiß, wie ihr zumute ist, weil doch Glücksstern fast ertrunken ist. Deshalb soll ich bei ihr schlafen. Nachdem wir gegessen haben. Ich bin die Einzige, die sie trösten kann, verstehst du. Ihre Mutter ist total außer sich, weil Tina alles mit angesehen hat, das Kätzchen ist unter dem Auto total zerquetscht worden.«

»Wie schrecklich.«

»Sie hieß Paula.«

»Das Kätzchen?«

»Ja. Ist das nicht furchtbar?«

86

Emma setzte eine Mütze auf und sah aufgeregt den CD-Stapel durch.

»Krieg ich die wirklich alle?«

»Klar doch.«

Er hatte ein Nudelgericht mit Streifen aus Schweinefleisch und Gemüse in allen Farben gekocht, sie setzte sich an den Tisch, ohne ihn anzusehen, das hier durfte nicht wahr sein, sie hatte alles so genau geplant, und dann passiert so etwas. Ein verdammtes Kätzchen. So leicht ließ sich ein fein austarierter Plan also umstürzen.

Er tat das Essen direkt aus den Kochtöpfen auf die Teller, Nudeln unten und Fleisch und Gemüse darüber, zuerst bekam sie, dann Emma und schließlich er selbst, und dazu gab es eine große Schüssel Naan-Brot, bedeckt mit grünen Kräutern und gehacktem Knoblauch.

»Ihr esst gerne Knoblauch, was?«, fragte sie.

»Das essen wir jeden Tag«, erläuterte Emma. »Und ich bin nie erkältet. Aber ich nehme auch Lebertran. Findest du, ich soll ihr ein Bild malen, Papa? Von Paula?«

»Ich weiß nicht so recht, ob …«

Die Spice Girls klingelten in Emmas Hosentasche, sie zog das Handy heraus, weiß und rosa, sie war erst sieben Jahre alt, fühlte sich aber schon dafür verantwortlich, bei einem Todesfall Trost zu spenden.

»Das ist Tina«, sagte sie, und sah zuerst beide an, dann

schaute sie ins Telefon: »Ich muss nur schnell essen, dann komme ich.«

Tina antwortete etwas, Emma schwieg ein paar Sekunden.

»Was? Echt?«

Emma nickte mehrmals, presste die Lippen hart aufeinander und starrte vor sich hin.

»Bis dann.«

Sie drückte das Gespräch weg und musterte sie beide mit ernster Miene.

»Tinas Mutter hat Paula eingepackt. Wir werden sie begraben. Heute Abend noch. Und ein paar Lieder singen. Tina wird eine EWIGKEIT lang Alpträume davon haben, weil sie das alles gesehen hat. Die arme, arme Tina.«

»Aber du musst zuerst aufessen«, sagte er.

»Sie wird die ganze Nacht weinen.«

»Wie hat Paula denn ausgesehen?«, fragte Ingunn.

»Orange und weiß. Ihr Schwanz sah aus wie ein kleiner Malerpinsel. Ich muss Glücksstern mitnehmen. Vielleicht kann er Tina ein bisschen trösten.«

»Ganz bestimmt. Und vergiss nicht die Zahnbürste und die Mundspülung«, sagte er.

»Tina hat die auch, ich kann was von ihr bekommen.«

87

»Du hast also gelogen«, sagte sie.

»Das ist einfach so passiert. Ich wollte dich ja auch nicht nerven. Wegen Freitag, Samstag, bla, bla, bla. Wollte erst sehen, ob du überhaupt kommen würdest.«

»Das hatte ich Emma doch versprochen. Aber ich kann nicht so lange bleiben.«

Er stand auf und räumte den Tisch ab, blieb mit dem Rücken zu ihr an der Anrichte stehen.

»Kannst du nicht?«

»Nein. Das wird einfach … zu viel für mich.«

»Ich habe sonst nie einen Babysitter oder frage Freunde, wir sind so gut wie immer zusammen, wenn sie nicht bei einer Freundin übernachtet, meine Eltern wohnen in Fredrikstad, und Emmas Oma, die Mutter von … Elise, wohnt in Los Angeles. So ein Abend allein …«

»Ich verstehe, aber.«

»Wovor hast du Angst?«

Er drehte sich zu ihr um.

»Möchtest du noch Wein?«

»Ja, bitte. Es tut mir leid.«

Er kam an den Tisch, als würde er sich zu ihr setzen, stellte die Flasche hin und ging auf sie zu und zog ihren Kopf an seinen Brustkasten, drückte sie an sich, streichelte ihre Haare, sie schloss die Augen.

»Ich hab die ganze Woche nur an dich gedacht«, sagte

er. »Du hast mir so gefehlt. Als ich aufgewacht bin und du weg warst...«

Sie gab keine Antwort, schlang ihre Arme um ihn, verschränkte in seinem Kreuz die Finger, roch ihn, spürte, wie sein Herz in ihr Ohr hämmerte.

»Wovor hast du denn Angst?«, fragte sie.

»Vor fast allem. Dem hier. Ich habe nicht gewagt, dich auch nur eine Sekunde lang zu nerven. Anzurufen oder zu mailen. Du bist wie ein Iltis, ein Hermelin, du schlüpfst weg, aber ich beiße nicht, weißt du.«

»Aber ich. Ich bin nicht zahm.«

»Ich habe auch nicht vor, dich zu zähmen. Oder das auch nur zu versuchen.«

Er ließ sie los und ging in die Hocke, sie ließ ihre Hände zu seinem Hals hochwandern, seine Augen waren so blau und glänzend, sie schaute ihm ins Gesicht, sah seinen Mund an, sie wollte sagen, dass sie Ratten in der Wohnung habe, aber da küsste er sie, alles wurde unmöglich, das hier war unmöglich, sie war so erregt, dass sie sich fast in seinen Mund erbrochen hätte, er zog ihr den Pullover und den BH aus, und der Stuhl drohte umzukippen, er leckte sie, bis alles brannte. Hob sie auf die Beine, zog ihr die restlichen Kleider aus, stellte ihren einen Fuß auf den Stuhl und war fast gleichzeitig in sie eingedrungen, glühend, hart und pochend.

Ihr erster Gedanke danach war, dass sie zum ersten Mal einen Orgasmus ohne Musikbegleitung bekommen hatte, abgesehen davon, wenn sie sich in grauen stillen Morgenstunden mit dem Vibrator vergnügte.

»Du gehst nicht«, flüsterte er in ihre Haare, sie standen noch immer so da, sie spürte, wie eine heiße Flüssigkeit an ihrem Oberschenkel hinunterlief.
»Tu ich das nicht?«
»Nein.«
»Muss ich wieder mit dem Krokodil auf dem Sofa schlafen?«
»Nein.«

88

Emma kam nach Hause, als sie beim Kaffee saßen und auf das Popquiz warteten. Er hatte sie damit beruhigt, dass Emma an den Wochenenden immer lange schlief, Tina auch, sie hatte schon mehrmals bei Emma übernachtet.
Emma setzte sich an den Tisch und legte die Ellbogen auf die Tischplatte, seufzte. Glücksstern jagte zu zwei winzigen Fressnäpfen in der Ecke der Küche und machte sich über trockene braune Kugeln her, das nannte man wohl Trockenfutter, dachte sie, es sah jedenfalls sehr trocken aus.
»Wie war es?«, fragte er.
Emma seufzte noch einmal.
»Hast du etwas gegessen?«
»Ja. Hast du bei uns übernachtet, Ingunn?«

»Ja, auf dem Sofa, ich war so müde.«

»Was habt ihr gemacht?«, fragte er.

»Tinas Mutter hat ein Loch gegraben, und da haben wir das Paket mit Paula reingelegt, mit einer rosa Schleife, und dann haben wir es zugemacht und *Herr, es will Abend werden* gesungen, das haben wir in der Schule gelernt, und Tinas Mutter hat ein paar Katzenlieder gesungen, über Miezemauz, die vier Kleine hatte, und über zwei Katzen, die von einem Tisch gesprungen sind und dabei quirriwirrewitt gesungen haben, und dann haben wir Pizza gegessen, aber dann wollte Tina doch lieber weinen, und da haben wir uns mit Glücksstern ins Bett gelegt, wir haben uns nicht die Zähne geputzt oder so. Und Glücksstern hat nur einmal Pipi ins Zimmer gemacht.«

»Das ist gut«, sagte er und streichelte ihr über die Haare.

Sie sah die Zärtlichkeit in seinem Blick, als er die Hand auf den kleinen Kopf seiner Tochter legte, und spürte eine Sehnsucht durch den Körper jagen, bis hinunter in die Beine. Sie hatte zwar geduscht, merkte aber, wie ihre Haut noch immer nach ihm roch und wie ihr Unterleib federleicht auf dem Stuhlsitz ruhte.

»Ich glaube, ich muss jetzt bald nach Hause, muss mich auf heute Abend vorbereiten«, sagte sie.

»Was hast du eigentlich vor?«, fragte Emma.

»Es gibt mehrere Konzerte, über die ich schreiben muss.«

»Kann ich Montag in der Zeitung darüber lesen?«

»Nein, diese Artikel kommen in eine Art… Beilage. Später«, sagte sie, ohne ihn anzusehen.

»Ich dachte, wir könnten vielleicht noch eine Runde über den Fjord drehen«, schlug er vor.

»Habt ihr denn ein Boot?«

»Ein kleines Holzboot. Nichts zum Angeben. Aber es liegt gleich hier unten am Ufer. Und wir haben eine Schwimmweste für Gäste. Aber angeln wollte ich nicht, die Gefriertruhe ist voll.«

»Vielleicht eine kleine Runde«, sagte sie und dachte an die frische Seeluft, an den Sauerstoff, den sie jetzt gern getankt hätte, sie hatte das Gefühl, die halbe Nacht nach Luft geschnappt zu haben.

»Wir müssen doch erst das Popquiz hören«, sagte er.

»Nein, das ist so doof«, sagte Emma. »Ich rate doch nie richtig. Was ist mit Glücksstern, der kriegt doch schreckliche Angst, der war ja noch nie in einem Boot.«

»Glücksstern kann in seinem Zwinger bleiben, so wie er das tut, wenn du in der Schule bist und ich im Büro.«

»Aber es ist Samstag, er ist nicht daran gewöhnt.«

»Er hält das aus.«

89

Sie nahm auf einem kleinen Sitz achtern im Boot Platz. Der Motor klang tief und ein wenig hektisch. Emma stand neben dem Vater am Steuer.

Seine Bewegungen waren konzentriert und gelassen, er war mit jedem Tau und Tampen an Bord vertraut, sie ließ ihn nicht aus den Augen, unter der Schwimmweste trug er eine braune Öljacke, sie hatte von ihm eine Daunenjacke geliehen, die ein bisschen zu groß war.

Als sie gerade von dem kleinen Steg ablegen wollten, drehte sich Emma plötzlich um, stürmte auf sie zu und flüsterte ihr ins Ohr: »Nicht vergessen, es bringt Unglück zu pfeifen oder über Pferde zu reden oder an Regenschirme zu denken, wenn man in einem Boot ist. Das ist ganz wichtig. Wir können mit Mann und Maus untergehen, wenn du das tust.«

»Okay. Aber weshalb ...«

»Das ist eben so.«

Die Sonne spähte immer wieder zwischen den Wolkenschatten hervor, es war vollkommen windstill, er drehte sich um und lächelte sie an, sie bildete sich ein, dass er sich umdrehte, um zu sehen, ob sie wirklich dort saß, sie begegnete seinem Blick und hatte wieder dieses sehnsüchtige Gefühl, das durch den ganzen Körper bis in die Beine zog, was sollte sie nur heute Abend machen und morgen Abend, Montag, Dienstag, bald würde sie ihm sagen müssen, dass er sich in die absolut falsche Frau verliebt hatte, falsches Kaliber, sie konnte einen so wunderbaren Mann nicht mehr länger zum Narren halten, ihn hinters Licht führen, indem sie sich als eine Frau ausgab, die man lieben konnte.

Er winkte sie zu sich und bat Emma, sich nach hinten zu setzen.

»Kennst du dich aus mit Gewässern?«, fragte er.

»Eigentlich gar nicht. Die Fähre nach Dänemark und die nach Kiel und so kenne ich ganz gut. Ich habe Reportagen über Tanzkapellen gemacht. Unglaublich viele Leute lesen gerne Artikel über Tanzkapellen.«

»Aber nicht auf kleinen Booten.«

»Nein. Ich hatte mal einen Bekannten, der besaß ein Segelboot, aber ich bin nie mit ihm rausgefahren. Ich finde, Segelboote sehen unheimlich aus, als ob sie jeden Moment umkippen könnten. Das hier kommt mir viel vertrauenerweckender vor.«

»Möchtest du mal versuchen zu steuern?«

»Nein, mach du das.«

»Der Trondheimsfjord ist eigentlich ziemlich langweilig, weil es hier keine Schären gibt, aber es tut gut rauszukommen, ein bisschen frischen Wind ins Gesicht zu kriegen, geht's dir gut?«

»Klar«, antwortete sie.

»Müde?«

»Ein bisschen.«

»Ist ja auch kein Wunder«, lächelte er, leider konnte er sie nicht küssen, das sah sie zwar ein, aber trotzdem.

»Du kannst dich doch heute Abend ausruhen«, sagte er.

»Wann sehe ich dich wieder, was glaubst du?«

»Ich weiß nicht so recht. Wir werden sehen«, sagte sie und schenkte ihm ein Lächeln, das alles aufschob, den Rest würde sie telefonisch erledigen müssen.

»Können wir nicht einfach in die Stadt fahren, und du

setzt mich bei Ravnkloa ab, geht das? Dann kann ich zu Fuß nach Hause gehen«, fragte sie.

»Natürlich. Dann kann ich gleich auch meine Einkäufe erledigen. Macht Spaß, mit dem Boot in die Stadt zu fahren.«

»Das ist ein richtig niedliches Boot.«

»Boote sind nicht niedlich!«

»Doch, das hier schon«, widersprach sie. »Aber ich habe vergessen nachzusehen, wie es heißt.«

»Es heißt Elise«, sagte er.

90

Gegen acht Uhr abends klingelte es, während sie in der Badewanne lag und Musik hörte, die Klingel war laut genug, um sie zu hören, sie hatte schon lange im Wasser gelegen, also war es nicht so schlimm, sie trocknete sich ab und zog den Morgenmantel über, während es weiterklingelte, vielleicht war es der Nachbar, der für den Abend Kalle bei ihr einquartieren wollte. Kalle wäre jetzt die perfekte Gesellschaft, während sie Weißwein trinken und ihre Dating-Foren checken würde.

Sie öffnete zuerst die Wohnungstür, aber da stand niemand, deshalb drückte sie auf den Knopf für die Kamera unten an der Haustür.

Es war Alex.

»Mach auf«, sagte er. »Ich bin's.«

»Ich glaube nicht, dass es eine gute Idee ist.«

»Ich will bloß mit dir reden.«

Sie starrte lange ihre Zehen an, die waren weiß und runzlig nach dem Bad, er klingelte noch einmal, sie ließ ihn herein und die Tür einen Spaltbreit offen stehen und ging ins Badezimmer, um sich anzuziehen, schloss aber die Badezimmertür hinter sich ab. Als sie herauskam, stand er in ihrer Diele und wichste, die schwarze Levis lag am Boden.

»Der Teufel soll dich holen«, sagte sie.

Er grinste.

»Ich wollte dich nur ein wenig überraschen.«

»Und das nennst du Überraschung? Das hab ich schon mal gesehen, schon vergessen?«

Sie drängte sich an ihm vorbei, und er versuchte nicht, nach ihr zu greifen, sie schaltete die Musik aus und drehte sich zu ihm um.

»Mach, dass du wegkommst.«

»Du bist neununddreißig, das hab ich nachgesehen. Du hast Torschlusspanik. Eigentlich bist du verrückt nach einem wie mir, weil in deinem Unterleib eine verdammte biologische Uhr tickt... nein, bei dir ist das eine Bombe. Aber jetzt zeig ich dir etwas Witziges...«

Er bückte sich und zog ein Kondom aus seiner Hosentasche, öffnete die Verpackung und streifte es über. Die Musik war aus, und sie hörte das typische Kondomgeräusch.

»Trotz deiner verdammten Bombe muss ich ein Kondom benutzen, weil du wie blöd durch die Gegend hurst. Ganz schöne Enttäuschung, was?«

Sein Schwanz wippte umhüllt von einem matten Latexschimmer auf und ab.

»Mach nicht alles kaputt, Alex. Es war schön. Können wir nicht einfach die Erinnerung behalten?«

Er heulte los, ließ einfach den Kopf sinken und schluchzte, ohne eine Hand vors Gesicht zu heben, ohne den Versuch, seine Tränen zu verbergen.

»Du hast mich einfach rausgeworfen. Weißt du, was das für ein Scheißgefühl war? Sich so benutzt zu fühlen? Du benutzt Männer einfach.«

»Tut mir leid. Alex, das hatte nichts mit dir zu tun, es ging um ganz andere Dinge.«

»Du warst wie eine Schlange. Und ich habe nichts kapiert. Nichts. Männer machen so was. Aber Frauen doch nicht. Ich kapier nicht, wie du es aushalten kannst, mit dir zu leben.«

»Vielleicht tu ich das ja nicht. Davon hast du doch keine Ahnung.«

Er erwiderte ihren Blick.

»Können wir uns nicht einfach ins Bett legen?«, fragte er. »Ich kann dich in den Arm nehmen, wir können uns in den Arm nehmen, müssen auch nicht vögeln, ich kann dich massieren. Du fehlst mir, Ingunn.«

»Das geht nicht. Tut mir leid, Alex, es geht einfach nicht. Nicht jetzt.«

Seine Erektion war verschwunden, das Kondom hing wie ein kleiner Fetzen an der Spitze der Eichel, er schnippte an seinen Schwanz, und das Kondom fiel zu Boden.

»Ich gehe jetzt«, sagte er und rieb sich mit der Hand über die Augen.

»Tu das. Und wir sehen uns in der Redaktion und vergessen diese Geschichte hier. Und hör auf, Drogen zu nehmen, das tut dir nicht gut.«

91

Sie hörte, wie die Tür hinter Alex ins Schloss fiel, und wusste, dass sie es keinen einzigen Tag mehr aufschieben könnte. Sie konnte es nicht einmal aufschieben, bis Emma im Bett war. Es bestand nicht der Hauch einer Chance, dass sie sich ins Bett legen und schlafen könnte, ohne der Sache ein Ende gemacht zu haben.

Sie stürzte drei Gläser Weißwein hinunter, hätte fast gekotzt, blieb lange vor dem Waschbecken stehen, mit jeder Menge Speichel im Mund, und musste oft schlucken, ehe sie seine Nummer wählte. Sie wählte diese Nummer zum ersten Mal. Er meldete sich nach dem zweiten Klingeln. Das Zimmer schien sich zu bewegen, sie schwankte, sie fragte sich, was für ein Handy er hatte, sie hatte es gar nicht gesehen.

Er klang fröhlich.

»Tut mir leid, dass ich jetzt anrufe und das hier sage, aber ich muss das einfach.«

Sie dachte, dass sie es so verdammt satt hatte, sich für alles immer entschuldigen zu müssen, konnten die anderen sie nicht einfach in Ruhe lassen, damit sie niemandem wehtun musste? Er verstand nicht, was sie damit meinte.

»Wir können uns nicht mehr sehen. Ich bin einfach die total Falsche für dich. Ich bin ein Miststück, verstehst du? Ein Miststück. Und das ist ansteckend. Das wollte ich nur sagen. Damit du dir nicht die Hoffnung machst, es könnte noch mehr passieren, denn das wird es nicht. Für Emma tut es mir schrecklich leid, aber da musst du dir etwas ausdenken.«

Er wollte wissen, was passiert war, nachdem er sie am Ravnkloa abgesetzt hatte.

»Passiert, passiert! Ich habe einfach nachgedacht. Dass es nicht richtig von mir ist, dich hinters Licht zu führen. Ich vögele wie blöd durch die Gegend, ich bin nicht ganz bei Trost, du musst einen großen Bogen um mich machen.«

Aber er habe sich nun einmal in sie verliebt.

»Du weißt nicht, in wen du dich verliebt hast. Deshalb rufe ich ja an.«

Er glaubte nicht, dass sie das was, sie sagte, ernst meinen würde, sondern sich etwas vormachen würde, sie hörte eine Tür zufallen, vermutlich, weil er nicht wollte, dass Emma mithören konnte.

»Und wenn du auch noch anfängst zu weinen, dann lege ich auf. Oder … ich lege ohnehin gleich auf. Es tut mir leid, dass ich dich verletze.«

Was meine sie mit »auch noch weinen«?

»Ich kann da jetzt nicht drüber reden. Die Welt ist verrückt.«

Sie hätte vor dem Anrufen nicht die drei Glas trinken dürfen. Er wollte wissen, ob sie mit anderen geschlafen habe, seit sie zum ersten Mal miteinander geschlafen hatten.

»Nein, nicht, seit wir zum ersten Mal miteinander geschlafen haben. Aber sehr oft, seit wir uns zum ersten Mal im Wald begegnet sind.«

Er freue sich, das zu hören.

»Du freust dich? Na gut. Von mir aus. Mach's gut. Ich lege jetzt auf.«

Sie schaltete das Handy aus, sank auf dem Wohnzimmerteppich zu Boden, erst auf die Knie, dann auf die Ellbogen, presste das Gesicht in die verfilzte Wolle und weinte. Tom Ingulsen. Aus und vorbei. Fertig. Entsorgt, wie alle anderen zuvor, sie weinte, bis ihr wieder schlecht wurde, diesmal stürzte sie zum Klo, kotzte, bis nichts mehr kam, und dachte an Ratten und Mülltonnen.

Danach holte sie ein Stück Küchenpapier, hob damit das Kondom auf und warf es ins Klo. Es schwamm oben, als sie abzog. Sie musste das Klo mit Papier vollstopfen, bis das Kondom endlich verschwand.

92

Er rief nicht an. Er schickte keine Mail, eine Woche verging, es kam eine Mail von Emma, offenbar von ihr selbst geschrieben, es wimmelte nur so von Schreibfehlern. Emma erzählte von Glücksstern und von der Schule und wollte wissen, ob sie das Bild aufgehängt hatte, sie solle auch von Papa grüßen, er hatte ihr offenbar nichts gesagt, vielleicht nur, dass sie schrecklich viel arbeiten müsse oder auf Reisen sei.

Das Bild. Sie holte es vom Kleiderschrank herunter. Da stand sie in roter Chenillehose und rief: »Er lebt!«, als verkünde sie Jesu Auferstehung. Und die Stöcke lagen zwischen den Steinen. Diese verdammten Stöcke. Wie hatte das nur alles angefangen? Mitten in der Nacht war sie aufgewacht und hatte gemeint, etwas für ihre Gesundheit tun zu müssen? Sie riss die Zeichnung in Stücke und warf sie in den Kamin, bedeckte sie mit Holzscheiten, endlich war Herbst, und bald kam der Winter, die befreiende Dunkelheit, Jokke sagte genau das, wie sie es selbst empfand, damals, als er seinen Text über die schöne dunkle Zeit geschrieben hatte.

Sie flehte Andreas an, sie auf Reportagereise fahren zu lassen. Sie versuchte, ihn mit Sjur Orheim zu locken, der erst dreizehn Jahre alt war und ein Wunderkind am Klavier und der an einem Musikfestival in Edinburgh teilnehmen würde, er kam aus Oppdal, wo alle nur Fidel und

Quetschkommode spielten, darüber müssten sie absolut berichten, sie könnte fahren.

»Die Reisekasse ist leer! Und dieses Gequengel macht mich noch wahnsinnig. Das hier ist wie ein verdammter Hühnerstall, die Luft strotzt nur so von Hormonen. Wenn du es nicht bist, dann ist es Sigrid. Wenn es nicht Sigrid ist, dann ist es Tonje. Könnt ihr euch nicht bald mal so benehmen, als ob ihr Eier hättet?«

»Haben wir doch«, zischte Tonje. »Aber bei uns sind die im Körper.«

Sie begrüßte Alex gelassen, wenn sie ihm auf dem Gang oder in der Kantine begegnete, er grüßte gelassen zurück. Sie erhöhte ihre nächtliche Dosis Schlaftabletten auf anderthalb, sie schaffte es noch immer nicht, einen Termin für den Audi zu vereinbaren. Aber sie warf die Stöcke weg. Sie machte diesmal keinen Versuch, sie zu zerbrechen, sie steckte sie einfach in einen Container für Plastik und Metall, und weg waren sie.

Sie checkte regelmäßig die Dating-Foren, sie hatte viele neue Nachrichten auf ihre Profile erhalten, beantwortete aber keine einzige. Sie hatte noch nicht einmal Lust, die Profile zu löschen, sie hatte zu gar nichts Lust, außer zu duschen, sich anzuziehen und zu schreiben. Sie recherchierte im Netz, bediente sich bei anderen Zeitungen, bei den Meldungen der Nachrichtenagenturen, sie schrieb Aufmacher und Schlagzeilen, und sie besorgte Bilder von Scanpix, sie arbeitete am Todeskram, zu Hause hörte sie fast nur Hardrock und Techno, oder sie zappte durch die Fernsehkanäle.

Da er nichts von sich hören ließ, schien ihn die Geschichte doch nicht so mitgenommen zu haben.

Sie bekam eine zweite Mail von Emma. Glücksstern hatte sich den Fuß an einer Glasscherbe aufgeschnitten und musste jetzt einen Verband tragen, der nicht nass werden durfte, was sehr schwer war. Sie wollte auch wissen, ob es schön war, so viel zu reisen, und vielleicht würde sie ja auch *Schonnalistin* werden. Sie grüßte von Papa. Darauf folgten viele Smileys.

Sie antwortete ebenfalls mit vielen Smileys und sagte, sie habe wahnsinnig viel zu tun und könne verstehen, wie schwierig so ein Verband sei, der nicht nass werden dürfe.

Drei Tage später wachte sie morgens mit einer Übelkeit auf, die sie in die Knie zwang, und sie wusste, dass sie schwanger war. Sie kaufte sich noch am selben Tag einen Schwangerschaftstest und starrte auf den blauen Streifen.

Deshalb hatte sie dermaßen heftig ihre Tage gehabt, die Hormonspirale war herausgefallen.

93

Der Arzt drehte sich zu ihr um.

»Das dürfte doch kein Problem sein, Sie sind ja ganz am Anfang. Und Sie sind sich sicher?«

»Ja.«

Dann werde er mal den Papierkram aufsetzen, wie er das nannte.

»Mit Papierkram kenne ich mich aus«, sagte sie und lächelte. Sie bezahlte die Beratung und dachte an das vorige Mal, wie beruhigend es gewesen war, das Problem los zu sein, sie dachte an Tonje. Sie stand verbotenerweise auf einem Parkplatz für Behinderte vor dem Ärztehaus und war erleichtert, als sie keinen Bußgeldbescheid vorfand. Sie stieg ein, ließ den Motor an und war etwa zehn Meter gefahren, als die linke Vorderseite des Wagens wegkippte, sie wurde gegen die Tür geschleudert, sie versuchte, Gas zu geben, begriff eigentlich selbst nicht, was sie da tat, als ein Mann auf sie zugelaufen kam und gegen die Fensterscheibe klopfte. Sie fand den Knopf für den elektronischen Fensterheber nicht und öffnete stattdessen die Tür.

»Der bricht doch total zusammen, Sie müssen anhalten«, rief er.

»Der Audi bricht zusammen?«

»Ja! Die linke Vorderachse. Sie können von Glück reden, dass es hier passiert ist und nicht bei hohem Tempo.«

Ob sie Mitglied im Automobilclub sei? Sie konnte sich nicht daran erinnern. Sie fing an, im Handschuhfach zu wühlen. Da waren die Unterlagen. Das hatte sie in ihrer Werkstatt mal ausgefüllt, jetzt fiel es ihr wieder ein. Sie zog den Zettel mit der Telefonnummer hervor, aber plötzlich wurde ihr schlecht, sie beugte sich aus der Tür und kotzte auf den Asphalt, der Mann wich zurück.

»Sind Sie krank?«, fragte er.

»Ja«, sagte sie.
»Ich kann für Sie anrufen. Sie haben aber doch nichts getrunken, oder? Sonst könnte es Ärger geben mit...«
»Nein. Keinen Tropfen.«

94

Das Auto wurde vor ihren Augen abgeschleppt, es war ein trauriger Anblick, sie fing an zu weinen, der Mann stand noch immer da, es war ein älterer Herr mit kariertem Pullover und gelbem Schal, aber er hatte freundliche Augen, und mehr brauchte sie jetzt nicht.
»Den kriegen die wieder hin, keine Frage«, beruhigte er sie. »Oder haben Sie kein Geld, weinen Sie deshalb?«
»Nein. Es ist alles in Ordnung.«
Er rief ihr ein Taxi, sie weinte auf der ganzen Fahrt nach Hause, der Fahrer musterte sie im Rückspiegel, sagte aber nichts. Sie weinte auch noch, als sie die Treppe hochging und bei ihrem Hundenachbarn klingelte, es war halb fünf, zum Glück war er zu Hause.
»Kann ich Kalle ausleihen?«
»Ich geh jetzt mit ihm eine Runde, aber er kann danach zu dir hochkommen.«
»Prima. Ich lass die Tür angelehnt.«
»Du weinst ja.«

»Ja, das tue ich. Kalle muss mich dann trösten.«

»Ja, das kann er ziemlich gut. Ich schicke ihn dann rüber zu dir.«

Sie lag im Bett, als er angestapft kam, sie hörte seinen Schwanz gegen die Schlafzimmertür schlagen, sie drehte sich zu ihm um, nahm den großen Kopf zwischen die Hände.

»Dieses Scheißleben, Kalle. Du als Hund hast es gut.«

Er sprang aufs Fußende. Sie konnte ihn mit einer Hand gerade erreichen, er seufzte zufrieden, als sie ihn streichelte. Warum nahm sie nicht ein paar Schlaftabletten, um für einige Stunden dem Ganzen zu entfliehen? Es war nur eine Abtreibung, nichts Schlimmeres als eine Abtreibung, sie hatte doch noch das ganze Leben vor sich.

Ihr Handy piepste, eine Nachricht war gekommen. Vermutlich von der Autowerkstatt.

Die Nachricht war von ihm. Er konnte es vor Sehnsucht nach ihr kaum noch aushalten. Heute Nacht ab drei nach zwölf würde auf P1 die Musikwunschsendung kommen, sie solle bitte einschalten und zuhören. Lange starrte sie auf das Display, las die Mitteilung immer wieder, streichelte Kalle und weinte und schlief schließlich ein.

95

Es war dunkel, als sie aufwachte, Kalle war auf den Boden umgezogen und lag schnarchend auf der Seite. Sie lag vollständig angezogen im Bett und brauchte mehrere Sekunden, um sich an alles zu erinnern. Es war halb zehn. Sie hatte die SMS nicht beantwortet. Aber er konnte ja nicht wissen, ob sie nicht mit einem Klaviertalent aus Oppdal in Edinburgh war.

Sie setzte sich langsam auf die Bettkante. Ihre Augen fühlten sich an, als wären sie voller Sand. Sie fuhr sich mit der Hand durch die Haare, die waren plattgelegen und stumpf, tot, ihr ganzer Körper war tot. Drei nach zwölf. Sie würde etwas essen, fernsehen, ihr fiel keine Musik ein, die sie jetzt gern gehört hätte. Kalle erhob sich und folgte ihr in die Küche, beobachtete jede ihrer Bewegungen.

»Heute hab ich nichts Leckeres für dich, tut mir leid, hier ist alles leer, ich glaube, du solltest jetzt vielleicht nach Hause gehen, mein Lieber.«

Torfinn öffnete ihr die Tür.

»Geht's dir jetzt besser?«

»Ja. Hatte einfach nur einen Scheißtag.«

»Du bist nicht rausgeworfen worden oder so? Einsparungen oder ...«

»Nicht doch, bei mir ist alles in Ordnung.«

Auf TV 3 lief ein Film, aber sie behielt die Uhr im Auge, um zehn vor zwölf schaltete sie das Radio ein, trank Tee, saß ganz steif auf dem Sofa und hörte zu, plötzlich mit einer immer größer werdenden Angst, sie trank nicht, hielt die Teetasse nur in den Händen, bis die Wärme langsam verschwand.

Um zehn vor halb eins kam es.

Tom wolle mit diesem Stück Ingunn grüßen und ihr sagen, dass er auf sie warte, und er wünsche sich Fix You von Coldplay.

Sie kniff die Augen zusammen. *When you try your best but don't succeed...* Chris Martins Stimme erfüllte das ganze Wohnzimmer, ihren Kopf, ihr Leben, alles, was sie war. *When you get what you want, but not what you need...* Sie öffnete die Augen und starrte die Lautsprecher an, aus denen die Stimme kam, aus denen die Worte kamen, jedes einzelne davon. *When you lose something you can't replace.* Er konnte nicht wissen, ob sie jetzt zuhörte. Aber woher wusste er das mit diesem Song? *When you love someone, but it goes to waste, could it be worse?*

Lights will guide you home...

Vorsichtig stellte sie die kalte Teetasse auf den Tisch.

And I will try to fix you.

Sie musste sich sehr anstrengen, um aufzustehen, aber es gelang ihr.

96

Das Haus lag im Dunkeln. Sie hatte sich vom Taxi vor dem Statoilgebäude absetzen lassen, sie kannte die Adresse noch immer nicht. Sie blieb lange stehen und betrachtete das kleine Haus. Alle Sommerblumen waren verblüht und lehnten sich an die Wand oder aneinander. Die Briefkästen standen an ihrem Platz, die Fahrräder, unten glitzerte der Fjord, auf dem ein kleines Holzboot auf den nächtlichen Wellen dümpelte, sie wusste, welches sein Fenster war, ein kleines Fenster, das offen stand, sie ging vorsichtig näher, das Radio lief noch, aber hinter den Vorhängen war es ganz dunkel.

Sie hob die Hand, sah sie an, das hier war ihre Hand, sie sah zu, wie die Hand vorsichtig an die Fensterscheibe klopfte. Nur Sekunden später wurden die Vorhänge zurückgezogen, und da stand er. Niemals würde sie das Leuchten in seinen Augen vergessen, als er erkannte, dass sie es war.